달콤한 이별

지은이 박민형

1996년 『월간문학』에 단편 「서 있는 사람들」로 소설부분 신인상을 수상하며 작품
활동을 시작했다. 장편소설 『침묵과 함성』(2000), 『4번 출구는 없다』(2011), 『어머
니』(2017), 『달의 계곡』(2018)을 펴냈다. 또한 『별똥별』(2019, 단편소설집)을 출간
하였다.

그 밖에도 2003년 KBS 악극 〈빈대떡 신사〉, 2007년 CPBC 창사 특집 드라마 〈강완
숙〉, 2010년 〈동정 부부 요한 루갈다〉 대본 집필, 2013년 뮤지컬 〈롤리폴리〉 각색,
2019년 CPBC 〈김수환 추기경 선종 10주년〉 다큐 3부작 드라마 대본 집필, 2019년
연극 〈깻잎 전쟁〉의 희곡을 발표했다.

달콤한 이별

© 박민형, 2020

1판 1쇄 인쇄_2020년 09월 10일
1판 1쇄 발행_2020년 09월 20일

지은이_박민형
펴낸이_양정섭

펴낸곳_경진출판
    등록_제2010-000004호
    이메일_mykyungjin@daum.net
    블로그_https://mykyungjin.tistory.com/
    사업장주소_서울특별시 금천구 시흥대로 57길(시흥동) 영광빌딩 203호
    전화_010-3171-7282   **팩스**_02-806-7282

값 16,000원
ISBN 978-89-5996-747-6 03810

달콤한 이별

박민형 장편소설

차례

1. 사랑의 추억을 안고 홀연히 떠날 것이다

　어두움뿐이다. 사방에 암막(暗幕)을 친 것 같다. 한치 앞도 분간할 수 없다. 그래도 가야 한다. 어둠을 뚫고서. 가다보면 검은 장막이 걷힐 것이다. 환한 빛을 볼 수 있을 것이다. 그러므로 어둠은 두려움의 대상이 아니다. 희망적인 것이다. 그렇게 생각을 바꾸자 켜켜이 달라붙는 것 같은 두려움이 조금은 완화된다. 숨이 내쉬어진다. 깊은 숨이 빠져 나간 자리에 사과 향이 파고든다. 사과 향을 음미하며 걸음을 재촉한다. 원두막이 보인다. 원두막으로 올라선다. 호철을 찾는다. 호철의 모습은 보이지 않는다.

　현순은 잔뜩 긴장된 몸을 이완시키기 위해 만세를 부르듯

두 팔을 머리 위로 뻗는다. 힘껏 기지개를 켜며 두 팔을 쭉쭉
뻗는 동작을 하다가 바닥에 앉는다. 하품이 나온다. 일주일
내내 새벽 6시에 기상을 해서 과수원의 일을 도왔다. 힘든
일은 아니었다. 사과의 불필요한 잎을 제거하고 제초 작업을
하는 단순한 일인데도 하루의 일과가 끝나면 노곤했다.

이곳 과수원으로 봉사를 오자고 한 건 호철이었다. 마을
전체가 사과를 재배하는 탓에 일손이 턱없이 부족하다는 호
철의 제안에 '독서회'의 동아리 회원들은 만장일치로 찬성했
다. 그렇게 해서 오게 된 봉화에서의 농촌 봉사 활동은 오늘로
서 끝이 났다.

현순은 밤하늘을 올려다본다. 무수한 별들이 캄캄한 하늘
을 촘촘하게 수놓고 있다. 별들의 무리가 눈앞에 있는 것처럼
무척 가깝게 보인다.

호철과 함께 읊어보던 시 '별 헤는 밤'을 읊는다.

별 하나에 추억과
별 하나에 사랑과
별 하나에 쓸쓸함과
별 하나에 동경과

별 하나에 시와

별 하나에 어머니, 어머니, 어머님, 나는 별 하나에 아름다운 말 한마디씩을 불러 봅니다.

시를 읊자, 호철을 기다리는 지루함이 사라진다. 반복해서 시를 읊는다. 하품이 연거푸 쏟아진다. 졸음을 몰아내듯 고개를 턴다. 다시 '별 헤는 밤'을 읊조린다. 역부족이다. 천근의 무게를 달고 있는 것처럼 눈꺼풀이 내려앉는다.

'약속 시간을 잊을 리는 없을 텐데……'

현순은 중얼거리며 한쪽에 놓여 있는 침구를 끌어당긴다. 팔베개를 한 채 모로 눕는다.

'별 하나에 사랑…'

'별 하나에…'

하다가 스르륵 잠이 든다.

목청껏 소리를 지른다. 사력을 다해 발버둥 친다. 가슴을 압박하며 입을 막고 있는 사내를 힘껏 밀친다. 사내의 가슴팍을 등짝을 움켜쥔다. 사내의 커다란 손이 얼굴을 가격한다. 사과향이 후각을 마비시킨다. 여기 봉화는 가을이 되면 붉게 물든 사과밭의 풍경이 장관을 이룬다고 하던 호철의 목소리가 들리는 듯하다. 희미하게. 사과가 툭, 툭 떨어진다, 사방에서. 그 소리들이 점차 사라진다.

현순은 꼼짝 하지 않고 누워 있다. 욱신거리는 육체와 조여 오는 두통 때문이 아니다. 자신에게 무슨 일이 일어났는지 도무지 믿어지지 않기 때문이다. 어떻게 이런 일이 일어날 수 있을까. 머리를 세차게 흔든다. 꿈일 것이다. 악몽을 꾼 것이다. 강하게 부인한다. 꼭 쥐고 있는 주먹을 편다. 꿈이 아니다. 손 안에는 동그란 금속 메달이 쥐어져 있다. 발버둥을 치다가 사내의 목에서 잡아 뜯은 것이다.

메달을 움켜 쥔 현순은 원두막 바닥에 놓여 있는 조끼를 집어 든다. 조끼로 찢어진 원피스 앞섶을 여민다. 원두막의 기둥을 잡고 천천히 일어난다. 새벽안개가 몰려오는 것처럼 사위가 부옇게 밝아오고 있다. 더 이상 지체해서는 안 된다. 꼿꼿하게 몸을 편다. 원두막을 내려온다. 숙소로 향한다. 호철에게 따져 물을 것이다. 원두막에 나타나지 않은 이유를. 목청껏 소리를 지를 것이다. 악다구니를 칠 것이다. 자신을 이렇게 만든 사내를 찾아내라고. 그러나 현순은 그러지 못하고 돌아선다. 서울로 올라가기 위해 조용히 마을을 빠져 나온다. 부모님의 모습이 떠올랐기 때문이다. 그뿐인가. 소문은 학교까지 번질 것이다. 감당할 자신이 없다.

현순은 꼭 쥐고 있는 메달을 본다. 유일한 단서는 이 메달뿐이다. 하지만 이런 모양의 메달은 또 얼마나 많을 것인가. 흔하고 흔할 것이다. 설령 성폭행범을 잡는다 한들 무엇이 변하겠는가. 예전의 모습으로 돌아갈 수 없는 몸이다. 성폭행을 당했다는 소문만 무성하게 퍼질 것이다. 그렇게 되면 자신을 혐오스럽게 바라다보는 이들도 있을 것이다. 그것은 잘못이 아니라고, 그것은 죄가 아니라고. 그것은 혐오의 대상이 아니라고. 약자이기에 여자이기에 당할 수밖에 없는 불가피한 일이었다고. 그렇게 위로해 줄 이가 몇이나 될까. 그런 이가 과연 있기나 할까. 여러 가지 생각들이 현순의 가슴을 후려친다.

현순은 대합실 의자에 주저앉는다. 평생을 혼자서 지고 가는 것이 맞다. 그것이 옳다, 혼자만이. 이 사실이 세상에 까발려진다면……. 어머니는 충격에서 벗어나지 못할 것이다. 입을 다물어야 한다. 어머니와 호철, 모두를 위해서. 무덤에 묻힐 때까지.

*

　메슥메슥거린다. 토악질은 멈추지 않는다. 음식 냄새에 더욱 반응한다. 게워내도 그때뿐이다. 가슴속은 음식을 섭취하지 않았는데도 체한 것처럼 답답하다. 무언가가 뇌리를 강타한다.

　현순은 얼굴을 감싸쥔다. 입덧? 그렇다. 입덧인 것이다. 아이를 잉태했을 때 일어나는 신체의 변화가 분명했다. 임신인 것이다. 임신이라면…… 어쩔 것인가? 어떻게 해야 된단 말인가?

　휘청.

　현순은 벽을 짚는다.

*

　호철은 학교 앞으로 걸어오는 현순을 본다. 곧장 달려간다. 반가움에 손을 내민다. 현순은 호철을 보며 비청비청거린다.

　"현순아!"

호철은 얼른 현순을 부축한다.

현순은 자신을 부축하고 있는 호철을 원망의 눈길로 바라본다. 그날 밤 밭머리에 있는 원두막에 나타나지 않은 호철이 얼마나 밉고 원망스러웠던가. 한껏 쏟아지는 별무리 속에서 어둠과 싸우며 호철이 오기만을 애타게 기다리던 그 밤에 벌어진 끔찍한 일……. 호철에게 절규하고 싶다. 그런데…… 호철을 향한 애틋함만이 뭉클거린다. 사랑이 무엇인지를 일깨워준 단 하나의 사람이기에.

호철의 어깨에 기대고 앉아서 바라본 교정의 체육관도. 그 체육관의 둥그런 지붕 위로 보이는 푸른 하늘도. 사랑의 전설을 담고 있는 등나무도. 교정을 거닐며 수없이 남긴 발자국도. 농촌 봉사 활동에 참여할 때 단체로 조끼를 입자는 의견에 따라 천을 끊으러 갔던 동대문의 새벽시장. 천을 끊고 나서 먹은 주전부리들. 어묵꽂이와 떡볶이며, 잔치국수. 과수원에서 일하는 내내 다정다감하던 말투. 작은 거 하나도 놓치지 않고 보살펴주던 따스한 손길과 눈빛. 냇가에 발을 담그고 앉아 시 '별을 헤는 밤'을 서로가 한 구절씩 낭송하며 우러러본 캄캄한 밤하늘. 수없이 떠 있는 별들이 반짝이다가 순식간에 별무리에서 사라지는 별똥별을 보며 누가 먼저인지도 모르게 꼭 잡은 손. 다시 그 시간으로 돌아갈 수만 있다면…….
호철이 원두막에서 만나자고 하기 이전의 그 시간으로. 모든
것들은 다 제 자리에 있는데…… 왜 자신은 호철의 곁을 떠나
기 위해 준비해야 하는가. 무엇을 잘못해서.

현순은 그 마음을 감춘다.

호철을 향해 미소 짓는다.

호철은 현순의 미소에 안도의 숨을 내쉰다. 현순에게 원두
막에 나가지 못한 그날 밤의 이유를 설명해야 한다. 막걸리를
많이 마신 탓이었다. 술에 취해 현순에게 갈 수 없었다. 휴대
폰은 있다고는 하나 무용지물이었다. 신호를 받지 못했다.
옆에 있는 누군가에게 원두막에 가서 현순을 데려와 달라고
부탁을 한 기억이 흐릿하게 떠올랐다. 하지만 정확하지 않았
다. 천석인지, 재성인지. 누구에게 부탁을 했는지 오락가락했
다. 천석과 재성에게 물었었다. 모두 그런 부탁을 받지 못했
고 했다. 현순에게 전후 사정을 설명하고 싶었다. 현순을 만날
수 없었다. 현순의 휴대폰은 꺼져 있었다. 문자를 수없이 남겼
다. 음성 녹음에도 현순은 답이 없었다. 그래서 오늘 학교로
들어가는 정문 앞에서 현순을 기다리고 있었던 것이었다.

"동아리방에서 보자. 잠깐이면 돼."

호철이 다정한 말투로 말했다.

"약속이 있어요."

현순은 호철을 외면하며 대답했다.

호철은 걸음을 빨리하는 현순의 앞을 가로막는다.

"기회를 줘. 그날 원두막에 가지 못한 일에 대해서 변명이든 사과든 하게."

'변명이든 사과?'

하고 현순은 마음속으로 호철에게 물었다. '사과'란 잘못을 저지른 사람이 잘못을 시인하며 상대에게 용서를 청하는 일이다. '변명'은 잘못된 일에 대한 이유를 설명하는 것이다. '사과'를 하고 '변명'을 해서 돌이킬 수 없는 일이 제 자리로 온다면…… 열 번 아니라 백 번 천 번이라도 그 뜻을 따를 것이다.

"여기서 이렇게 지나가는 사람에게 말을 걸듯, 그날 일을 이야기하고 싶지 않아. 동아리방에서 보자, 강의 끝나는 대로."

"다 지난 일이예요. 선배님 마음 충분히 알아요. 그거면 됐어요. 정말 괜찮아요, 선배님."

"괜찮은 사람 얼굴이 이래? 아무튼 이따 보자."

"다음에요. 오늘 말고요."

"이러지마, 현순아! 사실은 나… 입대해. 다음 주 화요일이야."

"…….."

현순은 아무 말도 하지 못한다. 흔들리는 눈빛으로 호철을 바라다볼 뿐이다.

"현순아!"

"…….."

호철은 현순의 눈빛을 보며 현순에게 입대한다는 소리를 미룬 것을 후회한다. 졸업을 하고 군에 입대하려고 했었다. 입대를 하기로 결정을 내린 것은 어머니의 반대 때문이었다. 어머니는 졸업을 하고 군대를 다녀와서 회사 일에 복귀하면, 사회성이 떨어진다는 것이었다. 한 학기는 남겨두자는 어머니의 고집을 꺾을 수 없었다.

호철은 멍하니 서 있는 현순의 어깨를 보듬어 안는다.

현순은 가쁜 숨을 몰아쉬며 동아리방의 방문을 열었다. 동아리방에는 천석만이 창가에 앉아 있었다. 현순이 들어서자 천석은 벌떡 일어난다.

"안, 안녕 하세요?"

현순은 천석에게 공손하게 인사를 건넸다.

천석은 현순의 등장에 당황하며 어쩔 줄 몰라 한다. 엉거주춤한 자세로 서서 넓적다리를 손으로 문지르다가 입을 뗀다.

"… 어, 엉. …어… 어… 어서 와. 호… 호… 호철이 만… 만… 만나러 왔구나."

"네, 선배님."

"… 앉 … 앉아."

"괜찮아요."

"… 그… 그래도…."

"고맙습니다."

현순은 천석이 가리키는 의자에 다소곳이 앉으며 인사를 했다. 현순이 의자에 앉자 천석은 뒷걸음치듯 문 쪽으로 향한다.

"… 약… 약… 약속이 있어서……."

"아, 네. 다음에 뵐 게요, 선배님!"

현순이 의자에서 몸을 일으키며 허리를 굽혔다.

"… 그… 그래."

천석은 허둥지둥거리며, 동아리방을 빠져 나온다. 동아리

방의 문이 닫히자, '휴우' 하며 한숨을 내쉬고는 자신을 질책
한다.

'아…… 어쩌자고 그런 짓을 했을까. 어쩌자고…….'

성애 때문이었다. 성애가 떠났다는 것이, 사랑하는 성애가
자신이 군에 가 있는 사이에, 자신을 버리고 다른 남자와 결혼
을 했다는 것이 참을 수 없었다. 철저하게 버림을 받았다는
사실을 인정할 수 없었다. 모욕감이 불같이 일었다. 치욕스러
웠다. 그 마음이 원두막에서 호철을 기다리다가 잠이 든 현순
에게로 향했다. 현순을 겁탈한 것은 욕정도 욕망도 아니었다.
성애에 대한 미움이었다. 사랑에 대한 복수심이었다. 그 숱한
시간을 함께한 사랑의 맹세를, 헌 신발짝만도 못하게 버릴
수 있는 것이 사랑이라면……. 그 사랑의 분노가 저지르지
말아야 할 죄를 저지르게 했다. 아무리 그랬어도 현순에게
그런 짓을 해서는 안 되는 일이었다.

현순은 호철이 사랑하는 사람이었다. 호철은 떠나간 성애
때문에 괴로워하는 자신을 위로해 주며 자신의 일처럼 마음
아파했었다. 언제 어느 시간이든 상관없이 자신이 부르면 달
려와 주었다. 성애와의 추억을 주절거리는 자신의 이야기를
묵묵히 들어주던 친구였다. 자신을 농촌 봉사 활동에 참여시

킨 것도 호철이었다. 호철의 제안에 따라나선 것은 성애를 잠시라도 잊고 싶어서였다.

현순은 조끼를 만들기 위해 자신의 몸의 치수를 쟀다. 호철이 옆에서 현순이 불러주는 자신의 신체의 사이즈를 메모하며 거들었다. 호철과 현순이 사귀고 있는 것은 교내에서 공공연한 화제였다. 선남선녀 커플이라고 소문이 자자했다. 선·후배들 사이에서도 호철과 현순이 커플은 부러움의 대상이다. 동시에 질투의 대상이기도 했다. 그야말로 모두가 부러워하는 캠퍼스 커플이다.

농촌 봉사 활동을 하는 현장에서도 두 사람은 잠시도 떨어질 줄 몰랐다. 서로를 살뜰하게 챙겼었다. 자신이 현순에게 몹쓸 짓을 하게 된 건, 농촌 봉사 활동의 마지막 날이라고, 동네 이장님과 어르신들이 막걸리 파티를 열어준 탓이었다. 호철은 이른 시간부터 술에 취해 있었다. 자신은 마시지 않았다. 술을 마실수록 성애가 그리워서 숨 쉬기가 힘들었다. 죽고 싶을 만큼 성애가 보고 싶었다. 그 어디에서도 찾을 수 없는 성애가. 잊으려고 할수록 성애에 대한 기억은 더욱 생생해져서 눈물을 가득 고이게 했다. 성애를 떠올리며 밤하늘을 올려다 볼 때였다. 호철이 술에 잔뜩 취한 목소리로 자신에게 원두막 이야기를 꺼내었다. 원두막에 가서 현순이를 데려와 달라고 부탁했다. 모닥불도 꺼져가고 있었다. 기타를 치며 노래를 부르던 후배들도 자리를 뜨고 없었다. 호철을 부축했다. 숙소에 데려다 눕혔다. 숙소를 나섰다. 현순을 데리러 원두막에 가기 위해서 손전등에 의지한 채 어둠 속을 향해 길을 나섰다.

원두막에 도착하자 현순은 잠들어 있었다. 현순을 깨우기 위해 손을 뻗쳤다. 움찔했다. 현순의 뽀얀 다리가 어둠 속에서 선명하게 보였기 때문이었다. 순간 현순이 성애로 보였다. 아니 현순은 자신을 버리고 떠난 성애였다. 현순의 원피스를 거칠게 걷어 올렸다.

*

현순은 고개를 들어 하늘을 올려다본다. 눈이 시릴 만큼 청명한 하늘엔 뭉게구름이 둥실둥실 떠 있다. 손을 뻗으면 가을 하늘이 손에 닿을 것만 같다. 하늘을 향해 손을 뻗어본다. 뭉게구름을 움켜쥐려는 것처럼. 그리고는 한 손을 아랫배에 얹는다. 명확한 발음으로 읊조린다.

'오늘 호철 선배가 입대를 하고 나면, 가자! 저 곳으로. 저 푸르고 푸른 하늘로, 올라가자. 두렵고 무섭더라도 떠나자. 나를 원망해도 좋다. 나를 몹쓸 어미라고 욕해도 괜찮다. 아가! 내가 만약에 지옥 불에 던져져서 그 어떤 고통을 겪는다 해도, 이 어미를 위해 결코 울지 마. 어미의 생각은 변하지 않을 거야. 그러니 너도…… 미안 해! 미안 해, 아가야!'

현순은 가슴이 터질 것 같아 주저앉는다. 고통스럽다. 왜, 자신에게 이런 고통이 주어졌는지 모르겠다. 무엇 때문에 자신에게 이런 일이 벌어졌을까. 자신에게 닥친 불행이 성폭행으로만 끝났어도, 임신만 되지 않았어도, 삶까지 포기하겠다는 생각은 하지 않을 것이다. 어떻게든 살아보기 위해 발버둥을 칠 것이다. 그 최소한의 노력도 기울일 수 없다. 선택의 여지가 없다. 임신까지 됐다. 그렇다고 잉태된 아이만을…… 그래놓고 아무 일도 없었던 것처럼 살아갈 자신이 없다. 그 생명이 범죄자의 자식이라고 해서…… 함께 떠나야 한다. 그 길이 옳다. 그래서 자신을 이렇게 만든 사내를 반드시 찾아낼 것이다. 사내를 찾기 전에는 죽어서도 절대로 저승에 발을 들여놓지 않을 것이다. 넋이 되어 떠도는 한이 있어도 기필코 사내를 찾아내어 응징할 것이다.

현순은 어젯밤에도 다짐을 했다. 잠을 이루지 못했다. 뜬 눈으로 밤을 지새웠다. 많은 생각들이 밤의 기운을 타고 괴롭혔다. 사랑이라는 이름을 가진 사랑은 자신을 다독였다. 사랑만 있으면 된다고, 나쁜 생각을 하지 말고 삶을 움켜쥐라고. 그러기에 사랑이라고, 자신을 다독이는 사랑이라는 이름을 빌려 삶의 끈을 잡고 싶었다. 그렇게 해 보려고 애썼다. 사랑이라는 이름을 붙들고서. 하지만 오늘 이후면 호철의 모습은 다시는 볼 수 없을 것이다. 두 번 다시 볼 수 없는 호철을 두 눈에 가득 담아 놓을 것이다. 숨소리는 두 귀에 꾹꾹 눌러 담아 놓을 것이다. 따스한 온기는 깊고 깊은 가슴속에 채워 넣을 것이다. 구천(九天)을 떠돌 때도 춥지 않게.

호철을 사랑한 기억만을 간직한 채 그 아름답고도 눈물겨운 사랑의 추억을 안고 홀연히 떠날 것이다.

'아, 내 사랑.'

현순은 호철을 향한 마음을 누르며 역 광장으로 들어선다. 역 광장에는 온통 짧은 머리를 한 청년들뿐이다. 가족들과 혹은 연인들과의 작별을 두고 침통해 하는 짧은 머리의 청년들 속에서, 현순은 호철의 모습을 찾는다. 다들 머리를 짧게 잘라서인지 엇비슷해서 모두가 호철이처럼 보인다. 호철의 모습을 찾느라 현순이 발꿈치를 높이 들고 고개를 길게 뺄 때였다. 호철이 현순의 뒤에서 어깨를 잡았다. 그 순간이다. 현순의 온 신경세포가 일제히 솟구치며 비명을 지른다. 강에서 튀어 나온 물고기가 자갈밭에 떨어져 몸부림치는 것처럼, 현순이 푸드덕거린다.

"나야. 놀랐어?"

현순의 반응에 놀란 호철은 현순의 어깨를 감싸 안는다.

현순은 대답하지 못한다. 광장에서 떠드는 소리가 귓등에서 윙윙거릴 뿐이다. 호흡을 끌어 올린다. 천천히. 그제야 호철이 보인다. 가슴을 움켜쥔 손을 푼 현순은 호철의 머리를 만져본다. 까칠까칠한 감촉이 손바닥을 간지럽게 한다. 어린 시절 아버지의 무릎에 앉아 아버지가 읽어주는 성경을 들으며 만져 본 아버지의 푸릇푸릇한 턱처럼.

호철은 자신의 머리를 쓸고 있는 현순의 야윈 얼굴에 가슴이 아려온다. 군에서 보내야 하는 시간이 결코 짧은 시간은 아닐 것이다. 그 시간을 서로는 견뎌내야 한다. 사랑이라는 힘으로. 그러나 수척해진 현순의 얼굴을 보자 고칠 수 없는 병에 걸린 사람처럼 질통(疾痛)이 몰려온다.

호철은 부러 밝은 목소리로 말한다.

"건강하게 잘 지내야 해. 아프지 말고. 제대할 때까지 기다려달라고 한 내 말 잊지 마."

"……."

현순은 선뜻 대답하지 못하고 호철을 쳐다본다. 몇 십 년도 기다릴 수 있다. 몇 백 년은 못 기다릴까. 사랑하는 사람을 위해서는. 그 어떤 시간도 기다릴 수 있다. 그 약속을 할 수 없다는 것이, 그 기다림의 시간마저도, 자신에게 허락되지 않았다는 것이 비통할 뿐이다.

'우리 다음 생애에서 다시 만나요. 그때까지 나에 대한 기억을 놓지 말아요. 당신이 혹여 나를 못 찾아도 난 당신을 꼭 찾아낼 거예요. 그러니까 당신도 나를 잊지 말아줘요. 꼭요. 폭력이 없는 세상에서 당신과 함께할 날만을 손꼽아 기다릴게요.'

현순은 마음속으로 호철에게 당부했다.

호철의 음성이 들린다.

"… 얼굴이 반쪽이 되어서는……."

"……."

현순은 말없이 호철의 모습을 가슴에 새기고 있다. 넓은 이마, 구붓한 코, 유난이 골이 깊은 인중하며 호탕하게 웃는 것까지.

"내 말 알아들은 거지?"

"……."

"왜? 대답이 없어?"

호철의 재촉에 현순이 입을 연다.

"걱정 말아요. 선배님 말대로 잘 먹고 잘 놀면서 있을 테니까."

"그럼. 그래야지? 자, 약속!"

호철이 새끼손가락을 치켜세운다.

현순은 호철의 새끼손가락에 깍짓손을 했다. 호철의 따스한 체온이 전신으로 퍼진다. 호철의 품으로 그대로 무너질 것 같다. 그 마음을 가까스로 추스르며 읊조린다.

'미안해요, 약속을 지킬 수 없어서……. 하지만 속 깊은 당신은 당신을 두고 떠나야만 하는 제 심정을 헤아려 줄 거라고 믿어요. 내가 어딜 가든 내가 어디에 있든, 오직 당신만을 사랑하고 있다는 것만 기억해줘요. 꼭요.'

"우리, 서로 사랑하잖아?"

하고 호철이 물었다.

현순은 고개를 끄덕인다.

"우린 언제나 함께인 거야."

"……."

현순은 목이 메어와 대답하지 못했다.

"우리는 항상… 서로의 가슴에 서로를 품고 있는 거야. 네 가슴엔 내가. 내 가슴엔 네가."

현순의 눈에 눈물이 차오른다.

"……."

"내말 잊지 마."

"잊지 않을 게요. 죽어도……."

그렇게 대답한 현순은 기어이 눈물을 쏟아낸다.

"현순아!"

호철은 애타는 마음을 담아 현순을 불렀다.

눈물 둑이 무너진 것처럼 울고 있는 현순의 눈물을 호철이 닦아준다.

"바보같이 울기는."

호철은 현순을 품에 안았다. 호철의 품에 꼭 안긴 현순은 이 순간이, 이 시간이 이대로 멈췄으면 한다.

'아… 나는… 나는, 당신을 이곳에 두고 떠나요.'

현순은 마음속으로 울부짖었다.

"호철아!"

호철은 자신을 부르는 천석의 목소리가 들리자 현순을 품에서 놓는다. 천석이 헐레벌떡 뛰어온다. 천석은 호철의 곁에 서며 현순에게 눈인사를 건네고는 넓적다리를 손으로 격하게 비빈다.

"안 오는 줄 알았어."

"… 안… 안 오기는… 늦을까 봐서 택시를 탔는데, 길이 좀 막혔어."

"고맙다."

호철은 천석의 어깨를 치고는 손을 덥석 잡는다.

"천석아! 나 없는 동안, 우리 현순이 잘 돌봐줘."

호철의 말에 천석이 머뭇거리다가 입을 연다.

"… 돌… 돌… 돌봐주기는 내가 뭘."

"친구 좋다는 게 뭐야, 임마. 너만 믿는다."

호철이 천석에게 현순을 부탁하며 호탕하게 웃을 때, 기차가 곧 출발한다는 안내 방송이 흘러나온다. 호철이 메고 있는 배낭을 앞으로 잡아 당겼다가 놓고는 현순의 손을 잡는다.

"편지할게."

호철은 그렇게 말하고는 현순에게서 재빨리 몸을 돌린다.

가슴속에서 말할 수 없는 아픔이 소용돌이친다. 멀리 이국땅으로 떠나는 것도 아니다. 그런데도 다시는 돌아올 수 없는 먼 땅으로 유배되는 것처럼 심장이 조여 온다. 고개를 돌려 현순의 모습을 한 번 더 보고 싶다. 그 마음을 억누른다. 현순을 보기 위해 돌아보는 순간, 현순의 손을 잡고 멀리 달려가 버릴 것만 같다. 군에 입대하지 않아도 되는 곳을 향해서.

호철은 현순을 보지 않으려고 다문 입술에 힘을 준다. 소용 없다. 자신도 모르게 고개가 현순이 있는 곳으로 돌아간다. 현순을 향해 뛰어간다. 온 힘을 다해 현순을 품에 안는다. 다시는 이런 시간 앞에 놓여 있지 않을 사람들처럼, 두 사람은 긴 입맞춤을 한다. 주변에 있는 젊은이들이 '우' 하고 고함을 지른다. 서서히 움직이던 기차의 속도가 조금씩 빨라진다. 호철이 현순을 품에서 떼어낸다. 현순의 두 손을 꼭 잡았다가 놓고는 기차에 올라탄다. 현순은 차창에서 손을 흔들고 있는 호철의 모습을 놓칠세라 두 눈을 부릅뜬다. 호철을 실은 열차 는 철커덩철커덩거리며 시야에서 사라지고 있었다.

천석은 현순을 흘깃거린다. 무척 핼쑥한 얼굴이다. 핏기 하나 없는 현순의 얼굴을 훔쳐볼수록 죄책감이 몰려온다. 후 회스럽다. 아무리 뉘우친다 한들 무엇이 달라지는가, 이제 와서.

'왜? 그랬던가?'

천석이 현순을 보며 자책하고 있을 때, 현순이 입을 틀어막
으며 화장실 쪽으로 뛰어갔다. 천석은 무슨 일인가 싶어서
현순을 뒤쫓았다. 한참의 시간이 흐르고서야 현순이 모습을
드러냈다. 현순의 얼굴은 노랗다 못해 파리하다.

천석은 현순 옆으로 다가선다.

"어… 어디 아파?"

천석이 넓적다리를 손으로 비비며 물었다.

"아니에요."

현순은 앞장서서 걸으며 잘라 말했다. 천석은 곁눈질로 현
순을 훔쳐보며 조심스럽게 묻는다.

"집… 집까지 데려다 줄까?"

"아니에요, 선배님."

"뭐가 아냐. 얼굴에 핏기가 하나도 없는데…."

"괜찮아요."

"걱정돼서 그래. … 호… 호철이가 잘 돌봐주라고 했잖아.
그래서 그러지."

현순이 미소 짓는다.

천석은 현순의 미소를 보자 다소 안심이 된다.

"부탁드릴 게 있으면 말씀 드릴 게요. 고마워요, 선배님."

현순이 천석을 향해 인사를 건네다가 맥없이 주저앉는다. 택시 승강장 주변에 서 있는 사람들이 웅성거린다.

"현… 현순아!"

천석이 고함을 치듯 현순을 불렀다.

"얼른 병원으로 가요."

"빨리 119 불러요."

"젊은 아가씨가……."

"무슨 일이래?"

둘러 서 있는 사람들이 저마다 떠드는 소리를 들으며 천석은 자신이 저지른 죄를 뉘우친다.

'현순아! 제발, 제발! 이러지 마. 내가 잘못했어.'

천석은 현순에게 잘못을 빌며 현순을 병원 침대에 눕힌다. 현순을 진찰한 의사는 현순이 임신한 거 같다고 한다. 산부인과로 가서 정확한 검사를 받아보라고 하는 의사의 말에 천석은 온 몸에서 힘이 빠져 나가는 걸 느꼈다. 자신의 아이라는 확신 때문이었다.

천석은 두 눈을 감는다. 아무런 생각도 떠오르지 않는다.

성애가 떠났다는 걸 알았을 때처럼 머릿속이 온통 하얗다. 아니다. 성애와는 다르다. 성애는 자신만이 지고 가면 되는 문제였다. 그러나 자식이 잉태되어 자라고 있다는 것은, 거기에 따른 책임을 져야 하는 것이다. 자신이 아이 아버지인 걸 현순이 모른다고 해서, 그 자식을 어떻게 모른 척 한단 말인가. 하지만 그날 밤 원두막에서 현순에게 저지른 일을 영원히 묻기 위해서는 모른 체 해야만 한다. 진실을 숨기기 위해서는…… 외면해야 한다. 아니 그래야 된다. 이제 와서 진실을 밝힐 수 없다. 뻔뻔해져야 한다. 그럴 수밖에 없다.

"호… 호… 호철이도 알아?"

천석은 그렇게 묻고 넓적다리를 손으로 비빈다.

"함부로 넘겨짓지 마세요. 곧 사라질 아이에요."

현순이 서슬 푸른 눈빛으로 말했다.

천석은 '곧 사라질 아이?' 하고 스스로에게 물었다. 그렇게만 된다면 자신의 죄는 영원히 묻히는 것이다.

천석은 안심하며 묻는다.

"낙… 낙태 시키려고?"

현순은 대답 대신 고개를 숙인다.

천석은 현순의 말 없음이 중절 수술을 감행하겠다는 뜻으로 받아들인다.

"병… 병원에는 혼자 가려고?"

"……."

"함… 함께 가 줄까?"

"아뇨. 혼자 갈 거예요."

"……."

천석은 현순이 생각보다 독한 구석이 있다고 여긴다. 그래도 현순을 위해 무언가를 해 주고 싶다. 그것이 현순에 대한 죄책감을 조금이라도 더는 것이다.

"병원… 병원비라든지, 뭐든 필요한 것이 있으면 말해. 내가 해결해 줄게."

현순이 천석을 올려다본다.

"선배님이 왜요?"

"… 호… 호철이가 너를 내게 맡겼잖아. 잘 돌봐주라고. 아이에 대한 비밀도 지킬게."

"……."

천석은 재빠르게 넓적다리를 손으로 문질렀다. 현순이 아이를 낙태시킨다는 것에 안도감이 몰려왔기 때문이었다. 그러나 그것도 잠시였다. 날이 지날수록 현순에 대한 죄책감은 더욱 심해졌다. 시간이 흐를수록 죄책감은 무게를 더했다. 가슴 한복판을 짓눌렀다. 현순이 걱정이 됐다. 자신도 모르게 현순의 주변을 맴돌게 했다.

천석은 오늘도 현순을 찾아 강의실을 기웃거리고 있었다. 천석을 본 명주가 "한 선배님!" 하고 불렀다. 명주가 부르는 소리에 천석은 심장이 발 아래로 떨어지는 것 같아 가슴을 움켜쥐었다. 이런 증상은 수시로 나타났다. 푸른 신호등으로 바뀐 건널목을 건너다가도, 멈추어 있는 자동차가 자신을 향해 돌진해 오는 것 같았다. 지나가는 사람과 어깨만 스쳐도 흠칫했다. 어머니가 부르는 소리에도 화들짝 놀랐다. 골목에서 마주치는 낯선 사람이 쳐다만 보아도 자신이 저지른 죄를 알고 있는 것 같았다. 허둥거려졌다. 잠이 들면 가위에 눌렸다. 어리마리한 상태에서 소리를 지르다가 일어나는 날도 부지기수였다. 현순에게 몹쓸 짓을 한 그날부터 하루도 마음 편한 날이 없었다. 이래서 죄를 짓고는 살 수 없는 모양이다.

"… 으… 응."

"여기서 뭐 하세요?"

"… 응. 현순이 좀 보려고."

"무슨 일 있으세요?"

"… 아… 아니. 호철이가 나한테 현순이를 부탁하고 군대 갔잖아."

천석의 말에 명주는 현순이가 요즘 학교에 나오지 않아서, 집으로 가 보려던 참이라고 했다. 전화를 해도 받지 않는다는 명주의 말에 천석은 서둘러 택시를 탔다. 숨 가쁜 소리로 택시 기사에게 홍은동으로 빨리 가자고 소리쳤다. 호철이 군에 입 대하던 날 현순을 집까지 데려다주는 바람에 현순의 집을 알고 있다는 게 다행이었다.

천석은 현순의 집 앞을 서성이며 다짐한다.

용기를 내기로.

현순에게 원두막에서 있었던 그날 밤의 일을 밝힐 것이다. 성애 때문이었다고. 사랑하는 사람을 헌 양말짝처럼 버리고 떠난 성애에 대한 미움이었다고. 그 어떤 죗값도 달게 받겠다 고. 아이를 책임을 지라면 책임지겠다고.

사는 게 사는 게 아니다. 밤마다 시달리는 악몽도 끝내고 싶다. 매순간을 죄책감 속에서 살고 있다. 수없이 가슴을 치며 한탄했다. 왜 그랬을까 하고. 돌이킬 수 없는 일이라는 것도 잘 안다. 현순이 자신을 용서하지 않아도 좋다. 아이는 아무 잘못도 없다. 자신이 태어난 것도, 아이는 죄가 없다는 것 때문이 아니었던가. 책임을 져야 하는 일이다. 아이만큼은 지켜야 한다. 그것이 아버지이다. 자신의 잘못으로 잉태된 아이지만, 분명한 것은 아버지라는 존재가 버젓이 살아 있다는 것이다. 아버지라는 이름을 가진 아이 아버지가. 현순에게 자신의 소행임을 밝히기로 결심한 것도 아버지라는 힘 때문에 용기가 생겨난 것인지도 모른다. 아버지가 자신을 지켜준 것처럼 자신도 아이를 책임져야 한다. 그 어떤 책임이라도 좋다. 아이만은 지킬 것이다.

천석은 현순에게 전화를 한다. 벌써 몇 번째인지 모른다. 전화를 받지 않는 현순 때문에 천석은 애가 탄다. 발을 동동 구른다. 천석이 그렇게 조바심을 치고 있을 때 현순이 골목으로 들어섰다.

천석은 현순이 앞으로 달려간다. 다짜고짜 현순의 손을 덥석 잡는다.

현순은 어안이 벙벙한 얼굴로 천석을 쳐다보다가 손을 뺀다.

"한 선배님이 무슨 일로?"

현순이 의아한 얼굴로 천석을 빤히 올려다보며 물었다.

천석은 현순의 물음에 선뜻 대답하지 못한다. 빤히 바라보는 현순의 맑은 눈을 보자 진실을 밝히기로 한 결심이 사라진다. 아무런 말도 떠오르지 않는다. 머뭇거리던 천석은 우물우물거리다가 결혼 이야기를 꺼내든다.

"우… 우리 결… 결혼하자. 아… 아이를 지우는 것은 살인이야. 내가 아이 아빠가 되어 줄게."

천석은 두려움을 몰아내기 위해 목청을 높여 말했다. 첫사랑 성애에 대해서도 밝혔다. 자신을 버리고 떠난 성애로 해서 결혼을 하지 않고, 평생을 독신으로 지내려고 했었다는 이야기를 모두 털어 놓았다.

천석의 이야기를 빠짐없이 듣고 난 현순은, 도무지 이해하지 못하겠다는 표정으로 천석에게 묻는다.

"그렇다고 해서 선배님이 왜? 저랑 결혼을 해요?"

"… 아… 아이를 생각해서지."

"아이 때문에요? 말도 안 돼요. 아무리 선배님이 사랑하셨던 분이 떠났다고 해도 그래요. 있을 수 없는 일이예요."

"무고한 생명을 죽이는 것을 알면서도 모른 체 할 수 없어. 그건 살인행위이야. 그런 끔찍한 일 저지르지 마."

천석은 진심으로 말했다. 자신 있는 말투로 현순을 설득하고 나섰다.

현순이 천석의 말을 막는다.

"선배님이 무얼 안다고 그렇게 말씀 하세요. 그럴 때는 다 그만한 이유가 있는 거예요. 선배님하고 이런 이야기 나누고 싶지 않아요."

"그래, 다 좋아. 무슨 이유와 사연인지는 모르겠지만, 그 이유와 사연…… 다 내가 안고 간다고? 알아듣겠어?"

"아뇨. 전 이해 못해요. 제발 돌아가 주세요. 선배님이 그럴 이유도 없지만, 선배님과 결혼할 생각, 추호도 없어요."

"잘 생각해 봐. 어떤 게 옳은지."

"생각 해 볼 것도 없어요. 제 일이예요. 선배님과 상관없는."

"… 그… 그럼, 네 부모님은 이 사실을 아시니?"

"……."

순간 현순이 얼굴을 감싸쥐며 휘우듬거린다. 천석이 재빠르게 현순을 부축한다. 현순이 얼굴을 감싸쥐며 '꺼억꺼억'거린다. 한이 서려 있는 것 같은 울음을 토해 내는 현순의 울음소리를 들으며, 천석은 성애가 자신을 버리고 떠났을 때를 떠올린다. 가슴 밑바닥에서 끓어오르는 울분과 그리움에 미칠 것 같았다. 눈물은 나오지 않았다. 분명 울고 있는데, 눈물은 도무지 나오지 않았다. '꺼억꺼억'거리는 소리만이 가슴속에서 터져 나왔었다. 현순이 지금 자신이 울던 것처럼 그렇게 울고 있는데도 용기가 나지 않는다. 그 아이의 아버지가 바로 자신이라고.

천석은 거짓말로 현순을 설득하기 시작한다.

"어떤 이유로 아이가 잉태되었는지는 모르겠지만, 생명을 죽이는 건 아이가 잉태된 그 어떤 이유보다 더 큰 죄야."

"……."

현순은 자신을 설득하는 천석이 앞에서 '꺼억꺼억'거리며 울고만 있다.

천석은 울고 있는 현순을 보며 넓적다리를 손으로 벅벅 문지른다.

"… 무… 무슨 일인지는 모르겠지만, 생명은 귀중한 거야."

"……."

천석은 또 넓적다리를 손으로 비비며 들춰내고 싶지 않은 자신의 이야기를 고백한다.

"나… 나도 우리 아버지가 책임져 주지 않았으면 지금 이 자리에 없었을 거야."

"… 저도, 아이와……."

현순이 말을 잇지 못하고 숨이 끊어지는 사람처럼 '꺽꺽'거렸다.

천석은 현순을 와락 끌어안는다. 자신이 저지른 죄로 해서 아무 잘못도 없는 현순이 목숨을 끊으려고 작정하고 있었던 것이다. 뱃속에서 자라고 있는 아이와 함께. 현순과 현순의 배 안에서 자라고 있는 아이와 세상은 속일 수 있을 것이다. 그러나 자신의 양심까지는 속일 수 없다.

현순은 천석의 품에 안겨 피를 토해 내는 것처럼 고통스러운 눈물을 쏟아낸다. 울고 있는 현순의 가냘픈 어깨가 비바람 앞에 서 있는 숲의 나무처럼 요동친다.

2. 여기저기를 툭툭 차며, 신호를 보낼 때는

억순은 가슴을 탕탕 친다. 곡을 하는 사람처럼 '아이고, 아이고' 하며 방바닥도 두드린다. 한 시간이 넘도록 같은 동작을 하고 있는, 억순이 앞에서 현순과 천석은 죄인처럼 고개를 숙이고 있었다. 끝나지 않을 것 같았던 억순이 동작을 멈추고는 현순의 부른 배를 바라본다. 곧 산달이라고 했다. 어쩔 것인가. 반품할 수 있는 물건도 아니다. 물건처럼 반환할 수만 있다면…… 가진 것이라고는 부른 배뿐이라고 했다. 그 부른 배를 무기 삼아 천석을 꿰찬 것이다. 팔자 도둑질은 못한다고 했다. 어떻게 하나밖에 없는 자식까지 자신의 전처를 밟는 것인가. 억울하고 분해서 가슴을 치고 방바닥을 치며 통곡했지만 소용없다. 울화가 풀리지 않는다.

억순은 천석의 등짝을 수없이 내려친다. 그것 또한 정확한 답이 나와 있기 때문에 해 대는 분풀이였다. 돈으로 해결될 수 있는 일이라면, 이런 포악을 떨지 않았을 것이다. 성애를 돈으로 매수한 것처럼 그렇게 하면 되는 일이었다. 하지만 지금은 문제가 다르다. 부른 배 때문이다. 아홉 달이면 아이가 다 자란 것이다. 산부인과에 데리고 가서 낙태를 시킬 수도 없다. 받아들여야 되는 것이다. 그렇게 되면 신분의 탈바꿈을 하기 위해 애쓴 모든 일이 수포로 돌아가는 것이다.

여인숙을 했었다는 그 혹을 떼고 싶었다. 옛날처럼 돈을 들여서라도 신분을 살 수만 있다면 그렇게라도 해서 신분을 상승시켰을 것이었다. 돈으로 신분을 세탁할 수 없다면 방법은 있었다. 천석이었다. 천석을 좋은 집안의 규수와 짝을 맺게 해서 결혼을 시키는 일이었다. 그 과제를 인생의 최대 목표로 삼았다. 그 계획에 걸림돌이 된 게 성애였다. '조바'의 딸 성애를 며느리로 받아들일 수 없었다. 천석에게서 성애를 떼어놓는 방법을 강구했다. 천석을 군대에 입대시켰다. 그래 놓고 성애를 회유했다. 돈으로 매수했다. 완벽하게 떼어냈다. 그랬었는데…… 꿈꾸고 있는 계획이 물거품이 되어 버렸다. 허사가 됐다.

억순은 현순이 앞에 흰 종이를 꺼내 놓는다.

"내가 말하는 대로 받아 적어."

"……."

"대답 안 해?"

억순의 벼락 치는 소리에 놀란 현순이 눈을 커다랗게 뜬다.

"얼른 대답해."

천석이 현순을 툭 치며 말했다.

"… 네."

하고 대답한 현순은 볼펜을 손에 쥔다.

억순은 현순을 노려보며 입을 연다.

"한 자도 틀리지 않게 받아 써. 그 어떤 일이 있어도 이억순과 한 천석의 재산에는 손을 대지도 않고 벌리지도 않는다. 이혼을 하는 일이 생겨도 위자료는 받지 않는다. 위자료를 단 한 푼을 받지 못해도, 법적으로 그 어떤 대응을 하지 않는다."

현순은 억순이 부르는 대로 흰 종이에 받아 적는다. 그 순간이다. 자궁에서 무언가가 물컹하고 쏟아지는 느낌이 든 건.

억순은 낯을 찡그리는 현순의 얼굴을 찬찬이 훑어본다. 예

쁜 얼굴이다. 이목구비가 뚜렷하다. 쌍커플이 짙은 두 눈은
맑다. 입술빛도 앵두처럼 붉다. 무엇보다 맑은 두 눈으로 자신
을 바라볼 때는 가슴이 환하게 밝아지는 것 같았다. 묘한 기분
이었다.

사람의 눈이란 모름지기 맑아야 한다고 했다. 상대방의 얼
굴을 쳐다보지 않고 눈을 내리깐 채, 이야기하는 사람은 절대
믿지 말라고 했다. 서울로 상경을 할 때 아버지가 신신당부한
말이었다.

현순의 선해 보이는 얼굴이 다소 안심된다. 적어도 잔꾀를
부릴 것 같지는 않다. 현순에게 '생일'과 난 '시'를 묻는다.
천석의 궁합과 잘 맞는지 궁합을 볼 생각이다. 현순은 억순의
물음에 대답을 하다가 갑자기 배를 움켜쥔다.

억순은 현순의 표정에서 심상치 않은 기운을 느낀다. 억순
의 코가 벌름거려진다. 여인숙에서 잔심부름을 하면서 눈치
하나로 산 세월이 얼마인가.

"나가서 자동차 시동 걸어."

억순은 옆에 앉아 있는 천석의 어깨를 탁, 치며 소리친다.

"시동요?"

천석이 영문을 몰라 하며 묻자 억순이 천석을 꾸짖는다.

"애비가 되려는 것도 모르는 놈이, 새끼는 만들어 놨어?"

억순의 호통에 천석이 용수철처럼 튀어 오른다.

현순은 입술을 꽉 다문다. 아이가 세상 밖으로 나오려는 모양이다. 고통스럽더라도 고통을 호소하지 않을 것이다.

불현듯 어머니가 떠오른다.

어머니가 옆에 계시다면.

'엄마!'

어머니를 마음속으로 불러본다. 자신의 불러오는 배를 보며 어머니는 아무 말도 묻지 않았었다. 밤이면 잠을 이루지 못하고 있는 어머니의 심장에서 나무 타는 소리처럼 타닥타닥거리는 소리가 나는 것 같았다. 귀를 막아도 들려오는 그 소리는 어머니가 아이에 대해서 묻는 그 어떤 말보다도 무서웠다. 차마 끊지 못하고 있는 목숨이었다. 어머니 때문이었다. 오직 자신만을 의지하고 있는 어머니는 자신이 삶의 전부인 듯 했다. 타들어가는 어머니의 심장소리를 더 이상 듣고 있을 수 없었다. 천석의 손을 잡았다.

'아……'

현순은 어금니를 사려 문다. 무어라고 표현할 수 없는 통증이 아랫배를 훑고 지나간다. 자신의 뱃속에서 자란 생명이 이제 자신의 몸체와 분리되려고 한다. 자식은 어미에게 이런 고통을 주면서 한 개체로 분리되는 것인가. 자식이란, 어미의 몸을 이리도 고통스럽게 해야 세상으로 나올 수 있는 것인가. 그렇다면 자신도 어머니에게 이런 괴로움을 주면서, 어머니와 분리되었단 말인가. 어미가 된다는 것이 이런 것인가. 무척 고통스럽다. 무엇보다 아이가 태어나려고 하는 이 순간에도 자신의 선택이 옳은지를 모르겠다. 그 선택을 두고 고민하고 있을 때도 배 안에 있는 아이는 잘 지내고 있다고, 어머니와 조우할 날을 손꼽아 기다리고 있다고 안부를 전해 왔다. 배 안의 여기저기를 툭툭 차며, 신호를 보낼 때는 알 수 없는 희열이 샘물처럼 솟아났다. 이래서 생명은 그 어떤 이유를 막론하고 축복인 것일까. 그러고 보면 천석은 자신과 아이를 지켜 준 유일한 사람인 것이다. 두 생명을 구원해 준 구원자인 것이다. 자신의 안타까운 사연을 알고 있는 '신'이 보내준 사람이 천석일지도 모른다. 천석은 생명의 은인인 것이다. 만약에 천석과 사랑을 해서 떳떳하게 가진 아이라면, 이 순간이 기쁨으로 충만할 것이다. 그러나 천석은 아이와 아무 상관이 없다. 천석의 손을 끝까지 뿌리치지 못한 미련함은 언젠가는 자신의 발목을 잡을 것이다. 부메랑이 되어 돌아올 것이다.

천석은 고통을 참고 있는 것 같은 현순의 손을 꼭 잡는다. 현순이 안쓰럽기 그지없다. 산고의 고통을 겪고 있는 현순에게 아이 아버지로서 당당하게 힘을 실어주어야 마땅한 일일 것이다. 자식이 세상 밖으로 나오기 위해 애를 쓰고, 그 자식을 내보내기 위해 어미는 고통을 견디고 있다. 제 부모와 만나기 위해 어미의 자궁 안에서 길을 찾고 있을 자식에게 힘이 되어 주어야 하는 아비는, 아비로서 그 어떤 행위도 할 수 없다. 아버지지만 아버지라고 밝힐 수 없는 아버지이다. 그래도 아이는 지켰다. 현순에게 기회가 되는 대로 고백할 것이다. 운명의 장난으로 엮인 가족이 아님을 밝힐 것이다. 머지않아서, 곧. 그래서 아이의 아버지로서 현순의 남편으로서의 역할을 다할 것이다.

현순은 진통 끝에 사내아이를 분만했다. 진통을 시작한 지 여덟 시간 만이었다. 아이는 열 달을 채우지 못하고 태어난 아이답지 않게 울음소리가 우렁찼다.

억순은 함박웃음을 짓는 천석의 등을 때리며 아들이란다, 아들하고 소리치다가 작명소로 달려갔다.

'지훈'이라는 첫 손자 이름을 짓는데, 거금을 쓴 억순의 입꼬리가 귀에 걸린다.

*

젖몸살이다. 극심한 고통이 휘몰아친다. 양쪽 젖가슴의 통증은 점점 더 심해지고 있다. 어깨와 겨드랑이며 가슴은 숨이 막힐 것처럼 조여 온다. 턱이 돌아갈 것 같은 한기는 살갗이 스치기만 해도 온 몸이 저릿저릿거린다. 머리가 저절로 흔들린다.

젖몸살은 젖을 짜 주어야 한다. 그마저도 쉽지 않다. 현순의 젖꼭지가 함몰 유두이기 때문이다. 잔뜩 부풀어 오른 현순의 젖은 조형물을 넣은 것처럼 팽창해질 대로 팽창해져 있었다. 그 바람에 배를 채우지 못한 지훈이 숨이 넘어갈 것처럼 울어제친다.

"하필 젖꼭지가 구수 젖을 해 갖고는. 애를 생고생을 시켜, 시키길."

억순은 현순을 향해 불만을 터트리며 '나팔'처럼 생긴 유두 보호기를 현순의 젖가슴에 갖다 댄다.

현순이 불에 대인 사람처럼 놀란다. 뒤로 나앉는다.

"새끼를 생각해야지. 어미젖을 놔두고, 그럼 소젖을 먹일 거야."

억순은 뒤로 물러나 앉는 현순을 향해 고함을 치다 곁에 앉아 두 눈을 껌벅거리고 있는 천석을 고갯짓으로 부른다. 천석이 현순의 앞으로 다가가서는 쪼그리고 앉는다.

"엄마 말 들어."

하고 천석이 현순의 셔츠를 끌어올리려고 할 때였다.

"손대지 마요!!!"

현순이 발악을 하듯 소리쳤다.

"아이고 깜짝이야."

하며 천석이 엉덩방아를 찧었다.

억순은 지훈을 안고 어르고 있다가 현순을 향해 소리를 버럭 지른다.

"아니 무엇 때문에 소리를 질러, 지르길. 그러면서 애는 어떻게 만들었어? 아, 빨리 젖을 짜내야 애한테 먹일 거 아냐?"

"죄, 죄송해요. 제… 제가 할 게요."

현순은 천석에게서 유두보호기를 받아 들고는 돌아앉는다. 벽을 보고 앉아 젖가슴을 움켜쥔다. 공처럼 탱탱한 젖가슴을 누른다. 한 번도 경험해 보지 못한 통증이다. 눈앞에 번개불이 번쩍인다. 동시에 고통스런 통증이 생식기로 이어진다. 멈출 수 없다. 배고파 울고 있는 자식의 입에 젖을 물리기 위해서는…….

현순은 이를 악문다. 젖가슴을 쥔 손에 힘을 가한다. 생식기의 통증이 가슴 한복판을 치고 올라온다. 생식기가 어딘가로 떨어져 나가는 것 같다. 자신도 모르게 엉덩이가 들어 올려진다. 그제야 붉은 핏물이 젖꼭지에서 방울방울 떨어져 내리기 시작한다. 핏물이 점차 흐릿해진다. 뽀얀 젖이 똑똑 떨어진다.

억순은 현순의 젖이 돌기 시작하자 기다렸다는 듯 지훈을 품에서 떼어낸다. 현순에게 안긴다. 지훈의 울음소리가 다시 자지러진다.

지훈은 본능적으로 어미의 젖꼭지를 찾아 주둥이를 이리저리 돌린다. 그 모습을 보며 현순은 어떤 몸짓도 하지 않는다. 세상에 태어난 지 삼일 째 되는 자식이다. 그 자식에게 당연히 젖꼭지를 입에 물 수 있도록 갖다 대어주며, 건강하게 자라 달라고 빌어야 하는 어미인 것이다. 하지만 아이가 배 안에 있을 때와는 또 다른 두려움이 몰려온다. 아이는 원두막에서 일어났던 일을 잊지 말라고 일깨워주는 상징물 같다.

'이 아이가?'

비밀은 없다. 언젠가는 밝혀질 것이다. 이 아이가 어떻게 해서 태어났는지를 가족 모두가 알게 될 날이. 그런 날에는 어찌할 것인가.

“아고, 아고! 젖도 잘 드시네.”

억순은 현순이 앞에 앉아 자리를 뜨지 않고 있다. 지훈이 젖 먹는 모습을 지켜보며 마음속으로 많이 먹고 어서어서 무럭무럭 자라라고 빌고 있었다. 지훈이 현순의 품에 안겨 젖을 먹고 있다가 젖꼭지를 뱉는다.

“다 먹었나 보다. 지훈이 이리 줘.”

지훈을 받아 안은 억순은 지훈의 등을 쓰다듬는다. 지훈이 ‘끄윽’ 하고 트림을 한다.

“아고, 내 새끼가 트림도 잘 하시네. 소리도 우렁차고. 소화도 잘 시키고. 장군감이네, 우리 손자가! 아고, 내 새끼야. 아고, 왜 이렇게 잘 생기셨을까. 누굴 닮아서…… 누굴 닮긴. 애비 닮았지.”

억순은 지훈을 바라보며 혼자 묻고 혼자 답한다. 신바람이 난다. 자신이 천석이를 낳았을 때와는 다른 감정이다. 아무리 손자가 예뻐도 자식보다는 아니라고들 했다. 자식이 있기 때문에 손자를 예뻐하는 거라고들 했다. 아니다. 그건 모르고들 하는 소리다. 천하를 얻은 것처럼 기쁘기만 하다. 자손이 귀한 집안이다. 천석의 아버지도 외동아들이었다. 천석의 동생을 더 낳고 싶었었다. 하지만 삼신할머니는 더 이상의 자식을 점지해 주지 않았다. 그런 집안에 떡 하니 첫 손자 지훈이가 태어난 것이다. 이 집안의 대를 이을 귀한 맏손자를 품에 안았다. 남부러울 것이 없다.

억순은 지훈의 앙증맞은 손을 잡아본다. 꼼지락거리는 발가락도 만져본다. 배 안의 짓을 하느라 지훈이 입가를 씰룩거릴 때는 자신도 모르게 천석을 불러 제쳤다. 그것이 배 안의 짓이라는 걸 알면서도 지훈이 웃는다고 소리쳤다. 지훈이 하는 모든 짓이 신기했다. 자신의 얼굴을 빤히 쳐다볼 때는 심장이 쿵쿵 뛰었다. 눈망울이 어찌나 선하게 생겼는지 지훈을 보고만 있어도 마음이 정화되는 것 같았다. 세상 시름을 모두 잊게 했다. 반듯한 이마는 꼭 제 할아버지를 닮았다. 똘망똘망한 눈은 천석이를 쏙 뺐다.

'아고, 내 새끼.'

억순은 지훈을 품에서 놓지 않았다. 잠을 잘 때도 지훈을 데리고 잤다. 지훈이 배가 고파 젖을 찾을 때만 지훈은 현순의 품에 있었다. 현순은 지훈의 유모이고, 억순이 지훈의 생모 같았다. 그렇게 지훈은 억순의 사랑을 듬뿍 받으며 무럭무럭 자랐다. 지훈이 태어난 지도 벌써 일 년이 되어 가고 있었다.

억순의 집안은 억순이 지훈을 데리고 떠드는 소리로 시끌벅적하다. 지훈이 뒤뚱거리며 걷자, 억순은 "옳지, 옳지. 한 발작만… 그렇지." 하고 손뼉을 쳐 대며 응원한다. 억순의 응원에 지훈은 방긋방긋 웃으며 억순을 향해 걸음을 뗀다. 뒤뚱뒤뚱거리며 걸어온 지훈이 넘어지듯 억순의 품에 안긴다.

억순은 지훈을 끌어안으며 볼을 비빈다.

"아고, 내 강아지가 걸었어. 장하시기도 하지. 네 애비도 돌 전에 걸었어. 애빌 닮아서는. 아이고…… 어디서 요런 복댕이가 할미한테 왔어. 아고, 이쁜 내 새끼."

억순은 어깨춤이 저절로 덩실덩실거려져서 지훈을 품에 안고 어쩔 줄 몰라 한다.

현순은 주방에서 나오다가 억순이 지훈이를 안고 어르는 것을 본다.

"어머니, 지훈이 이리 주세요. 팔 아프세요."

"이유식은 다 만든 거냐?"

"네, 어머니."

"내가 하라는 대로 했지?"

"네."

"애들은 어릴 때 잘 먹여야 커서도 힘을 써. 지훈이 애비도

내가 죄다 만들어서 먹인 덕에 지금 저렇게 건강한 거고. 식었
으면 갖고 와, 지훈이 먹이게. 빨리 젖을 떼야 지훈이가 동생
을 보지."

"……."

"아, 왜 그러고 서 있어? 얼른 안 갖고 오고."

하는 억순의 소리가 다시 들리고서야 주방으로 향한 현순은
구석진 곳에 쪼그리고 앉는다. 심장이 두방망이질을 치고 있
다. 젖을 빨리 떼야 지훈이가 동생을 보지, 하던 억순의 말이
끝나기가 무섭게 시작된 반응이다. 현순은 구석에 웅크리고
앉는다. 자신의 몸을 잔뜩 말아 들인다. 그 시간 천석은 지훈
에게 줄 장난감을 포장하고 있었다. 장난감을 사는 것이 낙이
된 천석은 지훈이만 떠올리면 웃음이 난다. 지훈을 눈에 넣어
도 아프지 않을 것 같다. 지훈이 재롱을 부릴 때는 가슴이
시큰거렸다. 자신의 품에 안겨 옹알거리는 지훈이를 볼 때는
가슴속에서 뜨거운 것이 용솟음치면서 불쑥 눈물이 솟구쳤
다. 주먹을 쥐고 잠들어 있는 지훈의 모습을 보면 너무나 사랑
스러워서 일부러 깨웠다. 지훈과 놀고 싶어서였다. 잠에서
깬 지훈이 칭얼칭얼거리며 눈을 비벼댔다. 지훈을 품에 안았
다. 세상의 그 어떤 걱정거리도 다 사라졌다. 하지만 현순에

대한 죄의식만은 사라지지 않고 있었다. 결혼해서 함께 살고 있는데도 죄책감에 짓눌렸다. 특히 현순이 자신의 손길에 진저리를 칠 때면 더욱 그랬다. 원두막에서의 일은 현순에게 악몽으로 남아 있는 듯했다. 지훈의 친부가 자신이라고 지금까지 밝히지 못하고 있는 것은 현순의 과민한 몸짓 때문이기도 했다. 진실을 말한다는 것이 생각처럼 쉽지 않다.

천석은 장난감이 든 쇼핑백을 들고 화장품 가게로 들어간다. 화장을 잘 하지 않는 현순이었다. 현순이가 화장을 한 건 결혼식 날이었다. 신부화장을 곱게 한 현순의 모습이 말할 수 없이 아름다웠다. 어느 꽃에도 비유할 수 없을 정도로 예쁜 현순을 보며 다짐했었다. 현순이가 자신을 사랑하지 않아도 좋다고. 호철을 마음속에 간직하고 있어도 괜찮다고. 그것이 현순에게 저지른 죄의 대가라면 치를 것이라고.

"아내에게 화장품을 선물하려고 하는데요. 어떤 게 좋죠?"

천석의 물음에 머리를 노랗게 염색한 여점원이 생글생글 웃으면서 말한다.

"기본 화장품은 에센스, 로션, 스킨, 아이크림으로 해서 영향크림 등등이 있어요. 화장품이 워낙 광범위해서요. 어떤 걸 선물하고 싶으신지 알려주시면 추천해 드릴 게요."

여점원의 말에 천석은 현순의 핏기 없는 얼굴을 떠올린다.

"좋은 건 다 주세요. 얼굴을 좀 붉어 보이게 하는 것하고, 립스틱도 보여 주세요. 우리 와이프가 아주 미인이거든요."

천석은 여점원이 묻지도 않은 말을 했다. 거짓말이 아니다. 이목구비가 뚜렷한 현순은 단아하면서도 기품이 서려 있었다. 그래서일까. 현순을 품에 안을 때마다 범접할 수 없는 상대를 안고 있는 기분이 들기도 했다. 현순은 유독 부부 행위를 꺼렸다. 자신의 손길에도 경직된 현순의 몸은 살아 있는 육체가 아닌 것처럼 느껴졌다. 나무토막 같았다.

천석이 양손에 쇼핑백을 들고 집안으로 들어서자, 현순은 저녁상을 준비하느라 분주하게 움직이고 있었다. 억순은 지훈을 품에 안고 "아고, 요런 복덩이가 어디서 할미에게 왔나." 하며 어른다. 지훈은 억순의 말귀를 알아듣는 것처럼 까르륵 까르륵, 하고 웃어 제친다.

"다녀왔습니다."

하는 천석의 인사에 현순과 억순이 천석을 바라본다.

"왔나?"

"네."

"아빠 왔네. 아빠 다녀오셨어요, 인사 해야지."

하고 억순이 지훈에게 말했다.

지훈은 천석을 보며 '까르륵, 까르륵' 웃는다.

"아고, 애비 오니까 그렇게 좋아. 이그."

억순이 지훈을 안고 몸을 흔들며 물었다.

"아빠가 우리 지훈이 주려고 장난감 사 왔지. 무슨 장난감
인지 맞춰볼래?"

하고 천석이 지훈에게 물었다.

"장난감 가게 차려도 되겠어? 그만 좀 사 날러."

억순이 입을 삐죽이며 천석을 나무랐다.

천석은 들고 있는 쇼핑백을 한 쪽에 놓고는 지훈을 품에
안는다. 지훈의 몸에서는 젖 냄새가 나는 것도 같고, 비누
냄새가 나는 것도 같다. 아니 현순의 냄새인 것도 같았다.
저절로 눈이 감기게 하는 감미로운 냄새이다. 이 냄새가 그리
워서 일을 보다가도 당장 집으로 달려가고 싶었었다. 앞치마
를 두르고 집안일을 하고 있을 현순과, 지훈을 어르고 있을
어머니가 있는 집으로.

자신이 꿈꾸고 소망해 온 풍경이었다. 가족들이 한데 모여
오순도순 살아가는 이런 정경을 어린 시절부터 꿈꾸어 왔었
다. 말이 없는 아버지는 그저 자신의 머리를 한 번 쓰다듬어

주면 그만이었다. 어머니에게 다정한 말 한 마디 건네는 법이 없었다. 아버지는 어머니의 존재를 거부하는 것 같았다. 어머니 자체를 철저하게 무시하는 듯 했다. 여인숙 뒷방에 앉아 부모님의 눈치를 살피는 것이 하루의 일과가 되었다. 그럴 때마다 자신의 마음을 다독여주고 보듬어준 것이 성애였다. 성애는 자신을 가슴에 안고 말했었다. 어른들의 일은 어른들에게 맡기고, 자신만을 생각하라고, 자신보다 더 중요한 건 이 세상에 아무것도 없다고. 자신의 머리카락을 잔등을 쓸어주며 토닥여주는 성애는 스승이자 보호자였다. 성애의 가슴에 얼굴을 묻고 있으면 답답한 가슴이 뻥 뚫려서 한 동안은 삶의 의욕이 넘치곤 했다. 그러다가 약 효과가 사라진 것처럼 다시 우울해 하는 자신을 성애는 가슴에 품어주곤 했다. 지금도 성애를 떠올리면 성애의 가슴에서 풍기던 레드로지스 향수 냄새가 코끝에 먼저 와 닿곤 한다.

천석은 현순이 화장대 앞에 앉아 손등에 화장품을 발라 손등끼리 비벼 대는 것을 보며 화장품이 든 쇼핑백을 현순에게 건넨다. 의아한 눈빛으로 바라보는 현순에게 천석은 "풀어 봐." 한다. 현순은 손에 남아 있는 것 같은 물기를 털듯, 손등을 비비고는 쇼핑백을 연다. 포장지를 뜯자, 갖가지 화장품들과 볼을 터치하는 색조화장품과 립스틱 등등이 나온다.

"… 이 많은 화장품을 저 주려고 산 거예요?"

"그럼 당신 주려고 샀지. 누구 주려고 샀겠어?"

천석은 불만 섞인 소리로 툴툴거리듯이 말했다. 이렇게 말
하려고 사 온 것이 아니었다. 현순이 자신을 주려고 산 거냐고
묻는 소리에 비위가 상했다.

"고마워요. 잘 쓸게요."

현순의 인사가 의례적인 인사치례로 들린다. 그것이 또 천
석의 속을 뒤집는다.

"쓰기 싫으면 가서 반품하든가."

"아, 아니에요."

현순이 화장품을 화장대에 올려놓는 것을 물끄러미 보며
천석은 이마 살을 찡그린다. 부부지만 부부가 아닌 것처럼
사는 현순의 태도가 불쾌하다. 필요 이상으로 깍듯한 현순의
태도에 불쑥 화가 치민다. 천석은 불끈 치솟는 화를 안고 무력으
로 현순을 품에 안는다. 현순이 얼어붙은 것처럼 꼼짝 않는다.

"미… 미안해요."

"언제까지 이렇게 살 거야. 우리는 부부야."

천석은 몸을 사리는 현순에게 부부라는 이름을 빌려 협박

하며 윽박지른다. 아무리 자신의 죄라고 하지만…… 현순의 대답은 이제 필요 없다.

천석은 현순을 거칠게 몰아 부친다.

현순은 자신의 옷을 벗기고 있는 천석의 손놀림에 몸을 돌돌 말아 들이며 생각한다. 부부에게 있어 성행위는 고결한 일이라고. 서로의 체온을 느끼는 성행위는 부부만이 나눌 수 있는 육체의 대화라고.

그런데 왜, 자신에게는 폭력으로 다가오는가.

현순은 도리머리를 치며 천석에게 이래서는 안 된다고 마음속으로 울부짖다가 자신을 설득한다. 남편이기 전에 지훈이와 자신을 구해 준 은인임을 명심하자고. 무엇이든지 천석이 원하면 해야 옳다고. 천석을 위해서라면 목숨까지도 내놓아야 한다고. 어떤 남자가 성폭행을 당하고, 그로 인해 잉태된 아이까지 받아들일 수 있겠느냐고. 성인군자(聖人君子)가 아니라 더한 사람이라고 해도 그건 쉽지 않은 선택이었을 것이라고.

육체는 자신의 설득에도 말을 듣지 않는다. 그 사실이 절망스럽다. 어떻게 하면 이 굴레를 벗을 수 있을까.

현순은 그 마음을 안고 20년이라는 세월을 살아내고 있었다.

3. 못다 한 첫사랑을 되찾고 싶다

 육중한 대문은 견고해 보인다.

 짙은 밤색 빛깔을 띠우고 있는 철 대문은, 굳게 닫혀 있다. 개미 한 마리 비집고 들어갈 틈조차 없을 것 같다. 그래서일까. 담장 너머에 있는 소나무는 바깥세상이 궁금하다는 듯, 담 아래로 얼굴을 비죽이 내밀고 있다. 완전히 바깥세상과 차단된 것 같은 집이다. 그러나 이 집의 대문이 열리면 눈앞에 펼쳐진 풍경에 탄성이 질러진다. 붉은 대리석으로 지어진 이층집이 수목원처럼 고즈넉하게 자리 잡고 있기 때문이다. 붉은 대리석으로 외장을 감싸고 있는 이층집은 마당의 정원수와 한데 어우러져 조화를 이룬다. 담장 위로 치솟은 다섯 그루의 소나무는 줄기가 붉은 색을 띠우고 있는 '적송'이다. 손질이 잘 되어 있는 '적송'은 하늘을 향해 쭉 뻗어 있어서 우주의 어떤 에너지를 집안으로 모아들이는 역할을 맡고 있는 것 같았다. 아니면 이 집을 지키는 수문장 역할을 하는 것도 같았다. 소나무지만 그만큼 위엄이 남다르다. 소나무뿐만이 아니다. 마당의 온갖 정원수들도 마찬가지다. 제 각각의 자리에서, 꼭 있어야 할 위치에서 각자의 할 일이 무엇인지를 알고 있는 것처럼 자태를 뽐낸다. 조경은 이 집과의 조화를 이루는 데 있어서 한 치의 모자람도 분에 넘치지도 않는다. 마당 한쪽의 담장 아래에는 조팝나무가 만개해 있다. 무리지어 있는 조팝나무 꽃은 소복이 쌓여 있는 흰 눈 같다. 혹은 방아를 찧어 놓은 쌀더미 같다. 정원을 밝히고 있는 조명등의 불빛 아래 흐드러지게 피어 있는 조팝나무 꽃은 서글픔마저 불러일으킬 정도로 애잔해 보인다. 어쩌면 그것은 정원을 은은하게 비추고 있는 조명 탓 때문일지도 모른다.

억순은 이 집을 지으려고 마음먹은 날부터 요란을 떨었었다. 십 원짜리 하나 갖고도 벌벌 떠는 억순이었지만, 집을 짓는 데는 아끼지 않았다. 길흉화복을 따지느라 풍수(風水)에 밝은 유명한 지관을 불러들이는 데 거금을 썼다. 지관에게서

음(陰)과 양(陽)이 조화를 이룬다는 날을 받자 억순은 예를 갖추어 고사를 성대하게 지내었다. 지관이 알려준 대로 사람이 드나드는 현관문의 위치를 바꿨다. 완성된 설계도면을 다시 수정하느라 공사가 늦어졌다. 억순은 개의치 않았다. 도면대로 현관문을 내면 재물이 새어나갈 수도 있다는 지관의 말 때문이었다. 그 말을 들은 억순은 기겁했다. 손자 지훈이뿐 아니라 자자손손에 이르기까지 대대로 물려줄 재산이었다. 재물이 새어나가서는 안 되었다.

억순은 집을 짓는 데 있어 하나하나 세세하게 공을 들였다. 벽에 붙이는 대리석은 이태리에서 수입해 들여온 것으로 치장해서 꾸미었다. 인부들을 직접 진두지휘하며 땅 한 줌, 돌멩이 하나 허투루하지 못하게 했다. 그렇게 지어진 억순의 집이 베일을 벗었을 때, 근동에서는 칭송이 자자했었다. 20년이 다 되어 가는 억순의 집은 그때만 해도 청담동에서 손을 꼽을 정도였다. 동네 사람들의 감탄을 자아내게 했다. 거기에는 외관을 감싸고 있는 정원수들도 한몫했다. 외관이 수려했다. 잘 손질된 정원수가 없었다면 수도원처럼 다소 딱딱해 보일 수도 있는 집의 단점을, 잘 보완해 주는 것이 정원수들이었다. 정원수들은 자신들이 맡고 있는 소명을 알고 있기나 한 것처럼, 철마다 꽃을 피워 내며 집의 경관을 입체화시키고 있었다. 그러나 자정을 훌쩍 넘긴 이 시간, 삼 면이 유리창으로 되어 있는 2층에서 내려다보는 정원은 괴기스럽다. 바람에 흔들리는 잎사귀들의 향연 때문인지도 모른다. 창문 앞에서 몸을 돌이킨 바람은 애꿎은 정원수를 흔들며 심술을 부린다. 정원수들은 거칠게 불고 있는 봄바람 앞에 속수무책이다. 그저 제 몸을 흔드는 것으로 바람과 맞선다.

현순은 바람이 창을 뚫고 들어와 몸속 깊이 박히는 것 같아 창가에서 얼굴을 돌린다. 침실로 들어온다. 침대에 걸터앉는다. 휴대폰을 만지작거린다. 망설여진다. 천석에게 이미 여러 통의 전화를 했다. 천석은 작정하고 전화를 받지 않는 것 같다. 일부러 피하는 것이 분명했다. 그렇지 않고서야 이렇듯 연락이 되지 않을 수 없다. 한 번도 없던 일이다. 천석의 변화는 6개월 전인 작년 늦가을부터 시작되었다. 와이셔츠 깃에 찍힌 붉은 립스틱 자국을 보며 현순은 천석의 변화를 눈치 챘었다. 따져 묻지 않았다. 오히려 가을 탓일 거라고, 천석을 이해하려고 애썼다. 가을바람에 흩날리는 노란 은행나무 잎을 밟으며 덕수궁 돌담길이나 정동교회 앞을 걸어보고 싶은 계절병일지도 모른다고.

그것이 착각이었을까.

천석은 요즘 들어 하루가 멀다 하고 외박을 일삼고 있었다.

현순의 휴대폰에서 문자 음이 들린다.

현순은 재빠르게 휴대폰을 열어본다.

천석의 문자다.

'문 열어 줘.'

천석이 보낸 문자는 간결했다. 문자를 확인한 현순은 1층으로 내려가기 위해 계단을 조심스럽게 밟는다. 잠귀가 밝은 억순이 때문이다.

"애비, 지금 왔냐?"

"네, 어머니."

현순은 현관문을 열다가 억순의 소리에 놀라며 대답했다.

"뭐 하고 돌아다니느라고 이 시간에 들어와."

천석이 현관으로 들어서다가 현순과 억순을 보며 눈을 둥그렇게 뜬다.

"엄마는 왜 지금까지 안 주무시고요?"

"안 자긴 누가 안 자. 자다가 네 놈이 들어오는 소리 때문에 깼지."

"죄, 죄송해요. 일 때문에요."

"이 시간에 일은 무슨. 아, 올라가지 않고 뭐해?"

억순의 퉁박에 천석이 억순에게 안녕히 주무시라는 인사말을 남기고는 2층으로 쏜살같이 올라갔다.

억순은 천석을 보며 혀를 찬다.

"주무세요, 어머니."

억순은 대꾸 없이 주방 쪽으로 향한다.

"어머니, 뭐 필요하신 거 있으세요?"

억순은 현순을 한번 힐끗 쳐다보고는 주방 안으로 들어간다. 현순은 억순의 뒤를 따라 들어갔다.

억순이 물 컵을 꺼내 드는 것을 보며 현순은 식탁 위에 놓여 있는 주전자를 든다. 가볍다. 빈 주전자다. 꼭 숭늉만을 마시는 억순이었다.

"어머니, 금방 숭늉 만들어서 드릴 게요."

"아, 조갈이 일어서 숨이 넘어갈 판인데, 언제 만들어. 그러기에 항상 여유 있게 해 놓으라고 그렇게 이르건만. 어째 너는 허구헌 날 그 모양이냐?"

"죄, 죄송해요, 어머니."

"죄송, 죄송. 그 놈의 죄송은 도대체가 어디다가 써 먹는 거라고, 입에 달고 살아. 살기를……."

목청을 높인 억순은 정수기에서 생수를 받아 벌컥거린다.

억순의 핀잔에 현순이 안절부절하는데 집안일을 거들어 주는 화자가 입이 찢어지라고 하품을 하며 주방으로 들어섰다.

"오매, 참말로. 아따, 시방 밑신디 정짓간이 요러코롬 시끄럽다요, 시끄럽길?"

"왜? 몇 시 면 밥 할래?"

억순의 벼락 치는 소리에 화자가 대꾸한다.

"음마, 참말로. 뭐시 또 못 마땅혀서 한밤중인디 고러코롬 소리를 질렀뿐진다요, 시방?"

현순은 억순의 눈치를 살피며 화자의 옷소매 자락을 잡아당긴다. 작은 소리로 화자를 부르며 제지한다.

"현이 엄마!"

"집안에 살림하는 것들이 둘씩이나 있으며 뭘 해. 숭늉 하나 제대로 해 놓지 못하니……."

억순이 주방에서 나가며 현순과 화자를 싸잡아 나무라자, 화자가 맞받아친다.

"오매, 참말로 사램 징허게 허시는디 뭐 있당께요, 잉. 누가 숭늉을 떨어뜨려분졌다고 그랬쌓는다요. 아, 지훈이가 술을 코가 삐뚤어지게 메시고 와서는 주전자 째 들이켜 부렀는디요. 큰 사장님 자실 숭늉은 안방에 있고 혀서 지가 안 맹길었는디, 뭣 땀시 작은 사모님헌티 덤태기를 씌운다요, 씌우길……."

"지훈이가 다 마신 거야, 그럼."

"오매, 그럼 지가 들이켰것소? 작은 사모님이 홀라당 마셨것소?"

화자의 말에 억순은 '끄응' 소리를 내며 입을 다문다. 지훈은 억순에게 있어 단 하나밖에 없는 손자이다. 귀하고 귀한 손자, 지훈이 숭늉을 마신 것이다.

억순은 화자를 향해 눈을 하얗게 흘기고는 안방으로 들어가 버린다.

"참말로 징허요, 잉."

"미안해, 현이 엄마. 나 때문에."

"오매, 참말로 무신 말씸을 고러코롬 허신다요. 낼부터는 숭늉을 한자박을 만들어서 놓을틴게 걱쟁일랑 붙잡아 매시쇼, 잉."

화자의 말에 현순은 입을 가리고 웃는다. 화자는 항상 거칠 것이 없다. 현순은 화자의 입담에 묘한 카타르시스를 느낀다.

"오매, 참말로. 싸게 올라가시쇼, 잉. 사장님 지달리신당게요."

하는 화자에게 미소로 답한 현순은 2층으로 올라간다.

천석은 현순을 기다리고 있었다. 현순과의 결혼생활에 종지부를 찍기 위해서였다. 성애가 돌아왔기 때문이다. 사랑하는 성애가…… 자신을 찾아서 돌아왔다. 첫사랑 성애가. 성애와 결합하기 위해서는 현순과 이혼을 해야만 한다. 현순과 이혼하는 것을 차일피일 미루다가는 20년 전처럼, 성애가 또 사라질지도 모른다. 성애는 이혼을 하고 혼자 지낸다고 했다. 성애와 두 번은 이별하지 않을 것이다. 다시는…… 천석은 가슴이 뜨거워진다. 성애가 보고 싶다. 성애에게 전화를 넣는다. 성애가 전화를 날름 받는다.

"응."

성애의 목소리가 감미롭게 들려왔다.

천석은 침을 꿀꺽 삼킨다.

"왜, 안 잤어?"

"당신이 꼭 전화를 할 것 같아서, 기다리고 있는 중이야."

천석은 성애의 대답에 눈을 씀벅거린다. 말할 수 없는 감동이 밀려온다. 옆에 있다면 힘껏 안아 주고 싶다. 불뚝거리는 가슴이 요동친다. 방문이 열리는 소리가 들린다. 현순이 들어선다.

"낼 아침에 일찍 갈게."

하며 천석은 전화를 끊는다.

현순은 천석이 전화를 끊는 것을 보며, 침대 위에 벗어 놓은 천석의 양복 윗저고리를 집어 든다. 천석이 현순의 팔을 낚아채듯 잡아당긴다.

"앉아 봐."

"아, 아파요."

현순은 팔목을 부여잡으며 천석을 올려다본다.

"우리, 이혼 해."

천석은 현순의 손목을 놓으며 이혼하자는 소리를 재빠르게 뱉는다. 이 순간이 지나면 그 소리를 해서는 안 되는 마법에 걸린 사람처럼.

현순은 천석의 말을 듣고도 미동도 없이 앉아 있다. 팔목을 부여잡은 채.

"내 말 들었지? 이혼 하자는 말."

천석이 재차 묻는다.

'무엇 때문에?'

현순은 목울대를 치고 올라오는 그 물음을 힘주어 삼킨다.

그러면서 생각한다. 천석이 이혼을 하자고 할 때의 이유는 단 하나일지도 모른다고.

천석은 죽어도 잊을 수 없다고 목 놓아 울며 첫사랑 '추성애'에 대한 이야기를 고백했었다. 그 여자 때문일 것이다. 보지는 못했지만, 천석의 가슴속에서 숨 쉬고 있는 사람이었다. 그 사실을 잘 알고 있으면서도 천석에게 매달려서 살았다. 20년이라는 세월을…… 천석의 아내로. 그 여자 때문이라면, 이제라도 천석을 돌려줘야 하는가. 추성애가 돌아왔다면 자리를 내어주어야 하는가. 맞다. 그렇다. 그것이 천석과 결혼할 때 약속한 부분이었다. 추성애라는 여자가 천석을 버리고 떠나지 않았다면, 천석은 자신과의 불행한 결혼생활을 시작도 하지 않았을 것이다. 당연히 물러나 주어야 한다. 지금의 이 자리에서. 그러나 천석과 20년을 살았다. 그 세월만큼은 누구도 함부로 말해서는 안 되었다. 가족을 위해 최선을 다한 최고의 시간들이었다. 그 나날들을 아무렇지 않게 버릴 수는 없다.

현순은 천석을 똑바로 바라보며 묻는다.

"혹시, 추성애라는 분 때문인가요?"

현순의 물음에 천석의 눈빛이 흔들린다.

천석은 이내 평정을 되찾는다.

"그래."

천석은 부정하지 않는다.

"그렇군요. 당신이 이혼이라는 말을 꺼낼 때, 그 분 생각이 문득 들었어요. 그렇지만 여보, 이혼만은 하지 말아요. 당신은 그분과 살고, 난 어머니 모시고 지훈이와 그림자처럼 당신 뒤에서 조용히 살 게요."

낮은 음성으로 조용히 말하는 현순을 보며 천석은 묘한 아픔이 몰려온다. 성애만 나타나지 않았다면 현순과 헤어진다는 생각은 하지 않았을 것이다. 현순을 만난 것은 그야말로 행운이다. 현순은 자신에게 있어 과분한 사람이다. 그 마음에는 변함이 없다, 지금도. 하지만 성애가 나타났다. 성애가 있다, 사랑하는 성애가.

천석은 낮은 한숨을 내쉰다. 고개를 세차게 흔든다.

"그건 안 돼. 그게 가능할 것 같아?"

"어머니만 모르시면 가능하지 않을 것도 없잖아요. 안 그래요? 그러니 여보, 제발 이혼하자는 말은 하지 말아줘요?"

천석은 간절하게 말하는 현순을 뿌리친다. 마음을 모질게 먹어야 한다. 그렇지 않으면 성애는 자신의 곁을 떠날 것이다. 성애를 놓칠 수 없다. 남은 생의 시간은 사랑하는 성애와 함께

하고 싶다. 20대의 청춘에 못다 한 첫사랑을 되찾고 싶다. 이제부터라도 성애와 살 것이다.

천석은 언성을 높인다.

"나, 지금까지 당신한테 할 만큼 하고 살았어? 안 그래?"

현순은 멈칫한다. 알고 있다. 천석이 아니었다면 20년 전에 죽은 목숨이었다. 그걸 어떻게 잊을까.

"잘 알아요. 정말 당신한테 면목이 없어요. 그렇지만 여보, 다시 한 번만 생각해 줘요. 부탁이예요."

"이미 내 생각은 끝났어. 내 결정에 따라줘. 위자료 줄게. 평생 먹고 살 수 있을 만큼."

"……."

현순은 숨을 머금고 천석을 바라본다. 천석이 다른 사람 같다. 너무나 냉정하게 말하는 천석은 모질지 못한 사람이었다. 천성이 그랬다. 그래서 늘 억순의 잔소리를 달고 살았다. 반면, 한 번 고집을 피우면 감당이 되지 않는 사람이었다. 그 성격 때문에 억순의 반대를 물리치고 자신과의 결혼을 감행할 수 있었을 것이다.

"시간을 줘요."

현순은 한 발 물러선다.

"언제까지?"

"……."

"당신이 끝까지 고집을 피우면 나도 생각이 있어."

"무슨…… 생각이요?"

"있… 있어. 정리할 시간, 일주일 줄게. 당신이 결정 해."

천석은 현순을 향해 그렇게 말하고는 욕실로 들어가 버린다.

현순은 천석이 욕실로 들어가자 천석이 갈아입을 속옷을 챙겨 놓고는 방문을 열고 나온다. 창가에 앉는다. 어둠이 한껏 내려앉은 창밖을 응시한다. 언젠가는 이런 날이 올지도 모른다고 늘 마음속에 품고 살았다. 그렇지 않았다면 거짓말일 것이다. 아니 애써 그 생각을 지우며 살았다. 사랑만큼은 마음대로 되지 않는다는 것도 잘 안다. 잊었다고 해서 잊어지는 것도, 보지 않고 살아간다고 해서 그리움이 사라지는 것도 아닌 것이 사랑이었다. 천석이 성애에 대한 사랑처럼, 자신 역시 호철을 마음속에 품고 있지 않았다고 장담할 수 있는가. 아니었다. 호철에 대한 그리움이 무시로 찾아오곤 했었다. 비장 안으로 수증기처럼 자욱하게 차오르는 그 그리움이 무서웠다.

주체할 수 없는 눈물이 목 줄기를 타고 가슴속으로 흘러든다. 20년 전, 원두막에서 흘린 그 눈물처럼.

*

억순의 집 정원의 나무 가지에서는 이른 아침부터 온갖 새들이 지지배배거린다. 까치들은 정원수의 나뭇가지에 앉아 있다가 지붕 쪽으로 힘차게 날아간다. 까치 세 마리가 지붕 끝에 나란히 앉아 입질을 한다. 까치들의 당찬 입질에 묻힐세라 부엌 창틀에 앉은 참새들도 소리 높여 '쨱쨱쨱'거린다.

화자는 부산한 날갯짓을 하느라 여념이 없는 새들을 보며 찰조를 한 손에 가득 쥔다. 고개를 외로 꼬다가 창문을 연다. 손에 쥔 찰조를 정원 뜰에 던진다. 동시에 까치 세 마리가 지붕 끝에서 후드득 날아오른다. 찰조가 떨어진 마당에 정확하게 착지한다. 까치들의 뒤를 이어 참새들도 작은 날개를 펴며 창틀에서 힘껏 솟아오른다.

화자가 고개를 갸웃거리는 것은 현순의 퉁퉁 부은 얼굴 때문이다. 새 모이를 주기 시작한 것은 현순이었다. 어제 아침까지만 해도 그 일을 게을리하지 않았던 현순이, 오늘 아침에는 무슨 일인지 새 모이를 주지 않고 있었다. 모이를 주지 않아서인지 새들은 배가 고프다고 더욱 지지배배거리는 듯했다. 그래서 화자가 새 모이가 들어 있는 찰조 통에 손을 넣은 것이었다.

새 모이를 던져 주고 나서도 화자는 현순을 흘깃거린다. 그 바람에 하마터면 국을 끓이고 있는 솥뚜껑을 열어보다가 떨어뜨릴 뻔 했다.

"참말로, 시방 뭔 일이라냐. 해가 스쪽에서 솟는 것도 아닌 디. 참말로. 별 일이란께, 시방. 이잉."

화자는 현순을 훔쳐보며 중얼중얼거린다. 억순이가 지금 화자의 모습을 보았다면 '비 맞은 땡 중처럼 뭘 그렇게 궁시렁거리느냐고' 지청구를 듣고도 남았겠지만, 구수한 된장국 냄새는 집안을 진동시키고 있었다. 여느 아침과 다를 게 없는 정경이다. 쪄낸 굴비 위에는 실고추, 통깨, 총총 썬 쪽파와 계란지단이 얹어진 채 식탁 한 가운데에 놓여 있다. 이 반찬들은 억순이 애지중지하는 손자 지훈이 즐겨 먹는 음식이다. 굴비는 단 하루도 식탁에서 빠지는 법이 없다. 매일 식탁에 오른다.

'참말로, 내외지간에 쌈 혔당께. 맞당께, 시방.'

화자는 입엣말을 하고는 현순을 툭 친다. 화자의 손놀림에 현순이 화들짝 놀라며, 주변을 두리번거린다.

"아따, 참말로 머언 싱각을 그러코롬 했싸소, 시방?"

"어. 아… 아냐. 현이 엄마, 국 다 됐지?"

"아따, 참말로 머언 일이다요? 국 다 디었다고 지가 골 천분도 더 씨부렸는디, 시방."

"아, 참 그랬지. 미안해, 현이 엄마. 국 푸자. 어머니 나오시겠어."

현순은 억순이 먹을 밥을 냄비에서 퍼 식탁에 놓고는 눌러붙은 누룽지를 긁어모은다. 억순은 밥을 먹은 후에는 꼭 누룽지를 끓인 숭늉으로 입가심을 했다. 숭늉을 끓이기 위해 냄비에 물을 받을 때 억순의 기침 소리가 들렸다.

억순은 식탁 앞으로 오며 현순의 퉁퉁 부은 얼굴을 본다. 억순의 양미간이 좁혀진다.

"지훈이는?"

"아직 안 내려왔어요, 어머니! 제가 가서 깨울 게요."

"놔 둬. 내가 갈 테니."

억순은 미지근한 물에 꿀을 넣어 직접 차를 만든다. 지훈의 관한 일이라면, 그 누구의 손도 빌리지 않으려고 하는 억순이다. 억순은 꿀 차를 쟁반에 받쳐 들고 지훈의 방으로 향하며 생각한다. 현순의 부은 얼굴이 의미하는 것이 무엇인가를. 요즘 들어 걸핏하면 외박을 일삼고 있는 천석이었다. 신경이 쓰였다. 천석의 행동을 예의 주시하고 있었다.

'여자가 생겼나?'

그 생각도 없지 않았다.

'그랬단 봐라. 내 요절을 내고 말 테니.'

억순은 지훈의 방문을 열며 다문 입술에 힘을 준다.

지훈은 이불을 두 다리에 칭칭 감은 채, 세상모르고 잠들어 있다. 지훈의 모습을 보며 억순의 입이 익은 밤송이처럼 벌어진다. 봐도, 봐도 잘났다. 인물까지 출중한데다가 키 또한 장대처럼 컸다. 대학교도 한국대학이다. 거기다가 영어, 중국어까지 다른 나라 말들도 척척한다. 뭐 하나 빠지는 구석이 없다. 지훈의 짝으로 어떤 손자며느리를 봐야 할지 벌써부터 기대가 된다. 장차 이 집안의 안주인이 되어야 할 손자며느리가 아닌가. 손자며느리만큼은 꼭 자신의 손으로 들일 작정이다. 현순이 같은 며느리는 보지 않을 것이다. 돈도 없고 인맥도 없고, 가진 것이라고는 달랑 몸뚱이뿐인 현순이 같은……. 그런 손자며느리를 결코 보지 않을 것이다.

'손자가 둘만 같아도. 달랑 하나만 낳아 놓고서는… 뭐가 잘났다고. 지금이라도 들어서기만 하면, 늦지 않았는데.'

억순은 지훈을 볼 때마다 현순이 둘째를 가지지 않는 것이 속상했다. 그 생각을 물리치듯 억순은 지훈의 엉덩이를 두드린다. 지훈이 몸을 뒤척인다.

"아, 쫌…."

"어이구, 내 강아지 일어나야지. 해가 중천에 떴어. 할미가 꿀물 타 왔어."

"졸려, 할머니!"

"학교 가야지."

"조금만. 딱, 오 분만……."

지훈은 이불을 머리끝까지 뒤집어쓴다.

"꿀물 마시고 정신 차려. 그래야 밥도 먹지. 너 좋아하는 시래기국에다가 굴비에다가……."

"아, 알았다니까. 딱, 오 분. 오 분만 할머니."

"에그. 그러니까 술은 조금만 마시라고, 이 할미가 그렇게 노래를 하건만. 그 대학교는 술 먹는 것만 가르치나."

"……."

"어여, 일어나. 너 밥 안 먹으면, 이 할미도 밥 못 먹어."

"아, 쫌."

"일어나. 밥 먹자."

"아… 알았어, 할머니."

하며 지훈이 엉덩이를 천장을 향해 곧추 세웠다. 고양이가 기지개를 켜는 것처럼 두 팔을 길게 뻗은 지훈은, 천천히 몸을 일으킨다. 억순이 건네는 꿀물을 단숨에 들이킨다.

"세수하고 나와. 밥 먹게. 아침밥을 든든하게 먹어야 공부도 잘 되는 거야. 아침밥을 굶으면 안 돼."

"그만 해, 할머니. 아침밥에 대한 할머니의 지론을 가지고 내가 논문을 쓰면 박사학위를 받을 것 같아."

"그래? 그러면 이 할미는 더 좋지. 박사 손자를 두니까."

지훈은 억순의 말에 웃음을 터트리며 침대에서 빠져 나왔다. 지훈이 머리를 긁적이며 욕실로 들어가자, 억순은 지훈의 이불을 걷어낸다. 침대 커버까지 몽땅 걷어 가지고 나온 억순은 세탁실로 가지 않고 뒷마당으로 향했다. 그 모습을 본 화자는 억순을 향해 눈을 흘긴다. 구시렁구시렁거린다.

"참말로 못 말린당께. 또 이불빨래 허라고 시방. 참말로, 누가 여인숙을 안혔다고 허기를 혔나. 바람이 저러코롬 몸을 치댓쌓는디, 심술허고는."

화자가 억순을 향해 투덜거리는 소리를 들은 현순이 "현이 엄마." 하고 부른다. 화자는 얼른 표정을 바꾼다.

"참말로, 봄바람은 봄바람인가벼요, 잉. 시방……."

현순은 말없이 화자를 바라본다. 화자는 자신을 책망하는 것 같은 현순의 눈짓에 자라목이 되어 사과하고 나선다.

"참말로 알았당께요, 시방."

"조심해 줘."

"야."

현순이 화자를 나무라고 있을 때, 억순이 주방으로 들어섰다.

"어머니, 앉으세요. 식사 준비 다 됐어요."

현순의 말에 억순은 대꾸 없이 의자에 앉다가, "애비는?" 하고 물었다.

"곧 내려올 거예요, 어머니."

하고 현순이 대답하는데, 천석이 주방으로 들어선다.

억순은 천석을 곱지 않은 시선으로 훑어 내린다. 말끔한 얼굴이다. 부부싸움을 했으면 천석의 얼굴도 부수수해야 옳았다. 현순의 얼굴만 퉁퉁 부어 있다. 오히려 천석의 얼굴은 활짝 핀 불두화(佛頭花)처럼 환하다. 아무래도 수상쩍다. 일이 바빠서 늦는다면 피곤해 보여야 할 텐데…… 살면서 부부싸움 안 하는 부부가 어디 있을까마는, 천석이 미심쩍다.

억순은 천석이 식탁 의자에 앉기를 기다린다.

"… 전 지금 나가봐야 해서요."

어정쩡하게 서서 말하는 천석을 향해 억순이 묻는다.

"벌써? 왜?"

"아침 일찍 약속이 있어서요."

"무슨 약속이 식전 댓바람부터 있어. 아 밥은 먹고 일을 해야지. 다 먹고 살자고 하는 짓인데."

"나가서 먹으면 돼요."

"집 밥 하고, 사 먹는 밥 하고 같아."

"…어서 드세요. 다녀오겠습니다."

천석이 현순을 한 번 흘깃 쳐다보고는 몸을 돌리는데, 억순이 현순을 향해 소리를 지른다.

"넌, 뭐하는 화상이야. 가장이 밥을 안 먹고 나가면 하다못해 미숫가루를 탄다든가, 아니면 그 흔한 홍삼이라도 따라서 주지는 못하고. 저녁 굶은 시어미 상을 해 가지고 그러고 서 있어."

억순의 카랑카랑한 목소리가 집안을 흔든다.

"죄, 죄송해요, 어머니!"

"으이그⋯."

억순은 천석에게 향하고 있는 불편한 심기를 현순에게 드러내고는 혀를 찬다. 억순의 노기 띤 목소리에 지훈은 2층에서 내려오다가 멈춰 선다. 또 시작이다. 하루도 조용한 날이 없는 것 같다. 그 정도로 어머니는 할머니의 꾸지람을 달고 살았다. 어째서 어머니는 할머니 앞에서 항상 죄인처럼 단한 마디의 변명도 하지 않는 것인가. 정말 모를 일이다. 기분이 상한다. 지훈은 이내 표정을 바꾼다. 억순이 곁으로 간다.

"햐, 우리 이 여사님 아까는 똑 바로 뵙지 않아서 몰랐는데. 지금 보니까 오늘은 더 아름다우시네. 얼굴에서 막 광이 번쩍번쩍 나고. 완전 꿀 피부네. 무슨 좋은 일 있으세요, 할머니?"

지훈의 넉살에 억순의 입이 벙싯벙싯거려진다.

"진짜야?"

"정말이지, 그럼."

"이 할미 놀리는 건 아니고?"

"아, 참. 할머니는 어째서 이 손자의 깊은 속을 그렇게 모르실까. 나 밥 안 먹어."

지훈이 팔걸이를 하며 억순에게서 등을 돌린다.

억순은 사색이 되어, 지훈을 돌려 앉힌다.

"밥을 안 먹기는. 이 할미가 웃자고 한 소리니까, 밥 먹자."

지훈은 억순의 말에 못 이기는 척 하며 수저를 든다. 시래기 국물을 떠서 맛을 본다. 눈을 커다랗게 뜬다. 너스레를 떤다.

"와, 시래기국 죽인다, 할머니!"

"그렇게 맛있어?"

"응, 할머니."

"많이 먹어. 시래기국을 좋아하는 것까지 꼭 지애비를 닮아서는."

지훈이 시래기국을 맛있게 먹는 것을 바라보며 흐뭇해하던 억순은 팔을 걸어 부친다. 굴비의 가시를 발라 살을 뜯어낸다.

지훈의 밥 위에 얹어 준다.

지훈은 억순이 건네는 대로 받아먹으며 감탄한다.

"와, 맛있다."

"그러니까 영광 굴비지. 이 할미가 우리 손자 먹이려고 영광에서 제일 비싸고 좋은 놈으로 공수해 오는 거야."

"역시, 할머니가 최고야."

지훈이 억순을 향해 엄지손가락을 치켜세운다.

"건강하게 많이만 먹어."

"할머니도 드세요."

지훈이 발라 놓은 굴비 살을 억순의 수저 위에 올려놓으며
말했다.

억순은 "어이구, 기특도 하지." 하며 환하게 웃는다.

현순은 억순이 지훈이와 정답게 이야기를 나누는 모습을
지켜보다가 슬그머니 주방에서 나온다. 뒤 겯 수도가로 향한
다. 커다란 고무 통에 물을 받기 위해 수돗물을 튼다. 물이
차오른다. 세재를 푼다. 이불을 넣는다. 양말을 벗는다. 고무
통 안으로 들어간다. 이불을 두 발로 꾹꾹 밟기 시작한다.
가슴속에 차 있는 서러움을 밟듯.

이불을 밟고 있는 현순의 머리카락이 봄바람에 제멋대로
휘날린다.

*

천석은 일주일 동안 외박을 하지 않았다. 늦게라도 집에
꼬박꼬박 들어왔다. 서재나 손님방으로 잠자리를 옮기지도
않았다. 현순의 곁에 누웠다. 현순과 한 침대를 썼다. 현순은

어둠 속에서 등을 돌리고 있는 천석의 등을 오래도록 바라봤다. 넓은 등이었다. 따뜻한 등이었다. 한 번도 넓다고 생각해 본 적이 없었다. 따뜻함도 몰랐었다. 보이지 않고 느껴지지 않던 것들이 이제야 보이고 느껴졌다. 그러고 보니 천석에게서 과분한 사랑을 받고 살았다. 차고 넘치는 사랑이었다. 손색 없는 남편이었다. 돌이켜보면 천석은 자신에게 정성을 다한, 훌륭한 남편이었다. 천석이 성애와 합친다 해도, 천석을 두고 그 누구도 나무랄 수 없을 것이다. 천석이 같은 사람은 없다. 확신한다. 여기서 더 이상 고집을 피우면 안 된다. 구차해지는 것이다. 그런데⋯⋯. 이혼만은 안 하고 싶다. 천석의 아내로 살지 못해도 괜찮다. 이 집에서 지금처럼 살 수만 있다면. 그렇게 살 수만 있다면⋯⋯ 어떤 험한 일도 다 감수할 수 있을 것 같다. 욕심이라고 자신을 나무라도 좋다. 욕심을 부리고 싶다.

천석은 현순의 눈치를 살핀다. 현순에게 이혼하자는 말을 한 순간부터, 현순이 부스럭거리기만 해도 긴장이 되었다. 현순이 잠을 이루지 못하고 뒤척이는 소리에, 심장이 먼저 쿵쿵거렸다. 현순과 이혼 이야기를 매듭지으면 홀가분할 줄 알았다. 아니었다. 허탈했다. 모두가 떠나가 버린 빈집의 창가에 홀로 앉아 있는 것 같았다. 날이 저물어가는 벌판을 바라보고 있는 것처럼 괜스레 눈물도 났다. 말할 수 없는 공허감이 몰려왔다. 쓸쓸했다. 추운 날씨가 아닌데도 춥다. 알몸으로 골바람을 맞고 있는 것처럼. 그런다 한들 이제 와서…… 이미 던져진 주사위다. 번복할 수 없다. 성애가 있지 않은가.

천석은 마음을 다 잡으며 큼큼거린다. 기침 소리를 내며 아랫배에 잔뜩 힘을 준다.

"… 오… 오늘이 약속한 일… 일주일이 되는 날이야. 생… 생각 해 봤어?"

"……."

"생각 해 봤냐고?"

천석이 다시 묻는다.

"네, 생각 많이 해 봤어요."

현순은 또렷한 발음으로 대답하고는 터져 나오려고 하는 긴 한숨을 목 안으로 꾸역꾸역 밀어 넣는다. 침묵을 지킨다.

천석은 현순의 다음 말을 기다린다. 현순은 말이 없다. 침묵을 지킬 뿐이다. 납덩이처럼 무거운 침묵이 방 안에 내려앉아 있다. 견딜 수 없는 침묵이다. 그렇지만 침묵을 깰 수가 없다. 현순이 입을 열 때까지 기다려주어야 될 침묵 같다. 그것은 현순의 성정을 깊이깊이 알고 있기 때문이다. 현순이 없었다면 집안의 이런 평온함은 없었을 것이다. 현순의 헌신으로 가꾸어진 가정이다. 현순이 어머니에게 어떻게 하는지도 잘 알고 있다. 어머니의 모진 시집살이에 대한 불만을 자신에게 터트릴 만도 했다. 현순은 그러지 않았다. 오히려 자신이 나서서 현순을 위로했다. 그럴 때마다 현순은 미소로 화답할 뿐, 어머니에 대한 조금의 불만도 털어놓지 않았었다. 현순은 자신에게도 더할 나위 없는 양처였다. 술을 마시고 새벽에 들어와도 친구들과 어울려 노느라 둘러댄 거짓말에도, 잔소리가 없는 사람이었다. 친구들과 정기적으로 필드에 나가는 골프 모임에도, 현순은 친구들과 먹을 간식거리를 직접 만들어서 싸 주곤 했다. 오죽하면 골프를 함께 치는 친구들이 골프모임의 회장으로 '양현순 여사'를 모시자는 농담이 나올 정도였다. 보기 드문 현모양처라고 친구들은 입이 마르게 현순을 칭찬했다. 아내가 무서워서 집에 들어가기가 싫다는 친구도 여럿이었다. 친구들은 아내의 성정에 대해 잘 몰랐다고 했다. 나이가 들어가면서 아내의 기에 눌린 친구들은 현순의 내조를 보며 하나같이 부러워했다. 어질고 고운 아내 현순을 자신이 내치고 있는 것이다. 단란했던 가족의 평화도 이제 깨질 것이다. 가정이라는 울타리도 허물어질 것이다. 아무리 성애에 대한 사랑이 크다고 해도 착잡한 마음은 숨길 수 없다. 그 모든 생각들이 어우러지면서 자신의 마음을 뒤흔들고 있다. 그 마음이 이 침묵을 지키게 하는 것이리라.

"꼭 이혼을 해야 만이 그분과 이루어지는 게 아니라면……당신이 절 좀 봐 주세요."

현순이 먼저 침묵을 깨고 입을 열었다.

천석은 가정을 깨고 있다는 죄책감이 일순간 걷힌다. 사랑하는 성애가 돌아왔다고 알렸다. 결혼할 때 성애가 돌아오면 언제든지 물러나겠다고 한 약속을 현순은 저버리고 있다. 현순이 이혼에 동의했으면 좀 더 시간을 갖고 생각해 보자고, 오히려 자신이 그렇게 말했을지도 몰랐다.

"성애가 돌아왔다고 했잖아. 그런데도 그렇게 말할 수 있어? 나랑 결혼할 때 한 약속 잊었어? 당신은 자존심도 없어?"

천석은 현순을 몰아세우며 소리쳤다. 천석의 호통에 현순이 고개를 빳빳이 쳐든다.

"네, 저 자존심 없어요. 20년 전 그날 밤 이후, 제가 품고 있던 모든 꿈과 희망이 다 물거품 되었어요. 그러니까 이렇게 살고 있겠죠."

순간 천석은 가슴속에서 무언가가 빠져 나가는 것처럼 아
팠다. 그렇다고 여기서 물러설 수는 없다. 이미 20년 전의
일이다.

"그래. 그럼 당신 맘대로 해. 당신이 정 그렇게 나온다면
나도 생각이 있어. 엄마한테 지훈이가 내 자식이 아니라고
밝힐 수밖에."

천석은 금기를 깬 사람처럼 그 말을 하고는 두 눈을 질끈
감아 버린다.

"… 여… 여보!!!"

현순은 절규한다.

4. 어떻게든 살아야 했기에,
가족을 살려야 했기에

억순은 현순이 열무를 다듬어서 소금물에 절여 놓은 것을 보며 자신도 모르게 '끙' 소리를 낸다. 우색인 현순의 얼굴빛 때문이다. 여간한 일에는 내색을 하지 않는 현순은 한 자리에서 제 자리를 지키는 집안의 오래 된 골동품 같은 존재였다. 수선스럽지 않은 현순이 근심이 가득한 얼굴로 분주히 움직인다. 그 몸짓이 예사롭지가 않다. 왜일까. 무엇 때문인가. 어딘가에 쫓기는 사람처럼 허둥거리는 현순을 보며, 억순은 몰려오는 상념을 물리치듯 고개를 흔든다. 상념은 꼬리에 꼬리를 문다. 아무것도 아닌 일에 현순이 깜짝깜짝 놀라는 것도 그렇다. 필요 이상으로 자신을 따라다니며, 시키실 거 있느냐고 묻는 것도 그랬다. 꼭 이사를 앞둔 사람처럼, 이불이며 침대커버 커튼까지 죄다 뜯어서 세탁했다.

도대체 저 속을 시끄럽게 하는 일이 무엇일까?

억순은 궁금했다.

천석이 외박도 하지 않았다. 그렇다면…… 사돈집의 문제일까. 안사돈이 앓고 있는 우울증이 부쩍 심해졌다고 했다.

억순은 쑥을 씻고 있는 화자 곁으로 다가갔다. 봄이면 해 먹는 쑥 버무린 떡은, 현순이 좋아했다. 현순의 얼굴에 깃든 근심을 걷어 주기 위해 억순은 입맛이 없다는 것으로 핑계를 댔다. 억순의 말이 떨어지기가 무섭게 현순이 쑥을 사 왔다.

"너무 박박 씻지 말고."

"옴마, 참말로 누가 시엄니 고쟁이 빨듯 빡빡 문댈까 봐서 그란다요, 시방."

"말이 그렇다는 거지."

"지도 말이 그란거지라우. 뭐 땜시 정지간에 오셨당가요, 시방."

화자는 쑥을 건져 바구니에 옮기며 억순에게 퉁명스럽게 묻는다. 억순은 입맛을 다신다. 화자의 입을 통해야만이 현순이 안고 있는 걱정거리를 조금이라도 들을 수 있다.

"지훈이 외갓집에 무슨 일 있지?"

억순은 돌려 말하지 않고 물었다.

"오매, 참말로. 지훈이 외갓집에 뭔 일 있다요, 시방?"

"아, 내가 물어 봤잖아."

"참말로, 지는 암 것도 모르는디요, 시방."

"정말이지?"

"…야. 참말로, 지가 무어 땜시 그지뿌렁을 한 대여, 시방."

억순은 화자를 향해 눈을 흘기고는 주방에서 나온다. 안사돈에게 무슨 일이 있는 건 아닌 것도 같다. 안사돈의 일로 해서 현순이 속을 끓이는 일이라면, 화자의 주둥이가 가만히 있을 리가 없었다. 방으로 들어간 억순은 남편의 사진을 들여다본다. 함께 찍은 사진 한 장이 없는 얼굴이다. 그러니 남들처럼 면사포를 쓴 사진이 있을 리가 없다. 본처를 내치게 한 죄일 것이다. 일부러 그러려고 그랬던 것은 아니라고 핑계를 댈 수도 없다. 작정을 하고 한 짓이었다. 어떻게든 살아야 했기에, 가족을 살려야 했기에 선택한 일이었다. 어머니의 병환도 굶주린 배를 움켜쥐고 있는 동생들도. 굶주림과 병환에 시달리고 있는 가족을, 멀거니 바라보고 있는 아버지도 다 살려야 했다. 그러기 위해서는 여인숙의 안주인이 되어야만 했다. 자식을 못 낳는 안주인의 자리를 꿰차야 이 가난에서 벗어날 수 있었다. 나이가 많은 천석이 아버지를 유혹했다. 여인숙의 안주인 대신 아들 천석을 낳았다. 여인숙의 안주인 자리를 꿰찼다. 돈이 생기는 대로 저축을 했다. 안 먹고 안 쓰고 모은 돈으로 근처의 땅을 사 들였다. 땅이 있어야 농사를 지을 수 있는 것이었다. 농사를 지어야 가족들이 배를 곯지 않을 것이었다. 단 한 평의 땅도 지니지 못한 아버지의 대를 이을 수는 없었다. 아버지 곁을 떠나 여인숙의 조바가 된 것도 벼 한 포기 심을 땅이 없었기 때문이 아니던가.

강남에 개발 바람이 불었다. 여인숙 자리가 노른자위 땅이 됐다. 그 자리에 건물을 올렸다. 많은 재산을 일궈냈지만 남편의 사랑은 끝내 받지 못했다. 단 한 번도 눈길을 주지 않은 남편이었다. 억척을 떨며 재산을 일군 이면에는, 남편의 따뜻한 말 한 마디의 위로를 듣고 싶었는지도 모른다. 사랑은 아니라고 해도 좋았다. 수고했다는 당신이 있어서 오늘을 일군 것이라는 그 한 마디를 듣고 싶었다. 끝내 들을 수 없었다. 남편에게 그악스럽게 포악을 떤 것도 받지 못한 사랑에 대한 갈구였을 것이다. 자신의 마음을 몰라주는 남편이 미웠었다. 그런데도 남편의 사진을 볼 때면 미움보다는 사랑이라는 그

해 보지 못한 단어가 먼저 가슴속에서 울부짖는다.

억순은 남편의 사진을 보며 다짐한다. 하나밖에 없는 손자 지훈을 꼭 좋은 집안의 여식과 짝을 맞춰줄 것이라고. 천석에게서 이루지 못한 꿈을 지훈에게서 꼭 이룰 것이라고.

가문을 볼 것이다. 가진 거라고는 부른 배를 밀고 들어온 현순이 같은 며느리가 아니라 집안을 세탁해 줄 손자며느리를 볼 것이다. 그래서 혹처럼 달고 있는 '졸부'라는 명칭을 뗄 것이다. 이제는 그럴 때도 됐다. 어엿한 가문으로 탈바꿈해야 지난 과거를 묻을 수 있다. 여인숙에서 조바로 일하다가 본처를 내친 과거사를 기필코 세탁할 것이다.

억순은 황 여사가 소개한 조아리의 사진을 들고 거실로 나오면서 현순부터 찾는다.

"에미야!"

"네, 어머니?"

현순이 주방에서 나오며 대답했다.

"시장 본 영수증 갖고 와."

"네."

"시장 갔다 온 지가 언젠데, 영수증을 지금까지 안 줘."

"죄송해요, 어머니."

"돈 빼돌렸냐?"

현순의 등 뒤에서 화자가, 코를 벌렁거리며 입을 연다.

"오매, 참말로. 돈이나 줌서 시방 저런다요."

"네가 뭔데 나서? 나서길. 입 못 다물어."

억순이 화자를 향해 고함을 쳤다.

현순은 화자를 쳐다보며 함구하라는 듯 손가락을 입에 댄다. 화자가 현순의 손짓에 고개를 끄덕한다.

"시장 본 영수증, 다 내놔 봐."

현순은 억순이 앞에 영수증을 가지런히 놓는다. 억순의 카드를 쓰고 있는 현순이다. 무엇을 사든 그 즉시 억순의 휴대폰에 떴다. 그런데도 억순은 현순에게 어깃장을 놓고 있다.

억순은 현순이 펼쳐 놓은 영수증을 대충 훑어보고는 한쪽으로 밀어 놓는다. 조아리의 사진을 꺼내든다. 현순에게 건넨다. 현순이 의아한 얼굴로 억순을 쳐다본다.

"어때 보이냐?"

영수증을 갖고 오라고 언성을 높이던 억순은, 한결 수그러든 목소리로 현순에게 물었다.

"… 누… 누군데요, 어머니?"

억순은 현순의 말에 혀부터 찬다.

"쯧쯧. 누구긴, 누구야? 지훈이 선 볼 아가씨지. 넌 그래가 지고 절에 가서 새우젓 국물이라도 얻어먹겠냐? 어째 그렇게 눈치가 없냐? 아니면 없는 척 하는 거냐?"

"오매 샥시가 징허게 이뻐분지요, 이잉? 지훈이 샥시짜린 갑서? 근디 지훈이 나이가 몇인디 이로코롬 샥시짜리를 본다요, 시방. 참말로?"

화자의 말에 현순은 다시 사진을 든 손에 시선을 보낸다. 하지만 사진 속의 인물이 눈에 들어오지 않는다. 지훈이 천석의 자식이 아니라는 것이 밝혀지는 날에는 억순이 받을 고통은 이루 말할 수 없을 것이다. 그러기 전에 천석과의 이혼을 매듭지어야 한다. 그 생각들이 한데 엉기어 들면서 시야를 어지럽힌다. 사진 속의 인물이 흔들린다. 제대로 볼 수가 없다.

"좋은 규수는 일찍부터 점찍어 놔야지. 아, 중매쟁이 황 여사 발이 좀 넓어. 신흥기업의 둘째 딸이고, 명문대학에서 식품영향학을 전공하고 있는 재원이래. 황 여사의 말대로라면 지훈의 상대로 나무랄 데 없지. 그쪽에서는 둘이 좋다고만 하면 빨리 약혼을 시켜서 유학을 보내려나 봐. 그렇게 되면 우리야 말할 것도 없고, 안 그래?"

억순의 말이 끝나자, 화자가 나선다.

"오매, 참말로. 아적도 솜텔이 뽀송뽀송한 아그를 장가보내뿐지다고 그라요. 너무 빠르당께요, 시방?"

"지훈이 에미도 가만 있는데 네가 왜, 나서서 난리야? 네 아들이야?"

"아따 참말로. 아, 지훈이 장가가는 일인디요. 한솥밥을 나눠묵은 게 한세월인디요. 지가 당연히 알아야지라우, 시방."

"말하는 본새하고는… 에미 넌?"

억순이 잠자코 있는 현순에게 물었다.

"제… 제가 뭘 아나요."

"오매, 참말로. 그라도 시엄니는 사모님이지라우. 큰 사장님은 시할민디. 시엄니짜리가 맘에 들어야 되지라우. 시할미는 아무짝에도 쓸모 없당께요, 시방."

"뭐가 어째?"

억순은 화자의 말에 소리를 버럭 지르고는, 현순의 손에 들려 있는 사진을 낚아챈다.

"지훈이한테 전화나 넣어 봐."

"네, 어머니."

하고 대답한 현순은 몰려오는 두려움에 몸을 털며, 지훈에게 전화를 넣는다. 그 시간 지훈은 순환선 지하철 안에서 여자들이 신고 있는 구두에 시선을 보내고 있었다. '발이 신체에 미치는 영향'이라는 주제를 가지고 리포트를 써야 하기 때문이다.

지훈은 지하철의 칸칸을 돌아다니며 여자들의 구두를 눈여겨 본다. 퇴근길의 지하철 안은 혼잡스럽다. 개의치 않는다. 구두를 면밀히 훑어본다. 그러다가 지훈을 이십대 초반쯤으로 보이는 여자가 한쪽 구두를 벗고는, 반대쪽 구두 위에 발을 올려놓는 모습을 눈여겨본다. 잠시 후 여자는 반대쪽의 발을 그렇게 했다. 여자는 발이 불편한 듯 같은 동작을 반복한다. 여자가 신고 있는 구두의 앞부분이 유독 뾰족하다. 발가락에 변형을 일으킬 수도 있는 모양이다. 그것은 억순의 휘어진 엄지발가락만 보아도 알 수 있었다. 엄지발가락이 새끼발가락 쪽으로 심하게 휘어져 있는 '무지외반증'이라는 병명을 갖고 있는 억순은, 젊었을 때 꼭 끼는 신발을 신은 것이 원인인 것 같다고 했다. 지훈이 여자의 구두를 유심히 살펴보고 있는 사이에 순환선은 '강남역'에 정차하고 있었다.

지하철에서 내린 지훈은 메고 있는 백에서 노트를 꺼내든다. 자신의 미래는 이미 정해진 것일 수도 있다. 아버지가 할머니의 건물을 이어받아 관리하고 있는 것처럼, 그 길을 따라 걷다가 결혼을 해서 아버지가 되고 자식을 낳으면, 그 자식에게 그대로 물려주면 된다. 그렇게 정해진 길을 가고 싶지는 않다. 다른 일을 해 보고 싶다. 아직은 젊다. 그 무엇으로도 살 수 없는 20대이다. 20대의 푸르고 푸른 청춘을 건물 속에서 건물을 지키고 앉아 아버지가 하는 일을 답습하고 싶지 않다. 20대의 들끓고 있는 뜨거운 열정은 오롯이 자신의 것이다. 오직 자신에게 주어진 시간 앞에, 하고 싶은 일을 찾아 도전해 보고 싶다. 치기도 아니다. 객기를 부리는 것은 더욱 아니다. 정해진 미래는 지루할 것 같다. 창의적이고 독창적인 일에 열정을 불사르고 싶다.

지훈은 계단 한쪽에 서서 노트에 그림을 그린다. 구두의 모양이다. 구두의 앞부분을 둥그렇게 만들기 위해 펜 끝에 힘을 줄 때이다.

"어머나!"

교복을 입은 윤이가 소리를 지른다. 그때서야 지훈은 펜과 노트가 땅에 떨어진 것을 본다.

"죄송해요."

"뭡니까?"

"급하게 내려오다가, 그랬어요. 죄송합니다."

"그래도 그렇지, 어떻게 사람이 서 있는 것을 못 봐요."

윤이는 지훈의 꾸중을 들으며, 땅에 떨어져 있는 노트와 펜을 주워든다. 지훈에게 두 손으로 공손하게 내민다.

지훈은 노트와 펜을 확 낚아챈다.

"근데요. 제가 잘못한 건 맞지만요. 거기 서 계신 아저씨도 잘못된 거거든요."

"뭐요? 아저씨요?"

"네, 아저씨! 여긴 지하철을 이용하는 사람들로 붐비는 도심 한복판이라고요. 여기서 이러고 있는 게 얼마나 위험한 줄 아세요. 노트와 펜이 떨어졌으니까 망정이지, 만약에 제가 다쳤으면 어쩔 뻔 했어요?"

"……."

지훈은 어안이 벙벙해서 말이 나오지 않는다. 뭐라고 대꾸를 하려는데, 윤이가 "그럼, 실례할 게요." 하며 계단 아래로 내려가고 있었다. 지훈은 벌레 씹은 얼굴로 윤이의 뒷모습을 보다가 윤이가 신고 있는 구두를 본다. 굽이 없는 윤이의 구두가 자신이 떠올리는 이미지와 흡사하다는 생각이 들어서였다.

지훈은 계단을 서너 개씩 밟으며 뛰어 내려갔다.

"저기요? 학생! 잠깐만요??"

지훈이 부르는 소리에 윤이가 돌아본다. 윤이 앞에 선 지훈은 윤이의 구두를 보느라 다음 말을 잇지 못했다. 윤이가 지훈에게서 시선을 돌리며 계단을 딛기 위해 발을 내딛을 때였다. 지훈은 급한 마음에 휴대폰을 꺼내 윤이의 구두를 향해 셔터를 눌렀다. 윤이는 지훈이 여자들의 신체 부위를 몰래 찍는 치한이라고 생각했다. 어깨에 메고 있는 '에코백'으로 지훈을 향해 힘껏 휘둘렀다. 에코백은 지훈의 얼굴을 강타했다.

지훈은 얼굴을 감싸쥐며 주저앉는다.

천석은 강남경찰서의 출입문을 밀쳤다. 강남경찰서로 오라는 지훈의 전화를 받은 것은 성애와 저녁식사를 막 끝낼 즈음이었다. 몰래카메라 범으로 몰려 경찰서에 있다는 지훈의 말에 들고 있던 포크를 떨어뜨릴 뻔했다. 자신이 현순에게 저지른 몹쓸 짓을 지훈이 물려받은 것만 같아서였다. 피는 못 속인다고 했다. 그렇지만 지훈의 말을 믿고 싶지 않다. 지훈은 지금까지 말썽을 부린 아이가 아니다. 한 번도 속을 끓일 일도 만들지 않았다. 어떻게 된 아이가 요즘 아이들 같지 않았다. 그야말로 모범생이었다.

'그런 지훈이가 도대체 왜? 정말 나를 닮아서일까?'

천석은 스스로에게 물으며 지훈을 찾는다.

지훈은 피해자로 보이는 여학생과 책상 앞에 나란히 앉아 있었다.

천석은 그 모습을 보자 가슴속에서 뜨거운 것이 용솟음친다. 지훈이 어떤 아이인가. 자신에게 있어 하나밖에 없는 자식인 것이다. 세상의 그 어떤 것과도 바꿀 수 없는 자식이다.

"지훈아! 어디 다친 데는 없어? 응? 괜찮아?"

"아빠!"

"그래, 아빠야. 걱정했지? 걱정 마. 아빠가 다 알아서 해결해 줄 게. 넌 가만히 있어. 아무 걱정하지 말고."

천석은 지훈을 위로하며 안심시켰다.

'감히 이 한천석의 아들을.'

그렇게 소리치고 싶다. 힘주어 말하고 싶다. 그러나 여자의 신체 부위를 휴대폰으로 몰래 찍다가 잡혀 온 죄명은 중대한 사항이다. 성추행과 성폭력은 사회의 악이라고 치부할 정도로 사회문제로 대두되는 사안이다. 차라리 남자들끼리 치고박고 싸워서 벌어진 일이라면 얼마든지 합의금을 내놓을 것이다.

천석은 한 쪽에 다소곳이 앉아 있는 윤이를 바라보다가 형사가 가리키는 의자에 앉는다. 명함을 형사에게 내민다. 40대 후반으로 보이는 것 같은 형사는 천석의 명함을 쓱 훑고는 입을 뗀다.

"아드님께서 이 여고생의 신체 부위를……."

지훈이 형사의 말을 자른다.

"글쎄 아니라고 몇 번을 말씀 드려야 되는 겁니까? 구두를 찍었다고요. 구두를."

"아들, 가만히 있으라고 했잖아. 아빠가 알아서 할게. 아빠 믿지?"

지훈은 천석의 말에 씩씩거리다가 입을 다문다.

천석은 형사가 내미는 휴대폰의 사진을 본다. 정말 여고생의 신발을 찍은 것이다. 불순한 의도는 보이지 않는다. 여고생의 신체 부위를 찍으려고 했다면 여고생의 종아리나 짧은 교복 스커트 부근을 찍었을 것이다. 그렇지만 그것은 어디까지나 자신의 생각이다. 보는 관점에 따라 다를 수도 있다.

천석은 형사에게 지훈이가 '발이 신체에 미치는 영향'에 대해서 리포트를 쓰느라 집에서도 걸핏하면 신발을 찍고 있다는 것으로 서두를 꺼냈다. 그 바람에 신발장에 있는 신발이 죄다 나와 있는 건 허다한 일이라고, 부드러운 말투로 세세하게 설명했다.

형사는 천석의 말에 머리를 끄덕인다. 이미 지훈이한테서 설명을 들었었다. 지훈의 휴대폰에 저장되어 있는 사진에는 스케치한 구두의 모양이 대부분이었다. 지하철 역사에 서 있었던 것도, 여자들이 신고 다니는 구두를 관찰하기 위해서라고 했다. 사실 '몰래카메라 범'이라고 보기에는 무리가 있었다. 무엇보다 지훈이 하는 말이 진실해 보인다는 거다. 어디 그뿐인가. 휴대폰으로 여자들의 신체 부위를 찍는 파렴치한이라면, 말 그대로 상대방의 신체 부위를 몰래 찍어야 하는 것이었다. 그런데 지훈은 사람들이 모두 쳐다보는 곳에서 사진을 찍었다는 점이다. 형사생활 십 년이 다 되어 가고 있었다. 척 보면 어느 정도는 알 수 있다. 진실인지. 거짓으로 하는 이야기인지. 적어도 여자들의 뒤꽁무니나 따라다니면서 휴대폰으로 몰래, 여자들의 신체 부위를 찍어 대는 파렴치한은 아닌 것 같다. 그런 청년으로는 보이지 않는다. 말하는 것도 거짓으로 꾸며낸 것 같지 않다. 진중하다.

"성윤이 씨!"

윤이는 자신을 부르는 소리에 고개를 든다. 형사를 쳐다본다. 형사라기보다는 교감 선생님 같은 모습이다. 형사의 얼굴을 똑바로 바라보면서 대답한다.

"네."

"한지훈 씨도 성윤이 씨의 처벌은 원하지 않는다고 하고. 보시다시피 한지훈 씨의 얼굴과 눈 주변이 저렇게 벌겋게 부어 있지 않습니까?"

윤이는 형사가 가리키는 지훈의 얼굴을 힐끔 쳐다본다. 형사의 말이 아니더라도 지훈의 얼굴이 벌겋게 부어 오른 것을 보고 있었다. 눈 두 덩이가 찢어지지 않은 것이 다행일 정도다. 더구나 구두의 앞부분을 찍은 사진이다. 발등은 나오지도 않아서 신체 부위라고 하기에도 애매해 보이는 것도 사실이었다.

"죄송해요, 치료비는 드릴 게요."

"아니 누가 지금 학생한테 치료비를 달라고 했습니까? 멀쩡한 사람을 치한으로 만들어 놓고. 아, 진짜."

"누가 구두를 찍는 줄 알았어요, 아저씨!"

"뭐? 아저씨? 아까부터 자꾸 아저씨라고 하는데, 나 아저씨 아니거든요."

"그럼 아저씨라고 하지. 오빠라고 해요?"

"와."

지훈은 당돌하게 내뱉는 윤이의 말에 뒤통수를 긁으며 어이없어 한다.

"그리고 신고 있는 남의 구두를 허락도 없이 찍는 것도 범법자는 범법자죠."

윤이는 지훈을 향해 고개를 빳빳하게 쳐들며 항변했다.

"뭐, 뭐야?"

지훈의 목청이 커졌다.

"지훈아! 얌마, 고만 해. 학생이 사과하잖니? 사내자식이 속이 좁으면 못써. 동생 같은 애한테. 너도 빨리 사과 해."

지훈은 천석의 말에도 씩씩거린다. 생각할수록 분한 마음이다. 누구한테 맞아본 적이 없다. 그런데 이런 봉변을 당한 것이다. 억울하기 짝이 없지만 자신의 잘못도 있다. 아니 이 사회의 한 단면일 것이다. 사람이 사람을 믿지 못하게 되어 버린 사회는 작은 일에도 서로를 치한으로 치부해 버리는 것도 같다. 그런 현실이 안타깝다. 더구나 상대방은 자신보다 어린 여자아이다. 고등학생인 것이다. 윤이의 말도 일리가 있다.

지훈은 윤이를 향해 머리를 숙인다. 진심을 담아 사죄한다.

"미안해요. 내 불찰로 학생을 경찰서까지 오게 해서."

지훈의 사과에 윤이도 진심을 다해 사죄한다.

"죄송해요. 얼굴 치료부터 받으세요. 치료비는 아빠한테 말씀 드려서 보내 드릴 게요."

윤이의 말에 천석이 끼어든다.

"학생, 치료비는 됐어."

천석은 얼굴에 웃음을 띠며 윤이에게 다정하게 말했다.

"죄송합니다."

윤이가 천석을 향해 머리를 깊이 숙였다.

천석은 윤이를 보며 현순에게 딸아이를 낳자고 조르던 지난날을 떠올린다. 낳을 수만 있다면…… 여러 명의 자식을 두고 싶었었다. 결혼을 하면 자식을 많이 낳을 것이라고 다짐했었다. 특히 딸아이는 꼭 낳을 것이라고. 그러나 어찌 된 일인지 지훈의 동생이 생기지 않았다. 현순이 피임을 하지 않는데도 그랬다. 딸아이가 태어났더라면……. 현순과 헤어진다는 생각을 안했을까. 그것도 알 수 없는 일이었다. 성애 앞에서는.

천석은 경찰서 정문을 벗어나고 있는 윤이의 뒷모습을 바라보다가 지훈에게 고개를 돌린다.

"저녁은 먹었냐?"

"햄버거 먹었어요."

"햄버거 가지고 되겠어? 여학생이랑 싸우느라 에너지가 다 소진되었을 텐데."

"아빠, 자꾸 놀릴 거야?"

"알았어, 임마."

천석은 웃으며 지훈의 어깨를 감싸 안는다. 지훈이 몰래카메라 범이 아니라는 것이 그저 고맙다. 자신이 거울 앞에 서 있는 것처럼 지훈의 모습이 그곳에 서 있게 될까 봐 두려웠었다. 지훈을 향한 뜨거운 감정이 뭉클거린다. 성애에게 가려던 마음을 접는다.

"아빠가 맛있는 거 사 줄까?"

"뭐?"

지훈이 볼멘소리로 묻는다.

"너 먹고 싶은 거."

"진짜?"

"그래, 임마. 진짜지. 아빠가 가짜로 물어보겠냐? 자식하고는."

지훈은 주변을 두리번거린다.

지훈이 '뼈다귀 감자탕'집을 가리킨다.

"좋았어. 가자."

"응, 아빠!"

하며 지훈이 천석의 손을 잡는다.

천석은 지훈의 손을 잡고는 음식점으로 들어갔다. 주문한 뼈다귀 감자탕이 나오자, 지훈은 뼈다귀를 들고 쪽쪽 소리를 내며 맛있게 먹고 있다가 천석을 바라본다.

"아빠도 먹어."

"난, 밥 먹었어. 어서 먹어."

천석은 성애와 대종호텔 라운지에서 스테이크에 와인을 곁들인 식사를 했다. 성애의 취향에 따라 하는 식사는 자신의 입맛에 맞지 않았다. 자신은 그야말로 토속적인 음식에 길들여진 사람이었다. 스테이크를 먹으면 가스가 차 있는 것처럼 뱃속이 부글거렸다. 속이 답답한 것도 같았다.

"넌 스테이크 같은 건 안 좋아하냐?"

"응, 별로야. 간단하게 먹으려고 햄버거를 먹은 거지. 난 집에서 먹는 시래기국이 제일 맛있어. 아빠도 좋아하는……."

"자식하고는."

천석은 피식 웃으며 턱 주변을 쓴다. 벅벅 문지른다. 자신의 식성까지 쏙 빼닮은 지훈이다. 이런 자식을 낳아준 현순을 두고…… 성애에게 향해 있는 마음만 돌리면 되는 일이다. 그렇게 하면 가정의 평화는 영원할 것이다. 아들 지훈과 이런 다정한 시간도. 그 가정의 평화를 스스로 깨고 있는 것이다.

'휴우' 하고 천석은 자신도 모르게 깊은 한숨을 내쉰다. 한숨이 습관처럼 나온다.

"아빠!"

하고 지훈이 불렀다.

"응."

천석은 지훈을 쳐다보며 대답했다.

"부탁이 있어?"

천석은 비집고 나오려고 하는 한숨을 밀어 넣으며, 부러 이맛살을 찌푸린다. 장난기 가득한 목소리로 묻는다.

"뭐? 또 사고 친 거는 아니지?"

"아, 진짜. 아빠!"

지훈이 입가를 손등으로 쓱쓱 문지르며, 천석을 책망하는 투로 말했다.

"농담이고. 뭔데?"

천석이 지훈의 이마를 손가락으로 튕기며 묻자, 지훈이 이마를 만지며 나긋한 목소리로 말한다.

"오늘 있었던 일, 말이야. 아빠와 나와 둘이서만 알았으면 해서."

가족들이 염려할 것을 우려하는 지훈이의 부탁에 천석은 목젖이 따갑다.

"싫어. 할머니한테 다 고자질할 건데."

"에이… 아빠… 자…."

하며 지훈이 천석의 앞에 쪼그리고 앉는다. 등을 내민다.

"왜 자꾸 날 업어주는데?"

"내가 어렸을 때, 아빠가 나를 목마 태워주곤 했잖아. 그때 다짐했어. 내가 아빠처럼 키가 커지면, 꼭 아빠를 업어줄 거라고."

"……."

천석은 지훈의 등에 업힌다. 콧등이 시큰해져서 아무 말도 할 수 없다. 자꾸만 나오는 한숨을 지훈의 넓은 등에 쏟아낸다. 한없이 부끄럽다. 자신의 사랑을 되찾기 위해 자식을 이용했다. 지훈이가 자신의 자식이 아니라는 것으로 현순을 협박

했다. 현순은 이혼을 못하겠다고 더 이상 고집을 피우지 않았다. 대신 어머니와 정리할 시간을 조금만 달라고 했다. 현순의 마지막 청을 뿌리칠 순 없었다. 현순이 어머니를 어떻게 보필하고 있는지를 잘 알고 있기 때문이었다.

"무슨 일이야? 부자가 나란히 들어오고?"

"지훈이가 뼈다귀 감자탕이 먹고 싶다고 해서, 저녁 같이 먹었어요."

천석의 말에 지훈이 '끄으윽' 하고 트림을 하며, 억순의 허리를 감아 안는다.

"아구, 냄새."

억순이 냄새를 없애려는 듯, 손 부채질을 활활거린다.

"히히, 할머니! 그래서 나 싫어."

"누가 싫대. 뼈다귀 감자탕이 그렇게 먹고 싶었으면 할미한테 얘기를 했어야지. 이그……."

"갑자기 먹고 싶어서 그랬어."

"알았어. 할미가 내일 당장 해 줄게."

"노우. 다음에, 할머니. 오늘은 여기까지, 뼈다귀는."

지훈의 넉살에 억순이 웃다가 웃음을 그치고는, 지훈의 얼굴을 보며 큰 소리로 묻는다.

"얼굴이 왜 이래? 응?"

"아, 아무것도 아냐. 걱정 마, 할머니."

"아무것도 아니기는… 얼굴이 벌건데….."

"아빠랑 장난치다가… 그치 아빠?"

"…응. 좀… 저랑 부딪혀서."

천석의 말에 억순이 혀를 차다가 지훈에게 "병원 안 가 봐도 되겠어?" 하고 물었다.

"괜찮아, 할머니. 약 바르면 돼."

근심이 가득한 얼굴로 지훈의 얼굴을 쳐다보던 억순이 이제야 생각이 났다는 듯, 손뼉을 탁 치며 말한다.

"아, 참. 내 정신 좀 봐."

하는 억순에게 천석이 묻는다.

"왜요?"

"잠깐만 기다려 봐."

말을 마친 억순이 조아리의 사진을 꺼내 드는 것을 보며 현순은 주방으로 향한다. 주방으로 들어서자 화자가 과일을 깎고 있다가 "뭣 땜시 들어오신당가요? 지가 준비혀서 개지고 나갈틴디, 시방." 하며 현순을 쳐다본다.

현순은 화자의 말에 대꾸 없이 식탁 의자에 앉는다. 화자의 손놀림을 멍하니 바라본다. 천석과 지훈이 함께 들어온 것을 보며 뛰기 시작한 심장소리는 여전히 귀청을 때린다. 청각은 잔뜩 예민해져서 거실에서 들려오는 소리를 좇는다.

"과일 내 와."

억순의 소리가 들려왔다. 현순이 놀라며 벌떡 일어나자, 화자가 "오매, 참말로 뭐 땀시 그라고 놀랐싸요, 시방?" 했다. 현순은 정신을 가다듬으며 화자가 내미는 다과상을 받아 들었다. 거실로 나가자 지훈이 사진을 쳐다보며 억순에게 묻고 있었다.

"누구야? 할머니!"

"누구 긴. 네, 각시 자리지."

억순은 지훈에게 조아리에 대해서 황 여사에게 들은 대로 설명하고 나섰다. 억순의 이야기가 끝나자 지훈이 입을 연다.

"할머니! 나 이제 스무 살이야, 대학생이고. 벌써 결혼은 아닌 거 같아. 그리고 나, 군대도 가야 해. 영장 나오는 대로."

천석은 억순과 지훈의 말을 들으며, 지훈을 빨리 결혼시켜도 나쁘지 않을 것 같다는 생각을 해 본다. 그렇게만 되면 현순과 이혼을 해도 지훈에게는 아버지로서의 할 일은 다 하는 셈이 되는 것이다.

천석은 큰 기침을 하며 끼어든다.

"할머니 말씀대로 한 번 만나보지 그래."

"아빠!! 아빠까지 왜, 그러는데?"

"왜 그러긴, 임마. 다 너를 위해서지."

"나 빨리 결혼 시키는 게 나를 위해서야, 무슨? 조선 시대야? 정혼자 정해 놓고 군대 가게. 군대만 가냐고. 군대 갔다 오면 학교도 졸업 해야지. 취직도 해야지. 사회도 배워야지. 세상을 더 배우고. 배우면서 놀아도 보고, 그런 다음에 서른 중반 쯤 되면 그때 결혼을 생각해 볼 거야."

지훈의 말이 끝나자 억순이 쇼파에 몸을 깊숙이 묻고 있다가 자세를 고쳐 앉는다.

"누가 너 보고 취직하라고 그랬어. 네 아빠 옆에서 건물 관리하는 거 배우면서 놀아. 노는 건 결혼해서도 놀면 되고. 누가 지금 결혼하래. 약혼만 해 놓고 있다가 제대하면 같이 유학 가면 되잖아. 일단 한 번 만나는 봐. 너무 좋은 집 규수라 놓치기 아까워서 그래. 이 할미의 소원이야."

"할머니, 난 싫어. 내가 결혼할 때가 되면 내가 알아서 좋은 여자 만날 게. 왜, 할머니가 골라주려고 해?"

"세상에 얼마나 불여시들이 많은데. 우리 집 재산 넘보고……."

억순은 말을 하다가 끊는다.

'네 어미처럼 부른 배라도 들이밀고 들어오는 날에는.'

그 말이 튀어나올 뻔해서였다. 언젠가 그 말을 했다가 지훈이 펄펄 날뛰는 바람에 조심을 하는 중이었다.

억순은 천석을 향해 눈짓을 한다. 억순의 눈짓에 천석은 고개를 갸웃거리다가 현순에게 묻는다.

"당신은 어때?"

"… 저… 저야……."

"아, 에미도 이쁘고 좋대. 현이 엄마까지 다 봤어, 우리는. 지훈이 너만 결정하면 되는 일이야."

현순의 대답에 쐐기를 박듯 억순이 거들었다. 억순의 부연 설명이 끝나자 천석이 지훈을 어른다.

"그래, 지훈아! 뭐, 차 한 잔 마신다고 해서 다 결혼 하는 건 아니잖아. 보고 나서 결정해. 친구처럼 지내도 좋잖아."

천석의 말에 지훈은 소파 등받이에 고개를 젖힌다. 신체 부위를 몰래 사진을 찍는 파렴치한으로 몰려 경찰서까지 다녀와야 했다. 그 일을 해결하고 돌아온 집에는 결혼 문제를 종용하고 있다. 그것도 결혼이라는 일생일대의 최고의 과제를 놓고. 그 과제만큼은 천천히 풀고 싶다. 결혼에 대한 생각 자체도 없다. 혼자 살고 싶다. 하고 싶은 공부나 실컷 하면서…… 돈에 대한 큰 욕심도 없다. 물려받을 재산만으로도 충분하다. 돈이란 나눠 쓰는 것이다. 어렵고 힘없는 약자들과…… 세상을 뜰 때쯤이면, 사회의 저소득층을 위해 써 달라고 기부를 할 것이다. 빈손으로 왔으니 빈손으로 돌아갈 것이다. 그렇게 떠나면 되는 것이다. 굳이 결혼을 해서 자식을 낳고 하는 대물림에 기여를 해서 대대손손 재산을 물려주고, 재산 증식시키는 데 혈안이 되어야 하는 것일까.

이제 스무 살밖에 안 된 자신에게 미래의 반려자를 지금부터 정해 놓으라니. 이조 시대도 아닌 21세기에서 타당한 일인가.

"에미, 네 자식이니까 네가 알아서 해. 자식 장가 들이고 싶으면 에미가 날을 잡아서 지훈이 데리고 나가든 말든 해. 내 자식 하나 결혼시켰음 됐지, 이 나이에 손자 장가들이는 것까지 내가 신경을 써야겠어?"

"네, 어머니. 죄송해요."

억순이 현순에게 울화를 터트리며 어깃장을 놓고 있었다.

지훈은 쇼파 등받이에서 몸을 일으키며 억순을 바라본다.

알고 있다. 할머니가 왜 어머니에게 불퉁거리는지를. 철이 드는 날부터 보아 온 일이다. 자신이 사진 속의 인물과 대면하지 않는 한, 할머니는 계속해서 어머니를 괴롭힐 것이다. 그렇기 때문에 빠른 시일 안에 사진 속 인물을 만나야만이, 이 사태가 마무리될 것이다.

"할머니, 그럼 보기만 하는 거다. 당장 결혼하라고 하지 마. 결혼은 천천히 생각 해 볼 거야. 할머니가 그 약속만 지켜준다면 내일이라도 당장 만나 볼게."

"정말이야?"

억순의 얼굴에 화색이 돈다.

"그럼, 정말이지. 할머니한테 거짓말을 하겠어."

하며 지훈이 소파에서 몸을 일으켰다.

"올라가려고?"

천석이 지훈을 향해 묻자, 억순이 거든다.

"그래, 올라가서 쉬어. 이 할미가 약속장소와 시간 잡아서 알려줄게."

"응, 할머니."

억순의 말에 지훈이 대답을 하며 2층으로 올라가자 천석은 억순의 눈치를 살피다가 몸을 일으켰다.

"저도, 올라갈 게요."

"벌써?"

"열 시가 다 됐어요."

하며 천석이 일어났다.

억순은 천석과 이야기를 좀 더 나누고 싶었다. 오늘도 초저녁부터 어리마리했다. 깊은 잠이 들지를 않았다. 그러니 긴 밤을 지새워야 할지도 몰랐다. 그래서 천석에게 물었던 것이었다. 말벗을 하고 싶어서.

자신과 마주 앉아 자신에게 세상 돌아가는 일을 주거니 받거니 하던 곰살맞은 천석이 자꾸만 자신을 피한다.

'대체 무얼 숨기는 걸까.'

억순은 천석에게 일고 있는 의심을 떨쳐버리려는 듯, 현순을 향해 "숭늉 갖고 와." 하고는 안방으로 들어가 버린다.

현순은 억순의 말이 떨어지기가 무섭게 자리끼를 들고 안방으로 들어간다. 억순의 잠자리를 살핀다. 억순이 몸을 옆으로 돌리며 퉁명스럽게 내뱉는다.

"왜, 안 나가고, 그러고 있어?"

"불편하신 거 있나 해서요."

"불편할 게 뭐 있어. 허리 쑤시는 거 말고는. 물리치료를 받아도 시원찮고."

"엎드리셔요, 어머니."

억순은 기다렸다는 듯 엎드린다.

현순은 억순의 허리를 꾹꾹 누른다. 손목이 짓쑤신다. 또 시작이다, 통증이. 아랑곳 하지 않고, 억순의 허리를 주무른다. 시간이 흐르면서 억순의 숨소리가 고르게 들려왔다.

현순은 억순의 잔등 밑으로 손을 조심스럽게 넣어본다. 돌 침대는 알맞은 온도로 덥혀져 있다. 갓등의 줄을 조심스럽게 잡아당기던 현순은 문득 억순의 잔등에 기대고 싶어진다. 그러면 가슴속에 고름처럼 차 있는 고통이 눈 녹듯 사라질 것만 같다. 목젖에 걸려 있는 슬픔이 울컥울컥거린다. 현순은 그 마음을 누른다. 억순의 방을 나온다. 거실 등을 소등한다. 집 안 구석구석을 점검하며 집안을 살피고는 2층으로 올라가는 층계를 밟는다. 먼지를 쓸어내듯 층계의 난간을 쓸어본다. 나무로 된 난간은 이 집의 지나온 시간을 말해 주듯 반질반질 하게 길이 들어져 있다. 지훈이 이십 년 가까이 오르내리고 있는 계단이다. 지금도 지훈은 한 번씩 2층의 난간에 앉아 미끄럼을 타면서 아래층으로 내려오곤 했다. 그때마다 억순 은 혹여라도 지훈이 다칠까 봐 칠색 팔색을 했다.

이 집을 지은 건 지훈이 태어난 지 백 일이 될 무렵이었다. 억순은 지훈을 등에 업고 집 짓는 것을 통솔했다. 천장을 잇댈 목재 하나를 고르는데도 인공으로 건조를 했는지 자연건조인지를 캐물으며 심혈을 기울였다. 지훈이 장가가서도 살 수 있게 지어야 한다며 2층으로 올라가는 계단을 만드는 나무의 결 하나도 예사롭게 보지 않던 억순이었다.

현순은 계단에 앉는다. 난간에 머리를 기댄다. 매일 쓸고 닦아낸 탓에 먼지 하나 없다. 이제 이 집에 있는 모든 것들에 대한 기억과 작별을 해야 하는 것이다. 그 시간을 어찌 잊을 수 있을까. 어떻게 그 세월을 기억에서 밀어낼 수 있을까. 무엇으로 그 그리움의 흔적을 지울까나. 고운 나날들……. 힘겨움의 나날들 속에 켜켜이 묻어 있는 복닥복닥했던 그 모든 추억들. 가족들과 함께 공유해야 만이 웃고 울을 수 있는 시간들. 감히 행복하다고 말하면 그 모든 것들이 사라질 것 같아서 소리 내어 웃지도 못했고, 불행하다고 하면 불온한 일이 또 생길까 봐 숨을 죽여 울 수도 없었던 회한의 날들이었다.

'아.'

하고 현순은 낮은 신음을 내뱉는다. 현순의 신음 소리가 떠

돌다가 천천히 계단을 밟는 현순을 따라붙는다. 계단 벽면에 부착된 벽 등은 현순의 실루엣에 긴 꼬리를 만들어준다.

천석은 현순과의 이혼을 미루리라고 다짐한다. 부부가 졸혼이다, 이혼이다 해서 각자가 사는 세상이 됐다. 그렇지만 하나밖에 없는 자식의 혼사를 앞두고 그럴 수 없다. 지훈이를 위해 최선을 다할 것이다.

천석은 현순이 방으로 들어오자 지훈의 결혼이야기를 꺼내 든다.

"지훈이 결혼, 빨리 시키는 건 어때?"

현순이 뭐라고 대답도 하기 전에 천석이 말을 이어나간다.

"지훈이가 가정을 꾸리기만 한다면 당신도 좋잖아? 안 그래? 좀 이르기는 하지만."

"… 무슨 말인지…?"

"무슨 말이긴. 지훈이 결혼, 일찍 시키자는 거지. 엄마 말씀대로라면 우리 쪽에서는 마다 할 이유가 없는 아가씨잖아. 지훈이만 좋다고 하면 바로 약혼 시켜서 유학 보내자고. 그때까지 이혼하는 거 보류할 테니."

"…여… 여보!"

"지훈이 내 자식처럼 키웠어. 당신도 잘 알 거야."

"그럼요."

"내가 지훈이에게 해 줄 수 있는 마지막 선물이야."

"여… 여보!!!"

"아, 참. 왜 자꾸 불러."

천석은 넓적다리를 손으로 비빈다. 거짓말을 하는 것이 양심에 거리끼어 현순을 바라볼 수 없다.

현순은 고개를 숙인 채 눈물만 쏟고 있다. 20년 전, 천석이 자신의 뱃속에 있는 아이의 아버지가 되겠다고 하던 날처럼…… 천석이 그렇게만 해 준다면 무엇을 더 바라겠는가. 위자료는 필요 없다. 한 푼도 받지 않을 것이다. 진심이다. 천석과 결혼하기 전에 억순에게 써준 각서 때문이 아니다. 죄 많은 어미에게 어미로서의 의무를 다할 수 있는 기회를 주기 위해 천석은 또 희생을 자처하고 나선다. 천석에게 고맙고 미안하고 죄스러운 마음뿐이다. 죄 많은 여자에게 한없는 아량을 베푸는 천석에게 뭐라고 해야 하나. 전할 길 없는 마음이 안타깝다. 애달프다.

현순은 눈물을 훔치며 입을 연다.

"고마워요. 당신한테는 할 말이 없어요. 뭐라고 당신한테 감사의 마음을 전해야 하는데…… 아무런 말도 떠오르지 않아요. 생각나는 건 당신이 저한테 먹고 살 만큼의 위자료를 준다고 한 소리만이 기억나요. 전 위자료를 받지 않을 거예요. 그럴 자격이 없는 사람이에요. 위자료라는 것은 배우자끼리 결혼생활에 충실했지만, 어쩔 수 없는 이유로 이혼을 할 때 받는 거잖아요. 전 그런 배우자가 아니에요. 당신이 더 잘 알잖아요. 당신이 지훈이에게 쏟은 사랑만으로 충분해요. 지훈이가 저렇게 잘 자랄 수 있었던 것도 다 당신 덕분이에요. 당신은 우리 모자에게 이미 할 만큼 다 했어요. 20년 전에 당신이 우리 모자를 지켜 주지 않았다면, 우리는 벌써 이 세상 사람이 아니었어요."

말을 마친 현순은 다시 흐느낀다. 아무리 멈추려고 해도 눈물이 계속 흐른다. 지훈을 위하는 천석의 넓은 아량에 고마움과 미안함이 한데 어우러진 눈물이다. 천석은 현순이 흐느끼는 것을 보며 성애를 떠올린다. 성애도 현순과의 이혼을 잠시만 보류하겠다고 하면 자신의 결정에 따를 것이다. 분명히. 성애는 자신이 이혼하는 것을 두고 극구 말렸었다. 조용히 미국으로 돌아가겠다고 했다. 가정을 지켜 달라고 부탁하며 눈물까지 보이던 성애가 아니던가.

"그만 울어."

천석은 넓적다리를 손으로 비비며 말했다.

"미, 미안해요."

현순이 눈물을 닦으며 감정을 다스린다. 천석이 지훈이 문제를 다시 꺼내든다.

"지훈이 결혼은 결혼이고. 위자료는 위자료대로 줄게. 평생 먹고 살 수 있게 줄 테니 받아. 위자료 안 받으면 당신이 뭐해서 살려고. 사회생활이라고는 하루도 안 해 본 사람이. 그러니까 준다고 할 때 받아. 그리고 지훈이 결혼 문제는 당신이 지훈이 잘 설득해서 진행하도록 해."

"네, 그렇게 할게요. 정말 고마워요."

"고맙다는 말 그만하고, 지훈이나 잘 설득해."

하는 천석의 말에 현순은 고개를 끄덕였다.

천석이 침대에 눕는다.

현순은 천석이 불편하지 않게 천석의 잠자리를 봐주고는 지훈의 방으로 향했다. 천석의 말이 아니더라도 지훈의 생각을 물어볼 참이었다.

지훈은 현순이 방문을 여는 소리에 고개를 돌린다.

"어, 엄마!"

"공부하는 중이니?"

현순의 물음에 책상 앞에 앉아 컴퓨터의 모니터를 보고 있던 지훈이 기지개를 켜며 대답한다.

"아니. 뭐 좀 볼 게 있어서, 왜? 엄마?"

"응, 아냐. 그냥……."

"참, 얼굴에 약 발라야 되지 않아?"

"응, 발랐어. 나한테 하고 싶은 이야기 있어? 있으면 해, 엄마."

"아니, 뭐. 하고 싶은 이야기라기보다."

하며 현순이 말꼬리를 흐렸다.

지훈은 현순의 충혈된 눈을 바라보다가 자세를 고쳐 앉는다. 가슴속이 답답해진다. 자식인 자신 앞에서조차 말을 아끼는 어머니 때문이다. 어머니는 시간을 거슬러 올라간 과거의 시대에서 사는 것만 같다. 그때의 풍습에 맞추어 산다고 해도 도가 지나쳤다. 어머니는 집안의 모든 일을 도맡아 한다. 가사 도우미 아주머니가 있는데도 어머니는, 식구들이 먹는 반찬하나부터 소소한 것까지 자신의 손으로 직접 했다. 그 흔한 은행 카드 한 장이 없는 어머니는 단 돈 천 원짜리 하나도 할머니가 주어야 썼다. 청담동의 안주인이라기보다 집안의 오래된 노예 같았다. 그런 삶을 영위하면서도 불만을 내비치지도 터트리지도 않는 어머니가 도대체 이해가 되지 않는다.

"엄마! 나한테 할 이야기 있으면, 망설이지 말고 해 봐."

지훈이 재차 묻는다. 그때서야 현순이 조심스럽게 입을 연다.

"… 여자 친구가 있나 해서?"

"여자 친구?"

"그래. 여자 친구가 있으면 엄마 좀 보여 달라고."

"없어."

"왜? 우리 아들처럼 멋진 청년이."

"엄마 눈에나 내가 멋지지. 밖에 나가 봐. 다들 잘 생겼지. 전부 연예인 같아, 엄마."

"그럼, 할머니가 말씀하신 아가씨 한 번 만나 봐. … 저, 지훈아! 엄마 생각도 할머니나 아빠처럼 네가 빨리 짝을 만나면 어떨까 싶어. 결혼을 빨리 하면 사회생활을 하는 데도 무엇보다 안정적이고. 아이를 일찍 낳으면 힘도 덜 들 거든. 괜히 결혼 늦게 해서 아이 낳고 어쩌고 하다 보면 금방 마흔이 훌쩍 넘는다. 마흔이 넘으면 몸도 마음도 지금과는 달라. 아이들도 젊은 아빠를 좋아할 걸. 신문에서 읽었는데 마흔이 넘은 아빠들은 두렵데. 애들 운동회 날, 달리기 할 생각하면……공부 더 하고 싶어 했잖아. 함께 유학 가서 공부 해."

현순은 지훈에게 하고 싶은 말을 쏟아냈다.

"엄마! 나, 군대도 가야 해."

"알아. 유학 갔다 와서 가도 되잖아."

지훈은 대꾸하지 않는다. 현순의 말에 더 이상의 이유를 만들고 싶지 않다.

"알았어, 엄마."

현순은 지훈의 대답에 마음이 한결 가벼워진다. 배시시 웃는다.

지훈은 충혈된 눈으로 웃고 있는 현순을 쳐다보며 마주 웃는다. 자신으로 해서 어머니가 울었을 것이다. 할머니에게서 꾸중을 들은 것이 분명했다. 지금 결혼 문제를 놓고 어머니가 자신에게 이야기를 하는 것도 할머니의 엄명을 받았기 때문일 것이었다. 어머니 앞에서 결혼에 대한 자신의 생각을 또 다시 밝히고 싶지 않다. 어머니의 마음을 편안하게 해주고 싶다.

"엄마! 나 엄마한테 부탁이 있어."

지훈의 말에 현순의 눈동자에 겁이 더럭 실린다. 눈동자가 불안스럽게 흔들린다.

"…무… 무슨 부탁인데?"

"엄마, 있잖아. … 집안일도 중요하지만, 나는 엄마가 엄마의 삶도 살았으면 좋겠어. 엄마 자신도 사랑해야지. 왜 엄마는 가족들만 사랑하는 거야? 그건 사랑이 아니야, 희생이지. 난 엄마가 그렇게 사는 거 싫어. 더구나 엄마는 이 집안의 안주인이잖아. 엄마답게 아니 안주인답게 어깨를 활짝 펴고 신나게 살아야지. 그래야 이 아들도 신나지, 안 그래? 엄마?"

"… 엄마가 네 눈에 그렇게 보이니?"

"응, 엄마."

"알았어. 그렇게 살게. 고마워, 아들."

"고맙긴. 항상 엄마 옆에서, 이 아들이 응원할게. 내일부터 당장 엄마가 하고 싶은 걸 하는 거야. 필요한 것이 있으면 나한테 말해, 엄마. 무엇이든지 다 지원해 줄게."

현순은 지훈의 손을 꼭 잡는다. 그렇게도 부정하고만 싶은 아이였었다. 그렇게도 저주를 했던 아이였었다. 그렇게도 이 세상에서 사라지기를 바라던 아이였다. 그렇게도 함께 죽어야 된다고 여기던 아이가 아니었던가. 그런데……. 그 아이가 다 자란 성인이 되어 죄 많은 어미를 위로하고 있다. 삶의 방향을 제시해 주고 있다. 미래의 삶까지도. 이 아이에게 살아 있으면서도 죽은 사람처럼 살아야만 하는지에 대해서는 더욱 이야기를 해 줄 수가 없다. 너무나 바르게 자라준 지훈이다. 그래서 더 미안하다, 말할 수 없이.

*

호철의 집안에서는 가족들의 웃는 소리가 담장을 넘어간다. 윤이 때문이다. 윤이는 지훈과의 사이에서 벌어졌던 일을 호철과 옥실 앞에서 세세하게 설명하고 있다. 온갖 제스처를 쓰며 지훈의 흉내를 내고 있는 윤이의 모습에 호철과 옥실은 배꼽을 쥔다. 그 바람에 집안은 웃음소리가 차고 넘친다. 항상 주변을 밝게 하는 윤이다. 단촐한 가족이지만 집안은 언제나 많은 가족들이 모여 있는 것처럼 꽉 찬 느낌이다. 윤이가 없다면 웃을 일이 없는 집이다. 그런 데에는 이 집안의 주인인 옥실의 성품도 한몫했다. 워낙 조용한 성품이다. 발걸음을 내딛는 소리도 잘 들리지 않을 정도로 옥실의 걸음걸이는 전혀 중력이 느껴지지 않는다. 여자들이란 자고로 큰 소리를 내지 않아야 된다는 게 옥실의 지론이다. 그러나 옥실은 호철이 혼자 지내는 것에는 시름이 깊다. 13년이라는 세월이 흘러가는 동안 호철을 아무리 재혼을 시키려고 해도 호철은 마다했다. 그러니 마음이 편할 수가 없다. 어미로서의 할 일을 다 못하고 있는 것이다. 혼자 지내는 것이 얼마나 등이 시린가. 부부는 오래도록 함께 살아야 되는 것이다. 나이가 들어갈수록 곁에서 지켜 줄 사람은 서로의 짝뿐인 것이다. 그 생각이 들 때면 남편에 대한 그리움이 뼛속까지 파고드는데, 하나밖에 없는 자식까지 홀아비가 됐다. 호철이 넓은 침대에서 저 혼자 웅크리고 잠든 모습을 볼 때마다 가여웠다. 견딜 수 없을 정도로 가슴이 미어졌다.

'이 나이에도 옆 자리가 허전하거늘. 저 나이에……'

옥실은 호철이 안타까웠다. 여러 곳에 혼처를 부탁했다. 하지만 호철은 그저 웃기만 할 뿐 맞선을 보려고 하지 않았다. 마다했다. 윤이 생모에 대한 사랑이 지극한 것도 아니었다. 중매로 만난 윤이 엄마와는 어쩐 일인지 결혼하지 않겠다고, 완강히 버티지 않았다. 순순히 응했다. 독신으로 지내겠다며 고집을 피우던 것과는 달리 호철이, 윤이의 엄마와 잘 지내는 것 같아 내심 안심이 되었는데…….

"생긴 것은 멀쩡했어, 아빠!"

"생김이 중요한 게 아니지. 그 사람의 행동이 문제인 거지."

"막 돼 먹은 사람 같지는 않았어. 그 사람의 아빠도 봤는데… 음, 뭐랄까. 인자해 보였고. 아빠쯤의 나이?"

윤이는 호철에게 고개를 갸웃거리며 말했다.

"그런 일이 있으면 할머니나 아빠한테 연락을 했어야지."

"할머니 그 정도는 나도 해결할 수 있어."

"항상 조심해. 나쁜 사람들도 많아."

옥실이 윤이에게 당부하듯 나무라하자 호철의 표정이 굳어진다.

호철은 윤이를 평범하게 키우고 싶다. 어머니는 자신과는 다르다. 항상 윤이를 보호하려고만 한다. 어머니에게 그렇게 말씀하시지 말라고 하려다가 윤이 앞이라 입을 다문다. 윤이는 세상의 그 어떤 것에도 편견이 없는 듯했다.

"알았어, 할머니. 앞으로 조심할게."

하며 윤이가 옥실의 품으로 파고들 때, 윤이의 휴대폰이 울린다. 옥실의 품에서 빠져 나온 윤이는 휴대폰의 폴더를 열어 "여보세요." 하며 2층으로 올라간다. 짧은 반바지 차림에 헐렁한 흰 셔츠를 받쳐 입은 윤이의 모습에서 호철은 떠나간 아내를 떠올린다.

'그토록 짧은 생을 살 것을.'

호철은 아내를 생각하면 항상 미안함이 먼저다. 아내를 택한 것은 사랑보다는 현순에 대한 기억을 지우기 위해서였다. 현순을 가슴속에 묻지 못했다. 지워야 할 사람이었지만 지우지 못했다. 도무지 지워지지 않는 현순 때문에 아내를 사랑할수 없었다. 지금도 아내보다 현순이 그립다. 솔직한 마음이다. 세월이 흐를수록 현순에 대한 기억은 더욱 선명해진다. '양현순'이라는 이름 석 자는 문신처럼 가슴에 새겨져 있다.

현순이 천석과 결혼했다는 것은 충격 그 자체였다. 믿을수 없었다. 현순에게 군에서 제대할 때까지만 기다려 달라고했다. 자신의 말에 현순은 그렇게 하겠다고 다짐했었다. 그래놓고 자신과의 약속을 깼다. 자신을 버렸다. 믿을 수 없어서현순을 찾아 갔었다. 산산이 깨진 가슴이 행여라도 땅바닥으로 떨어질까 봐. 부여잡고서. 천석의 아이를 임신한 현순의부른 배를 보는 순간 돌아섰다. 현순에게 묻고 싶은 그 어떤말도 묻지 않았다. 현순의 부른 배가 현순을 대신해서 설명하고 있었기 때문이었다.

천석과 우정이 깊다고 믿었다. '독서회'의 동아리방으로 천석을 끌어들인 것도 자신이었다. 군에서 제대한 천석이 복학을 했을 때였다. 경영학과 하면 자신과 천석을 빼놓고는 이야기를 할 수 없다는 말이 흘러나올 정도로 각별한 사이였다. 믿는 도끼에 발등이 찍힌 꼴이었다.

천석의 아이를 잉태하고 있는 현순의 부른 배를 본 그날 이후, 두 사람에 대한 모든 기억을 지우기로 했다. 두 사람을 철저하게 기피하며 살았다. 그러나 기억은……. 기억이란 것은 마음대로 되는 것이 아니었다.

호철은 머리를 세차게 흔든다.

"성 사장!"

옥실이 부르는 소리에 호철은, 옥실에게로 시선을 돌린다.

"이제 마흔셋이야. 언제까지 혼자 지낼 건데? 이제 윤이 엄마는 떠나 보내줘. 아 죽은 사람 너무 오래 붙들고 있는 것도 안 좋은 법이야. 그 사람도 편하게 자넬 지켜봐야지. 자네가 이러고 있으면 그 사람인들 하늘에서 편하겠어?"

옥실은 호철에게 하고 싶은 이야기들을 조심스럽게 꺼내든다. 자신의 속으로 낳은 아들이지만 어렵다.

"혼자 지내도 불편한 게 없는데요, 뭘. 전, 정말 괜찮아요, 어머니!"

눈부터 웃는 호철을 보며, 옥실은 호철의 가슴 안에 있는 진심이 무엇인지를 물어보고 싶다. 호철의 정확한 의중을 알고 싶다.

"혹시 첫사랑이라는 그 여자 때문이냐? 네가 윤이 엄마와 사랑 없이 살았다는 거, 나도 알고 있다."

'첫사랑'이라는 단어 앞에서 그만 호철의 심장이 부리나케 반응하고 나선다. 몰려오는 통증에 숨이 멎을 것 같다. 가슴 안에서 펄떡거리고 있는 사랑은 현순이다. 비록 자신을 버리고 갔지만, 목숨보다 더 지키고 싶었던 사랑하는 사람이었다.

'내 가슴속에 묻은 한 사람, 영원한 내 하나뿐인 사랑.'

호철은 마음속으로 되뇌이다가 호탕하게 웃어 제친다.

"어머니, 그게 언제적 일인데요. 아직도 기억하고 계세요?"

"그렇지? 성 사장? 아니라니 다행이네만. 아무튼 내가 좋은 상대를 물색해 볼 테니까, 그렇게 알아."

호철은 더 이상 만류하지 않는다. 어머니의 고집을 꺾을 수 없다. 마음먹은 일은 결코 양보를 하지 않는다. 어머니의 성격을 잘 알고 있다. 호철은 자신도 모르게 '휴' 하고 한숨을 내쉬다가 대본을 꺼내든다. 공연을 올리기까지는 아직 두 달 정도 남았다.

호철은 대본을 훑어 내리며 수정할 부분을 표시한다.

5. 불현듯이 밀려오는 것은

억순의 예순다섯 번째의 생일날이 밝아오고 있다. 그뿐만
이 아니다. 은하수 동쪽에 있는 견우와 은하수 동쪽에 있는
직녀가 일 년에 한 번 만난다는 칠월칠석날이기도 하다. 은하
수를 사이에 두고 떨어져 지내는 두 사람의 사연을 들은 까마
귀와 까치가 서로의 머리를 맞대어 다리를 놓아주어서 두
사람을 만나게 한다는 칠월칠석날 억순은, 궁색하기가 이루
말할 수 없는 집안의 첫째 딸로 태어났다. 그러니 억순의 생일
날을 잊어버릴 수가 없었다. 칠월칠석날이면 억순이 태어난
경기도의 한 작은 마을에서는 흰 쌀밥에 미역국을 끓여 먹는
풍습이 있었다. 하지만 억순네는 찢어지게 가난했다. 쌀밥과

미역국은 언감생심 꿈도 꿀 수 없는 형편이었다. 여름에는 감자로 겨울에는 고구마를 쪄서 끼니를 때우는 날도 부지기수였다. 말린 무청에 쌀 한 주먹을 넣고 끓여 먹는 일도 허다했다. 그마저도 없으면 굶어야 했다. 억순이 이 집을 지을 때 마당 한쪽에 조팝나무를 심은 까닭이 거기 있었다. 어린 시절 주린 배를 움켜쥐고 바라보는 싸리꽃이 꼭 쌀밥처럼 보였었다. 그래서 억순은 조팝나무를 담장 아래 심었던 것이다. 조팝나무에 핀 꽃은 억순에게 있어 양식의 의미였다. 또한 지지리도 궁색했던 그 시절을 되새기는 하나의 식량 같은 것인지도 모른다. 그러나 억순의 예순다섯 번째 생일인 오늘은 달랐다. 이른 새벽부터 집안에는 음식 냄새가 진동을 했다. 집안을 관리하며 억순의 자동차를 운전하는 강 기사는, 괜스레 마당을 분주히 오가며 안채를 향해 목을 길게 뺀다. 집안에서 풍기는 음식 냄새 때문이다.

　현순은 미역국의 간을 보기 위해 국자로 국물을 뜬다. 후후 입김을 내어 국을 식힌다. 마셔본다. 국간은 알맞다. 이제 빻아 놓은 들깨 가루만 넣으면 된다. 억순은 아무것도 넣지 않은 맑은 미역국에 들깨 가루를 넣어서 끓인 것을 좋아했다. 말린 홍합으로 국물을 우려냈다. 미역국은 시원하면서도 깊은 맛이 났다. 국간을 본 현순은 무명실로 칭칭 감겨진 채 삶아져서 더운 김을 내뿜고 있던 돼지고기를 만져 본다. 손을 대기에 알맞게 식어 있다. 삶아 놓은 돼지고기는 빛깔도 잘 나왔다. 잘 익은 밤톨처럼 윤기가 잘잘 흐른다. 보기에도 군침이 돈다.

오향장육은 억순이 음식 중에서 제일 좋아하는 음식이다. 손이 많이 가는 것이 흠이지만, 현순은 동이 트지도 않은 새벽에 일어나 핏물이 빠진 돼지고기를 무명실로 감기 시작했다. 오향장육은 무명실로 돼지고기를 얼마만큼 잘 감느냐에 따라 육질이 부드럽다. 식감도 좋다. 돼지고기를 정성을 다해 무명실을 감은 현순은 월계수 잎과 당귀 잎, 감초, 생강, 마늘 등등의 재료와 달여 놓은 간장을 넣어 삶아냈다.

"오매, 참말로 냄시가 기막허게 직여뿌지네요, 시방… 잉."

화자가 입맛을 다시며 현순이 옆으로 바투 선다.

현순은 썰어 놓은 오향장육 한 조각을 화자의 입에 넣어준다. 화자는 오향장육을 오물거리다가 꿀꺽 삼킨다.

"오매 참말로… 징허게 맛있저뿌지네요, 잉."

"그래. 잘 된 것 같지?"

"참말로 잘 된 것이 다 뭐라요, 시방. 징허게 맛있어뿌지라우. 큰 사장님은 복이 트지다 못해 넘쳤부럴당께요. 사모님 같은 메느리를 보신 것맨으로도.”

화자는 진심으로 말했다. 현순은 뭐 하나 빠질 것이 없는 사람이다. 말을 함부로 하기를 하나, 잔소리를 하나, 일하는 사람이라고 해서 무시하기를 하나, 집안일도 스스로 찾아서 하는 사람이다. 어디서 욕심 많고 심술 맞은 억순이한테 저런 며느리가 들어왔는지 알다가도 모를 일이다.

“잡채에 넣을 야채는 다 볶아졌지?”

“야, 잡채도 죄다 삶아났은께요, 시방.”

“그래. 그럼 얼른 무쳐서 상 차리자. 어머니 배고프시겠다.”

“참말로, 날도 오살맞게 더운디 뭣하러 집에서 자신다고 혀서 이러코롬 사램을 생고생을 시켜쌓는지 심술이라께요, 시방.”

“현이 엄마!”

“오매, 참말로 시방 입은 삐뚤어졌어도 말은 지대로 허라고. 지 말이 틀렸당까요. 돈이 옳기를 허나. 목심 끊어질 때 짊어지고 가지도 못할 썩을 놈의 돈을, 방구들짝에다가 깔고 뭉개고 있음 뭐한데여. 아, 호텔 같은디서 허면 시원하고 좀 좋당가요, 잉. 심술이라께요, 참말로.”

“그만 해. 현이 엄마 그렇게 말하는 거 싫어. 듣기 거북해.”

현순이 단호하게 말하자 화자가 입을 삐죽거리며 "야." 하고는 입을 다문다.

현순은 복잡한 마음이 조금은 안정이 된 건 사실이었다. 이혼을 보류하겠다는 천석의 말 때문이었다.

"아직 멀었냐?"

억순의 목소리가 들렸다.

"네, 어머니 다 됐어요. 상만 차리면 돼요."

현순이 대답하며 앞치마에 손을 문지른다.

"밥에다가 국이면 됐지. 날도 더운데, 요란을 떠느라고……."

억순은 말은 그렇게 하면서도 기분이 좋다. 가만히 앉아 있어도 땀이 줄줄 흐르는 한 여름날에 현순은 손수 음식을 정성껏 장만했다. 집에서 요리를 하는 것을 꺼리는 것이 요즘 며느리들일 것이다. 나가서 먹는 것을 우선으로 여기는 것이 며느리들이라고, 모임에 나가면 귀가 따갑게 듣는 소리였다. 시어머니 생일날이 언제인지 모르는 며느리들도 허다하다고 했다. 현순은 단 한 번도 그런 일이 없었다. 20년 동안 손수 생일상을 차렸다.

억순은 현순이 손수 장만해 놓은 음식들을 휘둘러본다. 천석이 자신의 생일을 앞두고 호텔의 식당을 예약하겠다고 했다. 사양했다. 현순이 집에서 해 주는 음식이 호텔 아니라, 더한 음식점에서 만들어준 음식보다 맛이 월등해서였다.

"어머니, 어서 가서 앉으세요."

현순은 억순에게 말하며 이마에 땀을 훔친다. 올 여름은 유독 덥다. 더위가 기승을 부린다. 불볕더위 탓에 집안은 그야말로 열기가 훅훅 느껴진다. 에어컨 두 대를 켰다고는 하나 집안의 온도는 35도를 오르내리고 있었다. 음식을 장만하느라 조리고 삶고 끓여대는 통에 현순의 몸은 땀으로 흥건했다. 그러나 현순은 낯 한 번 붉히지 않고 주방에서 거실을 오가며 분주히 음식을 차려냈다. 거실 한가운데에 길게 펼쳐진 교자상은 상다리가 휘어질 것 같다. 갖가지 음식들이 가득하다. 김치만 해도 서너 가지가 넘는다. 배추로 담은 폭 김치, 백김치와 열무에 얼가리 배추를 섞어 걸쭉한 국물을 자작자작하게 담은 것 하며, 오이소박이만 갖고도 충분한 상차림이다. 그뿐만이 아니다. 삼색전에 갈비찜과 오향장육 하며 구절판에 잡채, 나물반찬이 교자상의 두 군데로 나뉘어져 있다. 붉고 하얗고, 푸르고 노랗게 색깔까지 맞추어 차려진 음식은 하나의 작품이 전시되어 있는 것 같다. 눈요기만으로도 입안에 군침이 돈다. 정성이 가득한 상차림에 마음까지 즐겁다.

억순을 필두로 교자상가로 빙 둘러 앉은 식구들은 상차림을 보며 행복해 한다. 화자와 강 기사가 식구들 곁에 끼어 앉자 지훈은 준비해 놓은 케이크를 꺼낸다. 큰 초 하나와 작은 초 다섯 개가 억순의 나이를 대신해서 불을 밝혔다. 지훈이 일어섰다. 선창으로 생일을 축하하는 노래를 부르기 시작했다. 지훈이 지휘자처럼 식구들을 향해 손을 젓자 지훈의 손짓에 따라 가족 모두는 억순의 만수무강을 빌며 힘차게 생일을 축하하는 노래를 합창했다. 노래가 끝나자 지훈이 억순에게 "자, 이 억순 여사님!! 불을 힘차게 꺼 주세요." 하고 멘트를 날렸다. 억순이 '후' 하고 불었다. 큰 초, 작은 초의 촛불이 한꺼번에 꺼진다. 가족들이 '와' 하고 함성을 지르며 박수를 치는데, 현순이 일어났다.

"어머니, 절 받으세요."

"절? 무슨 절?"

현순은 억순의 물음에 목이 메어와 대답을 할 수가 없어서 손을 이마에 갖다 댔다. 억순에게 올리는 마지막 인사가 될 수도 있다. 억순의 생일이 돌아오는 내년 오늘, 이렇듯 미역국을 끓여 상을 차려낼 수 없을 것이다.

천석도 얼떨결에 일어난다.

지훈도 일어선다.

"왜? 나 빨리 죽으라고?"

"엄마!"

"할머니!"

천석과 지훈이 동시에 억순을 부른다. 억순이 자세를 잡는다. 천석과 지훈, 현순이 올리는 큰 절을 받는다.

"어머니 건강하세요."

"나, 오래 살기를 바라긴 바라는 거냐?"

"……."

억순은 부러 엉뚱한 소리를 하며 현순을 쳐다본다.

"아, 할머니 오늘 같은 날은 그래, 그러마. 나 오래오래 살 거니까 네들도 건강해라. 그러는 거야. 왜? 또?"

"아, 알았어. 농담이야, 농담."

억순의 말에 경직되었던 가족들의 얼굴이 펴진다. 억순과 가족들이 식사를 하기 위해 수저를 드는데, 천석의 휴대폰이 '딩, 딩'거린다. 문자 음이 도착했다는 소리다. 성애일지도 모른다는 생각에 천석은 급하게 식사를 마친다. 슬그머니 수저를 놓고 서재로 향한 천석은 휴대폰의 문자를 확인한다. 급하게 뛰어나간다.

'떠나기 전에 그래도 당신한테는 알려야 될 것 같아서.'

성애가 보낸 문자 내용이 천석의 머릿속에서 아우성을 친다. 급한 마음에 신호가 빨리 바뀌지 않자 천석은 운전대를 주먹으로 탕탕 두드린다. 집에서 호텔까지의 거리는 불과 20분도 걸리지 않았다. 그 길이 왜 이렇게 멀기만 한 것인지. 신호등은 또 왜 이렇게 많은 것인지.

천석은 신호를 기다리며 성애에게 전화를 넣는다. 성애는 전화를 받지 않는다. 성애에게 조금만 기다려 달라고 부탁했었다. 넉넉잡고 석 달이면 될 것이라고 장담했다. 그래도 20년을 산 사람이라는 것을 강조하며 지훈이가 약혼을 해서 유학을 떠날 때까지만 이혼을 보류하겠다고 했다. 자신의 말에 성애는 당연히 그래야 한다고 했었다. 오히려 현순에게 미안하다며 눈물을 훔치던 사람이었다. 그랬던 사람이 떠난다는 것이다.

천석이 자동차 안에서 애를 태우고 있는 그 시간, 성애는 가방을 꾸리고 있었다. 맺고 끊는 것이 없는 천석의 성격은 20년 전이나 지금이나 똑같다. 사람의 성격은 안 바뀐다고 했다. 딱 그 짝이다. 이혼을 하겠다고 호언장담한 천석이었다. 그래놓고 이제 와서는 아들을 팔았다. 아들의 약혼이 무슨 대수인가. 이혼을 못하겠다는 것이 아니고 무엇이란 말인가. 그 다음에는 또 어떤 핑계를 들고 나올지 모른다. 이렇게 단호한 입장을 보이지 않으면 천석과의 결합은 쉽게 이루어지지 않을 것이다. 청담동의 안주인이 빨리 되기 위해서는 천석의 마음을 자극해야 한다. 이 방법밖에 없다. 천석의 이혼을 앞당겨야 한다. 그래야만이 천석의 재산을 맘껏 쓸 수 있을 것이다. 돈이 있어야 사랑도 있는 법이다.

사랑? 사랑은 돈 앞에서는 없던 애정도 생기게 한다. 못 보면 죽을 것 같은 사랑도 돈이 없으면 변하게 되어 있다. 20년 전, 억순이 쥐어주는 돈을 받으며 흘린 피 눈물…… 그 누가 알 것인가. 어쩔 수 없이 떠나야 했었다. 아버지의 노름빚을 갚아주기 위해서는. 천석과 헤어지는 조건으로 억순이 건네는 돈을 받아야만 했다. 그것이 아버지의 노름빚을 갚아주는 시작에 불과하다는 것을 그때는 몰랐었다. 노름으로 자식의 앞길까지 막았던 아버지는 알코올성 치매환자가 됐다. 자식마저도 알아보지 못했다. 뭐 하나 물려준 것도 없는 아버지는 끝까지 자신의 목줄을 쥐고 있다. 그러나 부모이다. 이 세상에 자신을 존재하게 해 준 아버지이다. 그러니 아버지에게 들어가는 요양원의 비용을 매달 지불해 주어야 한다. 아버지의 목숨이 붙어 있는 한.

전 남편과 이혼을 할 때 받은 위자료도 바닥을 드러냈다. 아버지의 요양비를 밀리지 않게 하기 위해서라도 천석과의 결합을 미뤄서는 안 된다. 아니 아버지의 요양비보다 자신을 위해서라도.

성애는 천석이 들어서자 눈물부터 훔친다.

천석은 성애가 싸 놓은 가방이 방의 입구에 놓여 있는 것을 본다. 발끝부터 시작한 강한 전류가 전신으로 빠르게 번지더니 정수리를 강타한다.

천석은 두 주먹을 불끈 쥐며 소리를 버럭 지른다.

"당신 정말 왜, 이래?"

"소리 지르지 마. 내가 이런 결단을 내리지 않으면 당신만 괴로워져. 나 땜에 당신이 힘들어하는 거 싫어. 우린 20년 전에 이미 끝난 사람들이야. 당신이 너무 그리워서. 단 하루도 잊고 산 날이 없어서……. 딱 한 번만 보고 가려고 했었는데, 일이 이렇게 된 거야. 그러니까……."

천석은 성애를 와락 끌어안는다.

"당신 가면…… 나, 죽어."

성애는 코웃음을 친다.

'그럼, 그렇지.'

성애는 입으로는 달리 말한다.

"그런 말도 안 되는 소리 하지 마. 당신한테는 가족이 있잖아."

"정리한다고 했잖아. 조금만 기다려줘."

"당신 맘 알아. 그래서 내가 더 괴로운 거고. 지금까지 산 세월이 그렇게 간단하겠어. 내가 떠나는 게 맞아."

"곧 이혼할 거야. 석 달이면 충분하다고. 왜? 내 말을 못 믿어."

"믿어. 당신 믿어. 당신의 마음을 내가 아니까……."

성애는 더 이상 말을 잇지 못하고 눈물을 흘린다.

천석은 애가 탄다.

"제발, 이러지마. 조금만 있으면 다 정리 돼."

"안 돼. 그러지마."

천석은 성애가 고집을 꺾지 않자 현순과 이혼할 수밖에 없다는 이야기를 꺼내든다.

"우린 헤어질 수밖에 없는 사람들이야. 지훈이 엄마와 난 ……."

천석의 말에 성애의 귀가 쫑긋한다. 천석의 품에서 빠져 나온 성애는 궁금증이 가득한 눈으로 묻는다.

"그게 무슨 소리야?"

천석은 성애의 물음에 움찔한다.

"무슨 소리냐니까?"

"무슨 소리긴. 당신이 나타나면 언제든 헤어지는 조건을 걸고 결혼했었으니까 그렇지."

하고 천석이 소리쳤다. 천석의 말에 성애는 '근데 왜 못 헤어지는데. 내가 이렇게 두 눈 시퍼렇게 뜨고 나타났는데'라고, 터져 나오려고 하는 말을 삼킨다.

천석의 말이 다 거짓말은 아니었다. 현순은 천석과 결혼할 때 성애가 나타나면 언제든지 물러나겠다고 했었다.

"그건 그때의 일이고. 아무튼 난 당신의 마음을 알고 떠나는 것만으로 충분해. 당신의 사랑, 결코 잊지 않을게."

성애는 결단을 내리듯 단호하게 말하고는 핸드백을 챙겨 들었다.

"… 잠시만. 알았어."

하며 천석이 비장한 얼굴로 성애의 앞을 가로 막았다.

"좋아, 지훈이 약혼이고 뭐고 다 필요 없어. 할게, 이혼."

천석이 결심했다는 듯 자신 있게 말했다. 성애는 눈물을 주르륵 흘리며 천석의 품으로 파고든다.

"그러지 마, 당신. 그래서는 안 돼. 가정을 무너뜨리는 건 큰 죄악이야. 나 하나 떠나면 그만이야. 왜 나 때문에…….."

"착해 터져서는……."

천석은 성애의 눈물을 닦아주며 달랜다.

"다시는 내 곁을 떠나지 않겠다고 약속해?"

"… 나… 그래도 돼? 내가 당신을 차지해도 정말 되는 거야?"

성애는 마지못해서 승낙하는 척 하며 물었다.

천석은 성애를 바라보며 고개를 힘차게 끄덕인다.

"그럴 자격 충분해, 당신은."

천석의 대답에 눈물을 훔친 성애는 와인을 잔에 따라 천석에게 내민다. 천석은 성애의 잔에 자신의 잔을 부딪친다. 자주빛의 와인이 흔들린다. 붉은 색의 립스틱을 바른 성애의 입술이 육감적이다.

천석은 와인을 단숨에 들이킨다.

*

　지훈은 양복저고리를 여미며 비어 있는 테이블 쪽으로 갔
다. 일부러 구석진 자리에 앉으려고 한 것은 아니다. 비어
있는 좌석이 그곳밖에 없었다. 양복 단추를 풀러 편안한 자세
를 취한 지훈은 시간을 본다. 약속 시간은 오후 4시다. 4시가
되려면 5분 정도 남아 있다.

　지훈은 커피숍으로 들어오는 입구 쪽을 유심히 살핀다.
지훈의 시야에 청바지에 흰 셔츠를 입은 여자가 들어서는
모습이 보인다. 조아리도 지훈을 본 것 같다. 지훈을 향해
걸어온다.

　지훈은 양복 단추를 잠그며 일어선다.

　조아리는 지훈 곁으로 와서는 고개를 숙인다.

　"안녕 하세요. 혹시? 한지훈 씨?"

　"네, 맞습니다."

　"조아리, 라고 합니다."

　지훈도 활짝 웃으며 인사를 건넨다.

　"네, 안녕 하세요. 말씀 많이 들었습니다. 한지훈이라고 합
니다. 앉으시죠?"

조아리는 긴 머리를 쓸어 넘기며 의자에 앉는다.

"무척 덥죠?"

"네."

"우리 젊은 사람끼리 너무 형식에 얽매여서 서로를 관찰하지 맙시다. 그냥 편하게 차 마시면서 세상 돌아가는 이야기나 나누죠?"

지훈의 사무적인 말투에 조아리의 얼굴 표정이 굳어진다. 당황한 것 같다.

지훈은 얼른 말머리를 돌린다.

"전공이 식품영양학이면 음식 드실 때 칼로리라든지 뭐 그런 열량을 따지고 드시나요?"

지훈이 부드러운 목소리로 묻자, 조아리는 다소 긴장이 풀렸는지 식품에 대한 자신의 생각을 피력하기 시작한다. 우리가 매일 먹는 음식이 우리 몸을 망치게 할 수도 있다는 것에 대해서 시간 가는 줄 모르고 이야기를 하고 있다.

지훈은 조아리의 말에 고개를 끄덕이며 적당하게 추임새를 넣는다. 지루하지만 참아야 한다. 억순이 때문이다. 억순은 무슨 일이 있어도 조아리에게 저녁을 대접하라고 일침을 가했다. 억순과의 약속을 지키기 위해서라도 이 시간을 견뎌야 한다. 그러나 조아리는 상대방에게 자신이 하고 있는 이야기가 어떻게 들리는지를, 전혀 감안하지 않고 있는 듯했다. 귓속에서 윙윙거리는 소리가 난다. 귀가 따갑다는 말이 이제야 실감이 났다.

"저녁 식사 어떠세요? 6시가 가까워지고 있는데요. 이 호텔 라운지의 스테이크 맛이 굉장하다고 하던데……."

할 이야기를 다 했다는 듯 입을 다물고 있는 조아리에게 지훈이 물었다. 조아리는 입매를 한 번 비틀고는 입을 연다.

"그래요. 드셔보셨나요?"

"아뇨. 오늘 아리 씨와 처음 먹어 보려고요."

"아, 그래요. 그러면 저녁은 제가 살 게요. 제 이야기를 끝까지 들어준 것에 대한 답례로."

"아, 아닙니다."

지훈이 손을 내 저으며 사양을 하자 조아리가 웃으면서 몸을 일으켰다.

지훈은 조아리를 에스코트해서 라운지로 자리를 옮겼다.

"전요, 배가 고픈 걸 못 참는 이상한 버릇이 있어요. 배가 고프면 막 짜증이 나고…… 뭐랄까 아무튼 그래요."

조아리는 스테이크를 썰어 입안으로 밀어 넣으며 말했다.

"누구나 배 고프면 그래요. 저도 그러는 걸요."

"어머, 정말요?"

"네. 그 부분은 닮았네요. 항상 할머니가 옆에서 챙겨주고 해서 그런가."

"저도 할머니가 그랬어요. 친할머니세요?"

"네."

"전 외할머니요."

지훈은 조아리가 외할머니와 함께 살고 있다는 말에 어떤 동질성을 느낀다.

"경영학을 전공하신다면서요?"

"네."

"경영 쪽에 관심 많으세요?"

조아리가 입매를 달싹거리며 물었다.

"관심보다는… 뭐랄까. 아버지도 경영학을 전공하셨어요. 그러다 보니 아무래도 영향을 받은 거 같아요."

지훈이 대답을 하며 무릎에 놓여 있는 앞 수건을 든다. 입가를 닦다가 두 눈이 휘둥그레진다. 천석이 성애의 어깨를 감싸 안고 들어서고 있었기 때문이었다. 지훈은 재빨리 고개를 숙였다. 바닥에 무언가를 떨어트려서 줍는 사람처럼 행동했다.

지훈이 고개를 들자 천석이 지훈을 등지고 앉는다.

지훈은 천석과 마주보지 않는 것이 다행이라고 여기며 성애를 바라본다. 붉은 립스틱을 칠한 성애의 입술이 매우 도발적으로 보여서 지훈은 디저트로 나온 레몬차를 얼른 마신다. 가슴 안으로 레몬향이 깊숙이 파고들면서 싸아 하게 번진다. 찻잔을 잡은 손이 떨린다. 이 자리에서 빨리 벗어나고 싶다. 일부러 시계를 본다.

지훈의 제스처에 조아리가 반응하고 나선다.

"약속 있으신가 봐요?"

"아, 약속이 아니라. 일이 있어서요. 괜찮아요. 제가 너무 서두르는 것 같죠? 죄송합니다."

지훈은 최대한 목소리를 낮추어 정중하게 사과했다.

"죄송하기는요. 솔직하게 이야기 해 주셔서 오히려 제가 고마운걸요. 우리 다음에 또 만날 거 아니잖아요. 우연히 만나면 모를까."

농담처럼 말하는 조아리의 말에 지훈의 마음이 한결 편안해진다.

"사실은 내일 동아리 모임에서 발표할 과제가 있어서요. 발표할 글이 아직까지 마무리가 덜 되었거든요."

"그래요. 그럼, 일어나요. 오늘 즐거웠어요. 인연이 되면 또 보고요?"

"네, 저도 즐거웠습니다. 무엇보다 식품이 인체에 끼치는 강의는 정말 좋았습니다."

조아리의 인사에 지훈도 진심을 다해 대답했다.

지훈은 조아리의 자동차가 호텔을 빠져나가는 것을 보며 휴대폰을 꺼낸다. '아빠, 대종호텔 앞이에요. 나오실 때까지 기다리고 있을 게요.'라고 쓴다. 전송을 시키기 위해 버튼을 누르려다가 멈춘다. 아버지의 사생활은 지켜드리는 것이 자식의 도리라는 생각이 들어서였다. 자신이 '몰래카메라' 범으로 몰렸을 때 아버지는 자신을 혼내지 않았다. 다친 곳은 없느냐고 먼저 물었다. 자신의 몸 상태부터 챙겼다. 자식이 무사하다는 것을 확인한 아버지는 자신이 다 알아서 수습한다며 자신을 안심시켰다. 그렇게 말해 주는 아버지가 든든했다. 그 어떤 험한 일이 닥쳐도 아버지만 있으면 다 해결이 될 것 같았다. 아버지는 그 날 일에 대해서 가족들에게 함구하기로 한 자신과의 약속도 저버리지 않았다. 아버지는 아버지이기 전에 같은 남자로서의 어떤 끈끈함을 느끼게 해줬다.

지훈은 양복바지 주머니에 두 손을 찌른다. 하늘을 올려다

본다. 여름날의 저녁 시간은 아직도 한낮처럼 밝다. 남산 타워
의 불빛이 안개 속에 떠 있는 것처럼 흐릿하다.

6. 손을 뻗으면 닿을 것 같은 거리에서

현순은 지훈의 전화를 받고는 허둥거린다. 지훈에게 갖다
줄 서류 봉투를 챙겨 들고 대문을 나서는 현순에게 화자는
"날씨가 엄청난디요. 대갈빡이 홀러덩 뱃겨질 판이랑게요, 오
매 참말로 시방." 했다. 화자의 말대로 머리꼭지에서 햇볕이
이글거린다. 머리카락에 화르륵 하고 불꽃이 일 것만 같다.
날씨가 더운 탓에 골목길은 사람의 그림자 하나 없다. 가끔
지나다니는 자동차만이 있을 뿐이다. 택시는 보이지 않는다.

현순은 내리쬐는 햇볕을 서류봉투로 가린 채 큰길로 나가
기 위해 걸음을 재촉한다. 서둘러 큰 길로 나오자 빈 택시가
서 있다. 택시에 탄 현순은 땀에 젖은 블라우스를 펄럭여본다.

어쩌면 블라우스 자락을 흔드는 게 아닐지도 몰랐다. 마음속에서 요동치고 있는 것을 물리치기 위한 제스처일 것이다. 지훈이 한국대학교 앞으로 와 달라는 전화를 받던 순간부터 시작된 떨림이었다.

택시에서 내린 현순은 지훈을 찾아 두리번거린다.

"엄마!!!"

지훈은 현순을 부르며 달려온다.

"지훈아!"

현순도 지훈을 소리 높여 불렀다.

"엄마, 미안해! 더운데 고생했지?"

"고생은 무슨. 이 봉투 맞지?"

"웅, 엄마. 근데, 이 블라우스 엄마한테 정말 잘 어울린다. 와, 우리 엄마 너무 예쁘다."

"누가 사준 건데……."

"그렇지. 내가 샀지. 내 이 뛰어난 안목."

현순은 지훈의 애교어린 말투에 온갖 시름이 다 걷히는 기분이다.

"… 엄마. 나 빨리 들어가 봐야 하는데, 어쩌지? 엄마랑 차 한 잔 마실 시간이 안 돼서."

"괜찮아. 집에서 마시면 되잖아. 방학인데도 맨날 학교에서 보내고. 좀 쉬엄쉬엄 해."

"알았어, 엄마. 그리고 자."

지훈은 흰 봉투를 현순의 손에 쥐어준다.

"뭐야?"

"뭐긴. 엄마 용돈. 꼭 엄마를 위해서 써. 할머니나 아빠한테 는 비밀로 하고. 나, 간다. 참, 엄마! 학교에 온 길에 교정 한 번 둘러봐. 엄마가 다닐 때와는 많이 변했을 걸. 엄마, 집에서 봐."

하고 말한 지훈이 학교 쪽으로 뛰어갔다.

"… 지훈아!"

하고 현순은 지훈을 불렀다.

지훈은 현순이 부르는 소리에도 뒤돌아보지 않고 달려간 다. 현순은 학교 안으로 사라진 지훈의 모습을 좇다가 용기를 낸다. 천천히 교정을 향해 걸음을 뗀다. 지훈을 잉태하게 만든 그 일은 학교마저 외면하게 했었다. 그 밤의 기억을 잊기 위해 서, 아니 호철을 잊기 위해서 이쪽으로는 걸음을 옮기지도 않았었다. 혹여라도 지나칠 일이 있으면 얼굴을 돌렸다. 호철 과의 추억이 담긴 교정을 보지 않기 위해서 20년이라는 세월을 비껴 살았다. 20년이 흐른 오늘에서야 학교 앞에 섰다. 지훈이로 해서.

현순은 타원형의 체육관 앞에 있는 벤치 앞에 선다. 이 벤치에서 호철의 어깨에 기대고 앉아 호철이 들려주는 등나무에 얽힌 사랑의 전설에 대한 이야기를 들었었다. 자매가 한 남자를 사랑하게 된 이야기를 들으며 슬퍼서 눈물을 훔치던 그날 앞에 선 것처럼, 현순은 등나무를 쓸어보다가 학생회관을 올려다본다. 학생회관은 새롭게 단장되어 있다. 학생회관을 둘러싸고 있는 나무숲은 더욱 우거져 있다. 학생회관으로 가기 위해 이 숲을 수없이 지나치곤 했었다. 그 기억이 떠오르자 친구들의 웃음소리가 나무 숲속에서 흘러나오는 듯하다. 농촌 봉사 활동을 앞두고서였다. 명주와 돈을 아끼자며 동대문시장에서 천을 끊어다가 조끼를 만들자고 의기투합했었다. 자신은 봉사대원들의 몸의 치수를 쟀다. 명주는 재단을 했다. 선옥은 재단이 끝난 천을 재봉틀 질을 해 왔다. 조끼에 이름 대신 이니셜로 박음질을 한 것도 선옥이었다. 치수는 분명 자신이 쟀다. 한사람 한사람씩. 그러나 천석의 조끼는 컸고, 재성의 옷은 작았다. 두 사람이 입은 조끼는 웃음을 자아내게 했다. 그래서 웃었을 것이다. 동아리방이 떠나가도록. 그때는 그랬다. 누구 하나가 웃으면 덩달아 웃음이 멈추지 않던 시절이었다. 모든 것이 기뻤다. 즐거웠다.

원두막에서 성 폭행을 당하던 날 찢어진 원피스 위에 걸치고 왔던 조끼를 차마 버리지 못하고, 지금도 일기장과 소지품이 들어 있는 상자 안에 넣어둔 것도 그 때문일 것이다. 그런 추억 때문에.

그 모든 것이 한순간에 무너졌다. 원두막에서의 그날 이후 다 잃고 말았다. 친구들도, 꿈도, 사랑도. 남아 있는 건 아버지가 누군지도 모르는 자식 지훈뿐이다. 지훈이가 아무리 올바르게 성장했다고 해도 지훈은 범죄자의 자식인 것이다. 그것만은 변함이 없을 것이다. 하지만…… 현순은 고개를 세차게 흔든다. 그 사실만큼은 지훈이 몰라야 한다. 지훈이는 죄와 상관없이 태어난 아이이다. 어떤 일이 있어도 지훈이는 몰라야 한다. 그 길이 범죄자의 자식을 낳은 어미가 용서를 구하는 마지막 바람이다. 그 생각만 하면 호철이 밉다. 그날 밤에 호철이 원두막에 왔었더라면…… 아무 일도 일어나지 않았을 것이다. 지훈이도 태어나지 않았을 것이다. 아니다. 지훈이는 그 누가 뭐라고 해도 하나밖에 없는 소중한 자식이다.

현순은 나무 둥치를 부여잡는다. 20년이 지난 일인데도 그

날만 떠올리면 눈앞이 아득해진다. 어지럽다.

　호철은 강의가 끝나자 주차장으로 뛴다.
　여름방학 학부 특강으로 '젊은이들은 미래의 힘이다'라는 주제를 가지고 모교에서 강의를 해 달라는 연락을 받았을 때, 호철은 흔쾌히 응했었다. 취업난과 결혼을 해서도 아이를 갖지 않으려는 것은, 경제 단절로 인한 여성들의 심리와 집이라는 주거공간으로 해서, 양극화되는 빈부의 차이에 대한 솔직한 자신의 심정을 풀어 놓은 게 학생들의 호응을 이끌어낸 것 같았다. 학생들은 강의 내용을 들으며 열띤 호응을 해 왔다. 한 시간 반이라는 시간이 금방 지나갔다. 학생들의 이어지는 질문에 일일이 답을 하느라 한 시간 가까이를 넘기고만 것도 그 때문이었다. 자신의 말 한마디가 젊은이들이 꿈꾸는 목표를 향해 나아갈 수 있다면 그보다 더 즐거운 일이 어디 있겠는가. 서둘러 주차장으로 뛰는 것도 잠시 후에 있을 조연출과의 미팅 때문이다. 조연출과의 회의는 언제나 신선했다. 젊은이들의 열정이 고스란히 전이되면서 자극제가 됐다. 새로운 각오를 다지게 했다. 조연출과의 회의에서 얻어지는 새로운 아이디어를 연출하는 데 적극 활용하는 것이 작품을 성공시키는 노하우라면 노하우였다. 기획안은 스텝들의 머리가 총 망라한 하나의 작품이었다. 오늘은 또 어떤 아이템들이 쏟아질지 사뭇 떨린다. 회의에 늦지 않아야 한다.

　호철은 자동차의 시동을 켠다. 운전대를 잡는다. 주차장을 빠져 나온다. 자동차를 좌측으로 꺾는다. 커브 길을 돌아나가던 호철은 벤치에 앉아 가슴을 두드리고 있는 여자를 유심히 본다. '헉' 하는 소리가 자신도 모르게 튀어 나온다. 틀림없다. 한 눈에 알아볼 수 있다. 아무리 20년이라는 시간이 흘렀다 해도. 아니 200년이 흐르고, 2000년이 흘러갔다고 해도 단박에 알아볼 수 있다, 현순을. 자신의 어깨에 기대고 앉아 등나무의 전설에 얽힌 이야기를 듣던 현순을, 어떻게 잊을 수 있을까. 그 현순이 지금 눈앞에 있다. 손을 뻗으면 닿을 것 같은 거리에서.

　호철은 차창 문을 연다. 손가락 한마디쯤의 간격을 두고. 그 사이로 벤치에 앉아 있는 현순을 바라본다. 한 번도 잊어본 적이 없는 얼굴이다. 그리움에 사무쳐서 숨이 멎을 것 같았던 사람이다. 현순을 그리워하는 사랑의 열병은 애타는 마음이 되어 살아 있다는 것을 몸서리쳐지게 했다. 길을 걷다가도 이유 없이 주저앉게 한 그 사람이 지금 눈앞에 있다. 꽁꽁

동여매서 차단해 놓은 사랑의 길목이 뚫린 것처럼 심장이 펄떡펄떡거린다. 그 소리가 소음처럼 들려온다. 현순을 바라보는 것에 장애가 되는 것 같다. 호철은 심장 소리가 새어나오지 못하게 가슴을 누른다. 등에서 흐른 식은땀이 누르고 있는 가슴 안으로 스며든다. 기어이, 호철의 눈에 서럽고도 그리움에 젖은 눈물이 맺힌다.

'아… 현순아! 어쩌자고 너를 여기서…….'

호철은 가슴 안에서 소리치는 그 소리가 현순에게 들릴 것만 같다. 숨을 죽인다. 그 순간 현순이 옷매무새를 가다듬으며 일어선다. 자신에게서 등을 돌린 현순이 걸어가고 있다.

호철은 자동차 손잡이를 움켜쥔다. 현순에게 가기 위해 문을 열고자 하는 마음과 열어서는 안 된다는 마음이 팽팽하게 맞선다. 움켜쥐면 한줌도 되지 않을 것 같은 현순의 가냘픈 어깨를 붙잡고 묻고 싶다. 왜? 자신을 기다리지 못했는지, 왜? 약속을 깼는지 이유라도 물어봐야 한다. 아니다. 아무것도 묻지 말자. 이제 와서 이유를 안다고 한들 무슨 소용인가. 살아 있어서 이렇게 가끔 전혀 뜻하지 않은 장소에서 볼 수 있다면…… 그것만으로 충분하다.

호철은 차창을 손가락 두 마디쯤을 내린다. 현순의 모습이

멀어져 간다. 가슴으로 흘러들던 눈물방울이 현순을 붙잡기 위해 쫓아가려는 듯 후드득후드득 떨어진다. 덧없이 흘러간 사랑을 놓고.

*

억순은 천석을 도와 건물을 관리해 주고 있는 김 소장을 안방으로 불러들였다. 천석의 일을 캐내기 위해서였다.

"내가 묻는 말에 똑 바로 불어. 만약 거짓말을 했다가는 알지?"

"그… 그럼요, 이모!"

김 소장은 억순의 눈을 피했다. 억순의 눈을 피한다고 될 일인가. 천석이 건네는 돈 봉투를 받아 챙겼다. 억순에게 함구해 달라는 조건으로 받은 것이었다. 이런 날 앞에 설 줄 알면서도 받았다. 천석이 성애와 호텔에서 지내는 것을 보며 조마조마한 마음이었다. 머지않아 이런 사단이 벌어질 것 같았다. 때늦은 후회가 밀려온다.

"한 사장, 무슨 일 있지?"

억순은 단도직입적으로 물었다. 어제 밤에도 천석은 집에 들어오지 않았다. 현순에게는 모른 척 했다. 하지만 잠을 이룰 수가 없었다. 뜬 눈으로 새벽을 맞았다. 그러면서 생각했었다. 천석의 얼굴이 활짝 핀 불두화(佛頭花)처럼 훤한 이유를. 한동 안 뜸하다 했었는데…… 또 외박을 하기 시작했다. 바람이 난 것이 틀림없다. 천석의 마음에 변화가 일어난 것이 분명했 다. 확신했다.

"아… 아뇨."

억순은 눈동자를 굴리고 있는 김 소장을 똑바로 쳐다본다. 김 소장이 슬며시 시선을 돌린다.

'쥐도 구멍을 보고 쫓아야 하는 법이지.'

억순은 마음속으로 읊조리다가 입을 연다.

"일하는 게 힘드냐?"

"… 아… 아니에요, 이모."

김 소장은 손을 내저으며 강하게 부인한다.

"그럼, 네 마누라하고 문제 있어?"

"… 없… 없어요, 이모."

"근데, 얼굴이 왜 그리 반쪽이야. 날이 더워서 그런가."

"… 네, 이모. 그런 거 같아요. 날이 좀 더워야지요."

"그렇다면 다행이고."

억순은 문갑에서 봉투를 꺼내 김 소장 앞에 놓는다.

"가다가 한약이라도 한 재 지어서 달여 먹어. 여름날을 잘 보내야 겨울에도 감기 안 걸리는 법이야."

"괜찮아요, 이모."

김 소장은 엉덩이를 들썩인다. 억순의 눈치를 살핀다. 김 소장을 향해 억순의 고함이 터진다.

"김 소장! 너!! 내가 주는 돈 받아서 먹고 살지?"

"그… 그… 그럼요."

김 소장은 오금이 저려와 말을 더듬는다. 억순이 묻는 말의 뜻을 정확히 알고 있지만 천석에게서 용돈을 받았다. 쉽게 입을 열 수도 없다. 입장이 이렇게 될 줄 알았다.

김 소장은 목울대로 침을 꿀꺽 삼킨다. 김 소장의 목울대가 유난히 높게 튀어나온다.

"내 돈 받아서 살기 싫으면 마음대로 해. 다 알고 묻는 거야. 기회를 주는데도 네가 뿌리친다면 나도 어쩔 수 없지."

억순은 넘겨짚었다. 그렇지 않고서는 김 소장은 입을 열지 않을 것 같았다. 만약에 자신이 우려하고 있는 일이 벌어지고 있다면, 천석이 김 소장에게 돈으로 벌써 입막음을 했을 것이다. 그게 이치였다.

"정… 정말 아무 일도 없는데요."

"정말이지?"

억순이 두 눈을 치켜뜨며 묻는다.

김 소장은 억순을 바로보지 못한다. 고개를 떨어뜨린다. 이 방에서 무사히 나갈 수 없다. 이미 정해진 일이다. 이실직고를 해야 만이 나갈 수 있을 것이다. 어떤 이모인가. 집안에서도 유명하다. 십 원짜리 하나 거저 주는 법이 없다. 한 번 물면 절대 놓지 않는 진돗개라는 별명을 갖고 있는 이모가, 한약을 지어 먹으라고 돈을 내놓았다. 이미 자신의 목덜미를 물고 있다는 뜻이다. 취직을 못해 공사판을 전전하는 자신을 데려다가 천석의 밑에 둔 것은 그래도 이모였다.

"… 저…사실은……."

억순은 침을 꿀꺽 삼킨다. 마음속으로는 간절히 빈다. 자신이 생각하는 일들 앞에 마주하게 되지 않기를. 천석이 친구들과 어울려서 화투를 치고, 마신 술 때문에 집에 들어올 수 없는 상황이기를 바랐다. 그것도 아니라면 차라리 경마장에서 잃은 돈 때문이기를 간절히 원하기도 했다. 그 정도의 일은 눈감아 줄 수 있다. 천석의 나이쯤의 사내들에게도 결혼생활에 있어서 한 번쯤은 권태기에 접어들 수 있을 것이다. 여자들에게만 갱년기가 있겠는가. 남자들도 나이가 들어가면서 되돌아보는 인생이 허망하고, 살아온 세월이 서글플 것이다. 가정을 지키기 위해 스스로 절제를 했던 것들…… 이제는 그 시간들이 서러워 이성에 대한 호기심으로 눈도 돌릴 수 있으리라. 가족을 부양하느라 정신없이 달려온 시간은, 수컷이라는 본능은 상실한 채 남자보다는 그저 가족을 지키는 가장으로의 삶을 살았을 것이다. 그 심정을 모르겠는가. 허나 여기서 멈춰야 한다. 어떤 일이든 깊이 빠지면 헤어 나오기 어렵다.

억순은 김 소장을 향해 채근하듯 묻는다.

"사실은, 뭐?"

김 소장이 엉덩이를 또 들썩였다.

"… 여… 여자가……."

억순은 눈을 감았다가 뜬다. 생각했던 일이 우려했던 일이 현실이 된 것이다.

'내 이것들을.'

억순은 속으로 그렇게 외친다. 겉으로 노발대발할 수 없다. 그랬다가는 김 소장에게서 정확한 정보를 얻을 수 없을 것이

다. 억순은 억지로 미소를 짓는다. 억순의 미소에 김 소장이
"휴우." 하고 안도의 숨을 내쉰다.

"그래. 사내가 돈 있고 인물 반반하면, 여자들이 꼬이는 법
이지. 아, 네 형이 뭐 하나 빠져?"

"…그… 그럼요, 이모."

김 소장은 억순의 말에 천만다행이라고 생각하며 맞장구를
친다.

"뭐 하는 여자야? 자세히 이야기해 봐. 네 형이 아무 여자나
만나는 위인은 아닐 테고."

"네, 맞아요. 미국에서 살다가 왔다던데요. 영어도 엄청 잘
하고요. 무엇보다 늘씬하고… 여기 형수님은 고상하고 단아
한 미인형이라면, 서구적이면서 육감적인 게 그쪽 형수님…."

"뭐? 그쪽 형수님? 누가 네 형수님이야? 누가?"

"…죄… 죄송해요, 이모! 잘못했습니다."

억순은 연신 머리를 조아리는 김 소장을 돌려보내고는 머
리를 싸매고 눕는다. 머리가 지끈거리는 게 도통 정신을 차
릴 수 없다. 진통제를 두 알이나 먹었다. 그런데도 두통은
가라앉지를 않는다. 김 소장이 미국에서 살다가 왔다는 말을
하는 순간부터 시작된 두통이었다. 성애일지도 모른다는 생

각 때문이었다. 속이 물러 터진 천석이 성애의 손에 휘둘릴
게 뻔했다.

'그렇게 애를 써서 떼어놨건만…… 이것이 도대체 무슨 생
각으로 다시 천석에게 들러붙었나.'

억순은 자신의 생각이 적중될 것만 같다. 불길한 예감이
맞는지 당장 확인해 볼 것이다. 거실로 나온 억순은 현순을
찾는다.

"에미야! 아이, 에미야!!"

억순의 고함에 주방에서 화자가 달려 나온다.

"오매, 참말로. 작은 사모님 뒷마당서 풀 뽑고 기신디오,
시방."

"빨리 가서 불러와."

"뭐 땀시 그란다요, 시방? 시키실 일 있으시당가요? 지가
헐틴디오."

"네가 내 며느리야. 내 며느리한테 일이 있으니까 찾는 게
아냐."

"아이고, 귀때기야. 오매, 참말로 그만 소리 좀 질러부싸요,
시방. 기차 화통을 삶아 드시는 양반도 아니심서……."

화자가 궁시렁거리다가 현순을 부르러 가는 것을 보며 억

순은 팔을 걷어붙인다.

'요절을 내고 말 거다. 내가, 이것을…….'

억순이 분을 삭이지 못해 씩씩거리고 있을 때, 현순이 이마에 땀을 훔치며 들어섰다.

억순은 현순을 보자 속에서 끓고 있는 화가 더 치민다. 헐렁한 일복 바지에 축 늘어진 셔츠를 입은 현순의 모습이 초라하기 그지없다.

"넌 그 옷차림이 뭐냐. 아무리 집에 있어도 그렇지. 맨날 땀내나는 옷에다가, 여자가……."

억순은 현순을 향해 퍼붓다가 말을 끊는다. 그 틈을 타 화자가 불쑥 나선다.

"오매, 참말로. 작은 사모님헌티 옷이나 많이 사 줘서 그랬싸요, 시방?"

억순은 화자의 말에 대꾸 없이 현순에게 이른다.

"씻고 화장부터 해. 예쁘게 치장 하고 나와."

"무…무슨 일 있으세요, 어머니?"

"왜 물어? 시키면 시키는 대로 해."

"오매, 참말로 큰 사장님이 작은 사모님 델꼬 겁나게 좋은 디 가나 보소. 살다가 뵐 일다 본당께, 참말로."

억순이 안방으로 들어가는 것을 보며 화자가 현순을 향해 재촉한다.

"언능 싸게 씻으시쇼, 잉. 늦어뿌진다고 또 벼락칠지 모르니께, 시방."

"알았어, 현이 엄마. 마당에 뽑아 놓은 풀 한쪽으로 모아 줘?"

"오매, 참말로. 그런 걱정일랑 붙들어 매시쇼, 잉."

하는 화자를 뒤로 하고 2층으로 올라온 현순은 욕실로 들어간다. 샤워를 마치고는 화장대 앞에 앉는다. 무슨 일일까. 불안감이 몰려온다. 불안감 속에서 화장을 끝낸 현순이 아래층으로 내려오자, 억순은 곱게 차려 입은 현순을 보고는 놀란다. 마음속으로 한탄한다.

'쯧쯧. 저렇게 고운 지 마누라를 두고.'

"따라와."

현순의 미모에 혀를 차던 억순은 현순을 향해 버럭 소리를 지르고는 앞장선다.

"네, 어머니."

현순은 엄마의 치맛자락을 놓치면 안 되는 어린아이처럼 억순의 뒤를 바투 따라붙는다.

강 기사는 자동차의 시동을 걸어 놓은 채 대기하고 있다가 억순이 나오자 재빨리 자동차 문을 열어준다. 자동차에 올라 탄 억순은 현순을 흘깃 쳐다본다. 현순을 최고로 예쁘게 꾸며 줄 작정이다. 성애 앞에서 조금도 뒤지지 않게.

현순을 데리고 명품관으로 들어간 억순은 현순에게 여러 가지의 옷을 입어보게 한다. 현순은 어떤 옷을 입어도 옷맵시 가 난다. 현순이 실폰 소재로 된 감색 원피스를 입었을 때는 한 마리 잠자리가 되어 하늘을 날아다닐 것만 같았다. 억순은 감색 원피스로 결정해서 현순에게 입혔다. 현순이 신을 새 구두도 사서 신겼다. 핸드백까지 장만해서 현순에게 안긴 억 순은 현순을 데리고 미용실로 향했다. 미용실 원장은 억순과 함께 온 현순을 보며 놀란다. 억순이 며느리를 대동하고 나선 것은 처음 있는 일이다. 이 세상에서 제일 예쁘고 멋진 머리를 해 주라는 억순의 부탁에 원장은 진땀을 뺀다. 억순의 성격을 그 누구보다 잘 알고 있기 때문이었다. 청담동 바닥에서 억순 에게 잘못 보이면 장사를 할 수 없다는 농담이 흘러나올 정도 로 안하무인이라는 소문이 자자했었다. 무식하면 용감하다는 것을 입증하는 것이, 바로 억순이라고도 했다. 억순에게 지성 미를 다 갖춘 것 같은 며느리를 봤다는 것이 도무지 믿어지지 않는다고 이구동성으로 떠들었었다.

미용실 원장은 현순의 뒤통수의 머리를 약간 올려서 손질했다. 자연스럽게 보이는 것이 현순의 이미지와 맞을 것 같아서였다. 양쪽 귀밑머리는 한 쪽만 귀 뒤로 넘어가게 손질을 해서 단아해 보이게 했다. 미용실 원장의 생각은 잘 맞아 떨어졌다. 미용실 원장이 현순의 머리에서 손을 떼자 억순은 고개를 길게 빼고 현순을 쳐다본다. 흐뭇하다. 말할 수 없이. 저런 현순이 자신의 며느리라는 것이 기쁘다. 어디 얼굴뿐인가. 성정 또한 나무랄 데가 없다.

억순은 팁까지 얹어 계산을 마치고는 미용실을 나왔다. 어디로 가실 거냐고 묻는 강 기사에게 억순은 추호의 망설임도 없이 대종호텔로 가자고 했다. 강 기사는 억순의 말이 떨어지자마자, 자동차를 대종호텔 앞에 세웠다.

억순은 당당하게 호텔 문을 밀친다.

'무슨 일일까?'

현순은 머릿속에서 떠나지 않는 그 물음을 하며 억순의 뒤를 따른다. 잔뜩 위축된 가슴은 쪼개질듯이 아프다. 숨 쉬는 것조차 버거울 지경이다. 조마조마한 가슴을 안고 억순의 눈치를 살피고 있을 때, 엘리베이터가 12층이라는 숫자 앞에서 멈춘다. 문이 열리자 앞장서서 걸어 나간 억순은 '1208호'의 문 앞에 선다. 문에 부착되어 있는 벨을 꾹꾹 누른다.

"누구세요?"

억순은 호텔방 안에서 흘러나오는 목소리에 성애라고 단정 짓는다. 톤이 높은 것이 성애의 목소리가 분명했다. 오랜 세월이 흘렀어도 귀에 익숙한 목소리다.

문이 벌컥 열린다.

억순은 실내로 성큼 들어선다.

"너, 오랜 만이다."

성애는 억순을 보며 뒷걸음질을 친다. 생각지도 못한 일이다. 언젠가는 억순이 알게 될 것이라고 여겼었다. 이렇게 빨리 마주치게 될 줄은 몰랐지만, 어차피 겪어야 될 일이다.

성애는 진정되지 않은 가슴을 활짝 편다.

"네, 어머니. 오랜만이시네요. 이쪽으로 앉으세요."

"어머니? 누가 네 어머니야?"

"친구의 어머니도 어머니죠. 안 그래요, 어머니?"

"그래, 좋다. 그럼 네가 우리 천석이를 친구라고만 여기는 거지?"

"그럼요, 어머니."

현순은 억순과 성애가 주고받는 이야기를 들으며 억순이
자신을 탈바꿈시킨 이유를 알 것 같다. 성애를 바라본다. 성애
도 입가에 미소를 머금고 현순을 뚫어지게 쳐다본다.

"인사해라, 에미야. 천석이 친구야, 한 집에서 오래 산 친구.
애 엄마는 우리 여인숙에서 조바로 일했어. 나랑은 동기간처
럼 지냈고."

성애는 억순의 말을 들으면서 어금니를 사려 문다. '조바'
라는 단어를 입에 오르내리는 억순의 의도를 알고 있기 때문
이었다. 감히 조바 딸 년 주제에 천석이를 넘본다며 억순은
갖은 악담을 퍼부었었다. 억순의 그 일그러진 얼굴을 한 시도
잊은 적이 없다. 누가 조바로 일하는 사람을 어머니로 두고
싶어서 태어났는가. 부모를 마음대로 바꿀 수만 있다면 열
번도 더 바꿨을 것이었다. 학교에서 돌아오면 여인숙으로 들
어가는 것이 죽기보다 싫었다. 도박에 빠진 아버지의 폭력에
시달리다가 맨 발로 도망치는 어머니의 뒤를 죽어라 따라갔
다. 어린 마음에도 어머니를 놓치면 아버지의 폭력에 죽을
수도 있을 것 같았다. 그렇게 죽을힘을 다해 어머니를 따라
간 것은 본능이었다. 살고자 하는.

서울여인숙의 뒷방은 어머니와 누우면 꽉 찼다. 그래도 좋

았다. 아버지의 폭력이 없다는 것만으로도 살 것 같은 마음이었다. 아버지의 폭력에서 벗어나자 여인숙에서의 그 공간이 싫어지기 시작했다. 그때 천석이 없었다면 여인숙을 뛰쳐나가 다른 길을 걷고 있을지도 몰랐다. 초등학교, 중학교까지 함께 다니게 된 천석은 자연스럽게 자신의 가슴 안에 자리 잡았다. '오빠'라고 부르며 따르게 된 천석이 어느 순간 남자로 보였다. 뒷방에서 '조바'라는 이름을 가진 어머니의 딸로 살아가야 하는 형언할 수 없는 슬픔과 서러움이 천석의 가슴 안에 있으면 눈 녹듯 사라졌다. 가슴 안이 온통 분홍빛으로 물들어지면서 벅차올랐다. 첫사랑의 시작이었다.

"안녕 하세요."

현순은 정중하게 허리를 굽혔다. 성애에 대해서 너무나 많은 이야기를 천석에게 들었던 탓일까. 분노보다는 서글프다. 가슴 안으로는 형용할 수 없는 감정이 휘몰아치면서 빗금이 그어진다.

'곧 이혼 할 거예요. 그때까지만.'

현순은 마음속에서 일고 있는 부탁의 말을 성애에게 해야 옳을 것 같아 착잡한 마음으로 성애를 바라본다.

"네, 말씀 많이 들었습니다. 듣던 대로 미인이시네요."

성애는 현순을 칭찬하고 나섰다. 현순이 들어설 때 이미 현순을 훑어보았었다. 명품으로 치장한 현순은 청담동의 안주인답게 품위가 남달랐다. 하지만 어딘지 모르게 주눅이 들어 보였다. 들고 있는 핸드백도, 신고 있는 구두도 지나치다 싶을 정도로 반짝였다. 걷는 걸음걸이는 자연스럽지 못했다. 어쩌면 천석의 이혼 요구에 따른 중압감 때문일지도 모른다.

"어디 얼굴만 이쁜 줄 아니? 마음씨도 그만이다. 어른 공경할 줄 알지. 집안 일 하나 건성으로 하는 게 있나. 자식 똑바로 키워놨지. 남편한테 어질지. 학벌은 또 얼마나 좋고. 한국대학 의상학과를 다녔다. 졸업을 못해서 그렇지. 졸업을 못하고 싶어서 그랬나. 천석이가 지훈이를 만들어놔서 그렇게 됐지."

억순은 현순에 대한 칭찬을 아끼지 않는다. 칭찬이 아니다. 사실이다. 이 청담동 바닥에서 현순이 만한 며느리를 본 집이 있을까. 없을 것이었다.

"정말 그러시겠어요. 다 어머니 복이세요."

성애는 마음에도 없는 말로 억순의 비위를 맞추며 속으로 뇌까린다.

'그런 당신 며느리가 이제 어떻게 되는지 보세요, 똑똑히.'

"그래, 고맙다. 네 마음도, 내가 충분히 알았고."

억순은 일어서며 테이블 위에 봉투를 툭 던진다.

"갈 때 비행기 값, 보태라."

"이러지 않으셔도 되는데요. 저 돈 많아요."

"알아. 조바로 일한 네 엄마 생각해서 주는 거야. 오랜 만에 한국에 왔으면 네 엄마 산소도 가봐야지. 참 네 아버지는 어떻게 됐냐? 죽었냐? 살았냐? 아니면 살아서 지금도 노름하냐?"

억순은 가슴에 맺히는 말만 하기로 작정한 사람처럼 성애의 아픈 부분만 건드렸다. 억순의 한마디 한마디가 성애의 가슴에 비수가 되어 박혔다. 성애는 그 마음을 감춘다. 여기서 억순과 맞붙을 수는 없다. 억순의 집으로 입성하기 위해서는. 한 가지만 상기시킬 것이다.

"네, 어머니. 감사합니다. 잘 쓸 게요. 참, 그리고 어머니와 한 약속은 아직까지 유효해요. 오빠한테는…….."

"그러니. 고맙구나."

억순은 속으로 코 방귀를 낀다.

'네가 이런 애라서 내가 널 싫어하는 거야. 그게 언제 적 일인데 그걸로 날 협박해.'

억순은 호텔에서 나오며 입엣말을 하다가 대뜸 현순을 다그친다.

"넌, 어째서 그렇게 맥아리가 없냐. 죽 한 그릇도 못 먹은 애처럼."

"……."

"아, 당당하게 어깨 쭉 못 펴. 누가 보면 내가 시집살이라도 엄청 시키는 줄 알겠어? 어이그, 속 터져."

억순은 성애에게 미처 퍼붓지 못한 울화를 현순에게 쏟아냈다. 일부러 성애가 발끈할 말들만 골라서 했다. 성애의 반응을 보기 위해서였다. 성애는 자신의 말에 대꾸를 하지 않았다. 그것은 천석과의 관계를 오래 지속시키겠다는 뜻일 것이다. 한국에 잠깐 들어왔다면 성애는 발톱을 드러냈을 것이다. 자신의 말에 참고 있을 성애가 아니다. 어림없는 일이다. 천석과 장기전에 돌입하려고 참고 있었을 것이 확실하다.

억순은 잔뜩 풀이 죽어 있는 것 같은 현순을 근심에 찬 눈빛으로 바라보다가 고개를 돌린다.

천석은 조심스럽게 집안으로 들어선다. 집안 분위기를 살핀다. 성애에게서 어머니와 현순이 다녀갔다는 말을 들었을 때 김 소장에게 따져 물었었다. 김 소장은 이모가 이미 다 알고 계셔서 어쩔 수 없었다는 답변만 늘어놓았다. 이미 쏟아진 물이었다. 쓸어 담을 수 없다면 수습을 해야 하는 것이다.

천석은 억순이가 있는 안방으로 들어선다.

"다녀왔습니다."

천석의 인사가 끝나기가 무섭게 억순은 옆에 있는 베개를 들어 천석에게 던졌다. 천석이 재빠르게 고개를 돌렸다. 천석을 아슬아슬하게 비껴간 베개는 방바닥으로 떨어지면서 퍽 소리를 낸다.

"어쩔 거야, 너?"

억순은 소리가 밖으로 새어나가지 않게 목소리를 낮췄다.

"저한테도 생각이 있어요, 엄마."

"생각? 무슨 생각?"

"제가 뭐 어린아이예요?"

"어린아이라면 차라리 낫겠어, 이놈아. 너 걔 당장 미국으로 보내. 그렇지 않으면 둘 다 내 손에서 요절 날 줄 알아."

과단성(果斷性) 있는 말투로 억순이 잘라 말하고는 땅이 꺼져라 한숨을 쉬며 지훈의 이야기를 꺼내든다.

"곧 며느리 보게 생긴 놈이 제 마누라 놔두고 바람났다고 이 바닥에 소문이라도 나 봐. 누가 딸자식을 주려고 하겠냐? 너도 자식 키우니까 부모 마음 알 것 아냐. 너 같으면 시아버

지 될 사람이 바람둥이라고 하는데, 네 딸을 그 집으로 시집보
낼 수 있어? 부전자전이라고 절대 딸 안 줘. 아니 못 줘."

천석은 억순의 말에 대꾸가 없다. 고개만을 푹 숙이고 있다.
그렇다고 성애를 미국으로 돌려보낼 수 없다. 성애와 어떻게
재회를 했는데……. 성애가 미국으로 건너간 것은 공부를 하
고 싶어서였다고 했다. 그랬는데……. 천석이 결혼을 했다는
소식을 듣고는 천석에 대한 상실감으로 전 남편과 결혼을
한 것이라고 했다. 이혼을 한 것도 자신에 대한 그리움 때문이
었다고, 고백하는 성애의 말에 그 어떤 말도 할 수 없었다.

"내 말 명심해. 알아 들어?"

"알아서 할 게요. 쉬세요."

억순이 방에서 나온 천석은 2층으로 올라가려다가 몸을
돌린다. 현관문을 열고 나온다. 마당가 의자에 앉는다. 사랑을
차지하기 위해서는 너무나 많은 일들이 산재되어 있는 것
같다. 이렇게 복잡해지는 건 딱 질색이다. 명쾌하게 살고 싶
다. 그런데 자신의 생각과는 다르게 어머니부터 시작해서 현
순과 지훈의 일까지 얽혀들고 있다. '그냥 두 집 살림을 할까.
그것도 괜찮은 방법인데…… 양쪽 집을 왔다갔다하면서. 그
렇게 되면 다 정리가 되는 건데…….'

천석은 혼자 중얼거린다.

"아빠!"

천석은 지훈이 부르는 소리에 고개를 든다.

"어, 지금 오냐?"

"응. 아빠는 여기서 뭐 해?"

"아냐, 뭐 좀 생각할 게 있어서."

지훈은 천석의 표정을 살피며 천석의 옆에 앉는다.

"… 무슨 고민 있어, 아빠?"

"고민은 무슨… 그냥 답답해서 앉아 있었다."

"엄마랑 싸웠어?"

"싸우긴. 네 엄마가 어디 싸울 사람이냐."

"그럼, 왜??"

"아니다. 아무것도…….""

얼버무리는 천석의 대답에 지훈은 '대종호텔'에서의 이야기를 꺼낼 때가 지금이라고 여긴다.

"저… 아빠!"

천석이 지훈을 향해 고개를 돌리며 대답했다.

"왜?"

"일요일 날, 대종호텔에서 아빠 봤어."

지훈의 말에 천석은 자신도 모르게 "뭐." 하며 벌떡 일어났다.

 "놀랄 것 없어, 아빠. 우연히 봤어. 할머니가 만나보라고 한 조아리를 하필 거기서 만나게 되었지 뭐야."

 "그, 그랬어."

 천석이 다시 의자에 앉으며 고개를 숙인다.

 "그 여자분이랑 아빠랑 어떤 사이인지는 모르겠지만, 아니 특별한 사이라고 해도 나는 상관없어. 어디까지나 아빠 인생이잖아. 그렇지만 엄마는 몰랐으면 해서……."

 "그… 그게, 지… 지훈아 어떻게 된 거냐면……."

 천석은 당황한다. 말이 제대로 나오지 않는다. 더듬거려진다. 자식은 그 어떤 사람보다도 무서운 법이라고 했다. 그런 것 같다. 얼굴이 후끈 달아오른다. 부끄럽다. 대종호텔에서 성애와 식사하는 모습을 봤다면, 성애가 자신에게 어떻게 하는지도 다 보았다는 이야기가 된다.

 "나한테 변명하려고 하지 마, 아빠. 난 괜찮다고 했잖아."

 "친… 친구야. 응, 친구. 초등학교 때부터 만난 친구. 남자들이라면 뭐 불알친구라고 하잖아. 그런 셈이지, 그럼."

 "알았어, 아빠. 아빠 말 믿을게. 그 대신 엄마 눈에 눈물

흘리는 일만 없게 해 줘, 아빠! 부탁이야?"

"… 그… 그래. 알았어."

"약속."

지훈이 새끼손가락을 내밀었다.

천석은 자신도 모르게 넓적다리를 손으로 문지른다. 자신의 허물을 감싸주면서 가정의 평화를 지켜 달라고 하는 지훈의 부탁에 고개를 들 수 없다. 잘 자라준 아들 지훈과 어질고 순한 아내 현순을 두고 이 무슨 짓인가.

*

성애는 아파트 전세계약서를 받아들고는 천석의 품에서 눈물을 훔친다.

"이대로 죽어도 아무런 미련이 없을 것 같아."

"바보 같은 소리 하지 마. 호강시켜 줄게. 나만 믿어."

"지금도 나는 충분히 호강하고 있어. 당신이랑 함께 있는 이 시간들이 호강이지. 호강이란 게 별거야."

천석은 자신의 품에서 눈물을 훔치고 있는 성애를 힘주어

안는다. 이제야 성애와 제대로 된 신혼살림을 하는 것 같다. 현순과 신혼살림을 차렸을 때와는 느낌이 다르다. 현순은 자신에게 있어 아내가 아니라 꼭 어른을 모시고 사는 것 같았다. 다가가기가 어려웠다. 딱히 무어라고 설명할 수 없는 그 무언가가 현순과의 사이에 놓여 있는 듯했다. 성애는 현순과는 반대였다. 온 몸으로 사랑을 표현했다. 자신의 곁에서 한시도 떨어지지 않으려고 했다. 주변의 시선도 아랑곳하지 않았다. 어디를 가든 먼저 손을 잡아왔다. 팔짱을 끼었다. 현관에 들어서면 성애는 두 팔을 벌려 자신을 안아주었다. 성애가 그럴 때마다 이게 바로 사랑하는 사람과 사는 삶이구나 싶었다. 성애와 지내는 생활이 삶의 활력소가 된다. 콧노래가 절로 나온다. 하루하루가 행복하다. 성애가 아니었다면 감히 상상도 하지 못할 일이다. 하지만 천석의 일탈은 오래 갈 수 없었다. 억순이 김 소장에게 천석의 일거수일투족을 관찰해서 보고하라고 일렀기 때문이었다.

김 소장은 천석이 옥수동에 살림을 차린 걸 모른 척 할 수 없었다. 천석의 일을 눈감아주었다가는 밥줄이 끊어질 판이었다. 자신에게 딸린 가족을 생각해야 했다. 가족만 아니라면 눈감아줄 수도 있었다. 솔직히 말해서 두 집 살림을 하는 천석이 부러운 것도 사실이었다. 그렇지만 천석을 극구 말렸다. 천석은 듣지 않았다. 고집을 피웠다. 기어이 전셋집을 얻어서 살림을 차렸다. 억순이 성애의 존재를 알고 있다는 것이, 오히려 역효과를 낸 것 같았다.

천석은 성애와의 관계를 굳이 숨기려고 들지 않았다. 베틀에 북 나르듯 성애의 집을 들락거리는 천석을 그냥 둘 수는 없었다. 김 소장에게서 천석의 일을 전해들은 억순은 고심하고 있었다.

'호텔에서 그렇게 알아듣게끔 타일렀건만. 무슨 생각으로 성애 이것이. 어떻게 해야 단 번에 성애를 떼어놓을 수 있을까.'

이런 저런 생각을 해 보지만 쉽사리 답이 나오지 않는다. 그만큼 성애가 만만한 상대가 아니라는 것이다. 쉽게 떨어질 것 같았으면 애시 당초 미국에서 돌아오지도 않았을 것이다. 필경 작정을 하고 왔을 것이다. 재산을 노리고. 그러고도 남을 성애였다. 누구보다도 성애의 성장을 지켜봤다. 어린 나이인데도 눈웃음을 살살 치며 부리는 교태가 범상치 않았다. 남자들 여럿을 홀리고도 남을 것 같았다. 그런데다가 제 엄마에게 걸핏하면 소리를 질렀다. 한 마디도 지지 않고 말대꾸를 하며

달려들었다. 자신을 왜 낳았냐고 물으며 악다구니를 치는 꼴
은 자식을 둔 부모로서 차마 눈 뜨고는 못 볼 지경이었다.
성애를 며느리로 봤다가는 언제 무슨 일을 당할지 모른다는
섬뜩함마저 들게 했었다. 천석에게서 성애를 떼어놓은 이유
중에는 성애의 성격도 한 몫을 했다.

천석과 성애의 사이를 빨리 사단을 내야 한다. 시간을 끌었
다가는 성애가 아주 현순이 자리를 차지하고도 남을 것 같았
다. 억순은 그렇게 며칠을 두고 벼르고 별렀다. 마음의 준비를
단단히 한 오늘 성애를 찾아간 것이다. 현금도 넉넉하게 준비
했다. 만약 모자란다고 하면 더 줄 수도 있다. 어떻게든 성애
를 떼어놓는 것이 목적이다.

성애는 억순의 두 번째 방문에 숨부터 고른다. 고단수는
고단수를 알아보는 법이다. 혼자 온 것을 보면 분명 돈을 싸
들고 왔을 것이다. 틀림없다. 그것이 착각이라는 것을 억순이
곧 알게 될 것이다. 20년 전, '서울여인숙'에서 '조바'로 일하
는 어미를 둔 탓으로 억순이 쥐어주는 돈 몇 푼을 받고, 천석
의 곁을 떠난 '추성애'는 그날 죽은 것이었다. 아무리 많은
돈을 싸들고 왔어도 소용없다. 억순의 재산이 수백억대에 달
하는 걸 알고 있는 이상은.

성애는 여유롭게 앉아 억순이 어떻게 나오는지를 구경하기로 했다. 재미가 남다를 것 같았다.

억순은 설명 없이 성애 앞에 현금이 든 두툼한 봉투를 놓는다.

'그럼 그렇지. 내 예상대로네.'

성애는 마음속으로 코웃음을 친다. 어깨를 한번 들썩이며 묻는다.

"뭐예요, 어머님?"

"보면 몰라. 너 좋아하는 돈이다."

"제가 좋아하는 돈요?"

"그래."

"저 돈 안 좋아해요, 어머니."

"흥. 지나가는 개가 웃겠다."

"그래요, 어머니. 그럼 얼마예요?"

"왜 물어? 적을 것 같아서냐?"

"제가 가진 돈보다 많아야 딜이 되죠? 어머님 건물이라면 모를까? 안 그래요, 어머님?"

"그래. 그렇게 돈 많은 애가 왜? 우리 천석이한테 들러붙어서 이러고 있는데."

억순의 말투가 거칠어졌다.

"돈 갖고도 안 되는 게 딱 하나 있잖아요, 어머님! 사랑이요. 어머님은 안 해 보셔서 사랑이 어떤지 잘 모르시겠지만."

"그래. 난 사랑이 무슨 귀신 씨나락 까먹는 소리인지 모른다. 그러나 사람이 살아가는 법도는 안다."

억순의 말에 성애가 목젖이 보이도록 웃어 제친다.

억순의 눈꼬리가 치켜진다.

"어머님이 사람이 살아가는 법도를 제게 물으시면 전 뭐라고 해야 하나요?"

"뭐?"

"어머님이 오빠를 어떻게 해서 낳으셨는지를 제가 훤히 알고 있는데……."

억순은 성애가 그 말만 하지 않았어도 성애를 끝까지 달랠 작정이었다. 그런데 성애가 자신의 과거를 들먹거렸다. 아킬레스건을 건드린 것이다. 얼굴이 벌겋게 달아오른 억순이 의자에서 천천히 일어난다. 꽉 다문 억순의 입매가 비틀어졌다. 억순이 성애를 향해 손을 뻗친다. 성애가 고개를 뒤로 젖힌다. 그와 동시에 억순의 오른손이 성애의 앞 머릿속으로 쑥 들어간다. 머리카락을 말아 쥔다. 격앙된 억순의 목소리가 집안을 흔든다.

"그래, 나 그런 년이다. 내 부모, 내 동생들을 먹여 살리기 위해서 내가 먼저 천석이 아버지를 꼬드겼다. 그런 내가 너 하나 요절내는 게 일일 것 같으냐?"

억순은 성애의 머리카락을 말아 쥔 채 두 눈을 부릅뜨고 성애를 쏘아본다. 성애는 비명조차 지르지 못한다. 억순은 성애의 머리카락을 쥔 손에 힘을 준다. 앞뒤로 세차게 흔든다. 성애의 얼굴이 자동적으로 끄덕거려진다.

억순은 어금니에 힘을 준다. 성애의 뺨을 힘껏 올려친다. 자지러지는 성애의 비명이 집안을 흔든다. 억순의 손바닥 안에는 한 움큼의 머리카락이 쥐어져 있다. 머리카락을 돌돌 말아 쥔 억순은 성애의 얼굴에 집어던진다. 집안의 물건을 집어들기 시작한다. 닥치는 대로 던진다. 와장장창…… 살림살이 깨지는 소리가 요란하게 들린다. 살림살이를 몽땅 때려 부순 억순은 성애의 턱을 치켜든다. 성애의 코와 입술에서 피가 흐른다.

"다시 한 번 지껄여 봐, 어디."

"어… 어머님!"

"어머니? 난, 내 집에서 조바로 일하다가 죽은 네 에미가 아니야. 나, 이억순이야. 이름만큼 억세고 드센 이억순. 나한테 까불지 마. 넌 죽어도 천석이랑 안 돼. 내가 두 눈 시퍼렇게 뜨고 있는 한. 내 며느리는 하나야. 지훈이 에미. 알아들어. 내가 준 돈 갖고 조용히 떠나. 그렇지 않을 때는 가만 안 놔둬. 이건 경고가 아냐. 명령이야. 내가 한 말 명심하고 떠나, 조용히.”

억순이 성애의 턱을 놓고는 현관문을 열고 나갔다. 억순이 나가는 문소리가 크게 들려왔지만 성애는 그대로 앉아 있다. 분하지만 참아야 한다. 기필코 앙갚음을 할 것이다. 꼭 억순의 며느리가 되어서……. 오늘 당한 이 수모를 억순이에게 몇십 배로 되돌려주고 말 것이다.

‘감히 나를 건드려.’

성애는 천석에게 전화를 넣는다. 당장 집으로 오라는 성애의 말에 천석은 무슨 일이냐고 물었다. 성애는 대답하지 않는다. 대답을 회피하는 성애의 전화에 불길한 마음이 든 천석은, 단 걸음에 달려왔다. 집안 풍경에 천석의 벌어진 입이 다물어지지 않는다. 난장판이 된 집안도 집안이었지만 성애의 처참한 몰골 때문이었다.

“당신 어머니가 다녀가셨어.”

성애는 놀란 얼굴로 자신을 바라보고 있는 천석에게 간단하게 말했다. 길게 설명할 필요가 없다. 천석이 눈앞에 펼쳐진 지금의 상황이 긴 설명보다도 훨씬 극적인 효과를 낼 수 있다. 성애의 예상대로 천석은 허리에 손을 짚고 선 채 씩씩거린다. 천석이 성애의 손목을 잡아 일으킨다.

성애는 천석을 뿌리친다. 슬픈 표정을 지으며 말한다.

"나, 괜찮아. 어머니 이해할 수 있어."

성애의 말에 천석은 말이 없다.

천석은 성애의 손을 다시 움켜쥔다. 어떻게 사람을 이 지경으로 만들어놓을 수가 있을까. 때리는 시어머니보다 말리는 시누이가 더 밉다고 했다. 어머니도 밉지만 현순이 더 원망스럽다. 어머니가 성애에게 이러는 것은 바로 현순이 때문이 아닌가. 현순과 이혼하지 않고 어떻게든 지내보려고 했다. 자신의 생각이 얼마나 헛된 생각이었는지를 이제 깨달았다.

천석은 성애와 집 대문 앞에 선다.

성애가 천석의 앞을 가로막는다.

"이러지마. 왜 이래, 정말?"

"잠자코 따라와."

천석이 성애를 앞세우고 집안으로 들어서자 현순은 성애의 모습에 눈을 감는다. 눈을 뜨고 볼 수가 없다.

"왜? 겁나? 이게 다, 당신 때문이야. 오늘 아주 끝장을 내자
고."

"……."

천석의 말에 현순은 눈앞이 온통 캄캄해졌다. 귓속에서는
벌레가 들어 가 있는 것처럼 윙윙거리는 소리가 요란하다.
두 발은 얼어붙은 것처럼 꼼짝 할 수 없다.

거실에서 들리는 소란스러운 소리에 주방에서 나온 화자가
"오매, 손님 오셨으라우?" 하고 물으며 세 사람을 둘러보다가
사태가 심상치 않다는 것을 눈치 챘는지 입을 다문다.

천석은 현순을 노려보며 화자에게 말한다.

"현이 엄마! 어머니 좀 불러 주세요?"

하는 소리에 정신이 돌아온 현순은 두 무릎을 꿇는다.

"여… 여보, 제발! 여보!"

현순은 무릎걸음으로 천석의 앞으로 간다. 천석의 넓적다
리를 잡고 매달린다. 성애의 얼굴이 왜 저렇게 됐는지는 알
수 없다. 분명한 건 천석이 지훈의 출생에 대해서 폭로하려는
것이라고 직감했다.

"오매, 참말로 작은 사모님, 뭐 땀시 이러시는디요. 일어나

사랑께요, 시방."

화자가 현순의 팔을 잡아 일으킨다.

현순은 듣지 않는다.

"이혼 할 게요. 제발…… 어머니한테는."

현순은 두 손을 모아 싹싹 빈다.

"누가 왔냐? 왜 이렇게 시끄러워?"

하고 물으며 억순이 방에서 나왔다.

현순은 억순의 등장에 피돌기가 멈춘다. 석고상처럼 굳어진다. 현순만 그런 것이 아니다. 놀란 것은 천석도 마찬가지였다.

억순은 주저앉는다. 거실에 서 있는 천석과 성애 때문이 아니었다. 무릎을 꿇고 있는 현순 때문에 두 다리에 힘이 빠진 것이다. 성애와 대거리를 하느라 힘을 쓴 탓도 있었다. 소란스러운 소리에 방에서 나왔다가 눈앞의 광경에 그만 현기증이 난 것이다. 사력을 다해서 일어난 억순은 현순에게로 다가간다. 현순을 잡아 일으킨다.

"누가 너더러 아무데서나 무릎 꿇고 있으라고 했어. 넌 이 집의 안주인이야. 이억순의 하나밖에 없는 며느리고. 그런데 네가 왜 무릎을 꿇느냔 말이다. 저 짐승만도 못한 것들 앞에서? 어서 못 일어나."

억순의 고함에도 현순은 일어나지 않는다. 설움에 복받친 눈물을 쏟아낼 뿐이다.

억순은 현순이 서럽게 울고 있는 것을 보며 천석의 뺨을 힘껏 후려친다.

"이 천하의 못된 놈아. 여기가 어디라고 감히 저런 쓰레기를 내 집에 들여서 네 마누라 눈에 눈물을 빼. 당장 나가. 썩, 나가지 못해."

억순의 고함소리가 집안에 쩌렁쩌렁거린다. 분이 풀리지 않은 억순은 천석의 뺨을 또 후려치다가 휘청한다. 화자가 억순을 부축하며 "오매, 참말로 뭔 일이라요. 싸게 나가시쇼, 잉. 이러다가 큰 사장님 잡겠소, 시방." 하며 천석을 밀친다. 그래도 천석은 장승처럼 서 있다.

"빨리 가요. 제발 이러지 말고."

성애가 천석의 팔을 잡아 흔든다.

"놔, 이거."

천석이 성애를 뿌리친다. 입을 연다.

"똑똑히 들으세요, 어머니. 저 이 사람하고 삽니다. 지훈이 엄마와 이혼하고서. 그러니까 다시는 이 사람한테 이런 짓하지 마세요."

"뭐? 누구랑 이혼을 하고, 누구랑 살아? 그래 어디 한 번 살아 봐. 저 화상하고 잘 살아 봐라, 이놈아. 어디서 굴러먹다가 들어온 불여시를 데리고 와서는…… 어후, 내가 저 호랑말코 같은 놈을."

억순의 욕설에 천석이 눈을 질끈 감는다. 넓적다리를 손으로 문지르며 소리친다.

"제발 그만 좀 하세요. 이 사람이 어때서요. 남… 남의 자… 자식을 뱃… 뱃속에 품고 나랑 결혼한 저 사람보다 못한 게 뭔데요?"

순간 집안이 고요해졌다. 정적뿐이다. 그 누구도 입을 열지 못하고 있다. 현순의 울음소리만이 들린다.

정적을 깨듯 화자가 "오매, 참말로 날벼락 떨어지것소, 시방." 하며 천석을 쳐다본다. 성애는 천석이 하던 말을 퍼뜩 떠올린다. 현순과 이혼을 할 수밖에 없다고 했었다. 왜, 그러느냐고 묻는 성애에게 천석은 자신이 나타나면 현순이 언제든지 이혼을 해 주는 조건으로 결혼을 한 것이라고 했다. 천석이 그냥 하는 입에 발린 소리라고 생각했었다. 헛소리가 아니었다. 그럴 만한 이유가 있었다. 천석의 말이 사실이라면 이혼

사유가 충분한 것이다. 일이 재밌게 꼬여 있다. 굳이 자신이 나서서 감 놔라 대추 놔라 하지 않아도 제사상은 이미 차려진 것이나 다름없다. 그저 가만히 있어도 될 듯싶었다. 게임은 끝난 것이다.

성애는 씩씩거리고 서 있는 천석을 안쓰러운 눈빛으로 바라본다. 천석은 억순의 치마폭에 싸여 자신을 보호해 주지 못할 것 같았다. 유약해 보였다. 자신의 미래를 맡기기에는 모자라는 남자라고 생각했었다. 그런데……. 천석은 한 여자를 지켜줬다. 아이까지도. 천석이 오늘 이 순간처럼 남자답게 보인 적은 없었다. 멋있다. '추성애'의 남자로서 기대 이상이다. 괜스레 숙연해진다.

"뭐?"

"……."

"너 지금 뭐라고 했냐?"

"……."

천석은 억순의 물음에 대답하지 않는다. 고개를 숙인 채 거실 바닥만을 뚫어지게 쳐다보고 있다.

"다시 한 번 말해 봐. 지금 뭐라고 했어?"

"……."

"왜? 말을 못해. 갑자기 벙어리가 됐냐?"

억순이 다그치듯 소리쳤다.

천석이 고개를 든다. 입을 연다.

"… 남… 남의 자… 자… 자식을 뱃속에 품고 왔다고요. 저 사람이…….."

천석이 무릎을 꿇고 있는 현순을 가리키며 넓적다리를 손으로 문지른다.

"뭐가, 어째??"

감정에 복받친 억순의 격앙된 목소리가 집안을 갈랐다.

"… 지… 지훈이, 제… 자… 자식이 아니라고요."

천석의 소리가 탁하게 갈라졌다.

천석은 이제 멈출 수 없다고 생각했다. 무덤까지 품고 가겠다고 맹세한 현순과의 약속을 저버렸다.

현순은 천석의 말을 들으며 더욱 오열한다.

"참, 기가 차서… 내… 살다, 살다가… 저… 저런…….."

천석의 말에 억순은 기가 막힌다는 듯 실소를 터트린다. 천석을 향해 삿대질을 한다.

"미쳐도 곱게 미쳐. 이제 하다하다 안 되겠으니까 뭐가 어째? 저 불여우가 그렇게 하자고 꼬드기데. 하늘이 무섭지도 않냐. 지 새끼까지 팔아먹는 네가 애비 맞냐? 이 호랑말코 같은 놈아?"

하며 억순이 천석의 멱살을 잡아 흔든다.

"나, 안 미쳤어요. 안 미쳤다고요. 그리고 저 사람은 알지도 못하는 사실이고요. 그러니까 제발 그만 좀 하세요. 지훈이 제 자식이 아니란 말입니다."

천석은 진실이 아닌 일이 진실인 양, 말도 더듬지 않았다.

"에라이, 순 천하의 이 못된 놈아. 내가 널 낳고 미역국 한 그릇도 못 먹은 게 천추의 한이었는데. 내가 안 먹길 잘 했다. 이놈아!! 당장 못 나가."

억순이 팔을 걸어 부치며 악다구니를 치다가 화자에게 고개를 휙 돌린다.

"가서 소금 한 바가지 빨랑 퍼 와."

"야. 오매, 참말로… 시방. 미쳐부렀당께, 시방. 지집헌테 미쳐불면 눈깔이 뒤집어져뿔어서 눈에 뵈는 게 없다드만. 오매, 시상이나."

하며 화자가 바쁜 걸음으로 주방으로 향할 때, 천석이 다소 가라앉은 목소리로 억순을 부른다.

"엄마, 정말이라고요. 지훈이가 누구 자식인지 지훈이 엄마에게 물어보세요. 엄마가 직접."

"주댕이 못 닥쳐."

억순의 고함에 천석이 현순을 거칠게 일으켜 세웠다.

현순이 휘청거린다.

"당신이 직접 말해. 엄마한테."

현순은 억순이 앞에 다시 주저앉는다.

"어… 어머니."

"……."

"차라리 절 죽여주세요."

"……."

"… 어머니."

"왜?"

"어머니……."

"왜? 왜??"

"… 어 … 어머니."

"……."

억순은 머릿속이 텅 빈 것 같다. 현순이 왜, 저러고 있는가.
아니다. 아닐 것이다. 성애에게 눈이 뒤집힌 천석이 지금 망발
을 하고 있는 것이다. 그런데……. 두 다리에 힘이 자꾸 풀린

다. 현순에게 직접 물어보기 위해 현순이 앞으로 가야 하는데, 걸음이 걸어지지 않는다.

"… 아… 아니지? … 저… 저 미친놈이 지금 저거한테 미쳐서, 귀신 씨나락 까먹는 소리 하는 거지? 그… 그렇지?"

억순이 벽을 짚으며 묻는다.

현순은 서럽게 울며 거실 바닥에 얼굴을 묻는다.

"어머니."

억순이 다시 묻는다.

"그렇지? 에미야?"

"어머니……."

"아니지?"

"……."

현순은 대답하지 못한다. 울고 있는 현순을 향해 억순이 재차 묻는다.

"울지 말고 똑바로 대답 해? 아니지?"

"……."

"아니지?"

"어머니."

현순은 억순을 부르며 울기만 한다.

벽을 짚고 서 있던 억순은 자신을 지탱할 힘이 없다. 두 다리를 질질 끌어서 현순이 앞으로 다가간다. 빙글 의자에 앉아 있는 것처럼 눈앞이 빙글빙글 돈다. 현순의 팔을 잡아 흔든다.

"어… 어머니."

"아니지?"

억순이 부정하듯 자신의 머리를 흔들며 묻는다.

"……."

"아니지?"

"……."

"사실대로 말해, 어서!!!"

"……."

"말 해. 말하라고!!"

"… 사… 사실이에요, 어머니."

현순의 대답에 억순이 정신을 잃고 쓰러진다.

억순은 정신이 들자마자 바로 집으로 향했다. 자동차 등받이에 기댄 채 두 눈을 감고 있다. 입이 다물어지지가 않는다. 다문 입술에 힘을 주지만 자꾸만 벌어진다. 사지가 벌벌 떨린

다. 마른하늘에 날벼락이 떨어졌어도, 이렇게 기가 막히지는
않을 것이다. 어찌 이런 황당하고도 어이없는 일이 일어날
수 있는가.

현순을 겉으로는 애지중지하지는 않았다. 하지만 현순은
자신에게 있어 딸보다 더한 며느리였다. 며느리는 절대 딸이
될 수 없는 남의 자식이라고들 했다. 며느리에 지나지 않는
며느리일 뿐이라는 사람들의 말을 건성으로 흘려들었다. 그
만큼 현순은 자신에게 있어 며느리, 그 이상이었다. 한 달이
면 서너 번씩 세탁하라고 내놓는 이불빨래도 현순은 낯 한
번 붉히지 않았었다. 일부러 어깃장을 놓느라고 해대는 짓이
라는 걸 모를 리 없을 텐데도 시키는 대로 했다. 자리끼를
받쳐 들고 들어와서 잠자리를 봐줄 때도 그랬다. 어깨가 아
프다면 어깨를, 등이 아프다면 등을, 허리가 아프다면 허리
를, 다리가 아프다면 다리를 주물러주었다. 쌀 한 알, 마늘
한 조각, 파 한 뿌리를 허투루 하지 않았다. 재산 보고 천석을
꼬드겼다고 갖은 포악을 떨 때도 그랬다. 입을 꾹 다물고 있
었다. 천석을 꼬드겨 부른 배를 밀고 들어와 안방을 차지했
다고 소리를 질러도, 귀가 먹은 사람처럼 현순은 가만히 있
었다. 집안 좋고 학벌 좋은 집의 여식과 천석을 맺어주지 못

한 화풀이를 해 대어도 배시시 웃었다. 그러는 현순을 보며,
도대체 저 속에 뭐가 들었는지 궁금했다. 사람이라면 저러고
살 수가 없을 것이었다. 그렇다고 천석에게 자신이 하는 짓
거리를 고자질을 하지도 않았다. 세월이 흐를수록 현순이 같
은 이런 복덩이가 어떻게 자신의 며느리가 되었을까 했다.
현순을 생각하며 입이 벙싯거려졌다. 호된 시집살이를 시키
고 있지만 현순은 하나밖에 없는 딸자식보다 더한 며느리였
다. 그런 며느리가 남의 자식을 배 안에 넣고 시집을 온 것이
었다. 더구나 성폭행으로 생긴 아이를…… 아버지가 누군지
도 모르는 범죄자의 자식을, 천석이 아이처럼 감쪽같이 속이
고서. 그것도 모르고 남의 손자인 지훈이를 20년 동안 키워
낸 것이다. 발바닥에 흙도 안 닿게 하느라 업어서 안아서 키
웠다, 20년을. 그래서 재산에 대한 포기 각서에 도장을 찍을
때도 군말 없이 찍은 것이었다. 혼수라고는 부른 배를 밀고
들어온 것뿐이라고……. 노래를 불러도 군말이 없었다. 이제
야 알았다. 원통하다. 억장이 무너진다. 차라리 그때 성애와
결혼을 시켰더라면. 오늘 같은 일은 당하지 않았을지도 모른
다. 성애가 나타나지 않았다면 이런 사실도 밝혀지지 않았을
것이다. 아무것도 모르고 남의 자식에게 이 많은 재산을 물

려주고 죽을 뻔 했다. 죽어서 저 세상에 갔을 때 조상들을 어찌 볼 것이며, 천석이 아버지의 낯은 또 어찌 마주할 것인가. 그리고 보니 성애로 해서 이 모든 비밀이 탄로가 난 것이다. 그 비밀을 간직하고 살아온 천석의 심정이 오죽했을까. 천석이 가엾다. 성애를 떠나보내고 상처가 얼마나 깊었으면, 남의 자식을 품고 있는 현순을 아내로 맞아들일 생각을 했을까. 모든 일이 자신으로부터 시작된 것 같다.

억순은 천석을 바라본다.

천석은 좌불안석이다. 넓적다리를 수없이 손으로 비빈다. 불안하기만한 마음은 진정이 되지 않는다. 초조해서 그런지 무릎은 연신 덜덜 떨린다. 날씨까지 '우르릉 우르릉, 쾅… 쾅' 거리는 천둥소리가 요란하다. 온통 잿빛인 마른하늘에서는 번갯불이 번쩍번쩍거린다. 천석은 번갯불이 번쩍거릴 때마다 자신도 모르게 움찔움찔거린다. 자세를 고쳐 앉는다. 불안하다. 두렵다. 깍지 끼고 있는 손을 푼다. 넓적다리를 손으로 비비며 성애를 얻기 위한 과정이라고 스스로를 달랜다. 이제는 돌이킬 수 없다. 이대로 앞만 향해 가는 수밖에 없는 것이다. 진실은 자신밖에 모르지 않는가. 얻는 것이 있으면 잃는 것도 있다.

천석은 자신을 애써 합리화시킨다. 억순의 눈치를 살핀다. 두 사람은 그렇게 각자의 생각에 묻혀 쉽게 입을 열지 못하고 있었다. 그러는 동안 두 사람을 실은 자동차가 집 앞에 멈추었다.

캄캄한 하늘에서 빗줄기가 쏟아지기 시작한다. 굵은 빗줄기다. 석탄가루를 뒤집어쓴 것 같은 하늘에서는 벼락 칠 곳을 찾아 헤매는 것처럼, 번갯불이 번쩍이다가 '우르릉, 쾅, 쾅'거린다.

억순은 집안으로 들어서기가 무섭게 한쪽에 서 있는 현순을 가리키며 화자에게 소리친다.

"너, 2층에 가서 저 짐승만도 못한 재 물건 싹 들어내? 빨랑?"

우르릉, 쾅. 쾅, 우르릉… 쾅앙.

요란한 천둥소리에 억순의 고함이 묻힌다. 번갯불이 번쩍인다. 어딘가에 벼락이 떨어질 모양이다. 천둥소리가 한곳으로 몰려가면서 천지간을 뒤흔든다.

"오매, 참말로 시방 비가 겁나게 왔쌓는디요, 시방."

"너, 내 말에 한 마디라도 토 달기만 해. 너도 이 집에서 쫓겨나고 싶으면?"

화자에게 고함을 친 억순은 현순에게로 다가간다. 현순의 팔을 잡아끈다.

　"나가! 당장 나가!! 내 집에서 나가."

　"… 어… 어머니."

　"어머니?"

　억순의 손이 현순의 얼굴을 냅다 가격한다. 그 바람에 현순의 고개가 홱 돌아간다. 현순이 맥없이 주저앉는다. 현순의 어깨가 들먹인다.

　"울어. 내가 때린 게 억울해서 우냐. 아니면 아파서 우냐? 그것도 아니면, 네가 저지른 일이 탄로 나니까 창피해서 우냐. 아니지? 나, 더 속여 먹이지 못하게 돼서 억울해서 울지, 네가? 어디서 울어!! 재수 없게!!! 여기는 내 집이야. 울려거든 네 엄마 앞에 가서 울어. 네가 그런 식으로 쇼를 해서 우리 천석이를 꼬드겼는지는 모르지만, 나는 안 통해. 20년 동안 속아서 산 세월을 생각하면, 내가 기가 막히고 분하고 억울하고, 원통하고 억장이 무너져."

　억순이 가슴을 탕탕 친다.

　"나가! 당장 나가!!"

　악을 쓰는 억순을 천석이 나서며 말린다.

"엄마, 엄마. 이러다가 또 쓰러지면 어쩌려고 그러세요. 내가 내보낼 게요."

"시끄러. 넌, 주댕이 닥쳐."

억순은 천석을 밀어낸다. 현순을 잡아 일으킨다. 현순의 팔을 잡아끌고는 현관 밖으로 질질 끌고 나간다.

천석은 "엄마, 엄마." 하고 부르며, 두 사람의 뒤를 따라 나간다.

억순은 대문을 열어젖힌다. 현순을 길바닥에 패대기친다. 굵은 빗줄기가 땅바닥에 주저앉은 현순에게로 사정없이 쏟아진다.

"내 눈에 안 띄는 곳에서 숨도 쉬지 말고 살아. 알았어?"

"… 어, 어머니. 죄송합니다. 죽을죄를 지었습니다. 어머니."

"죽을 죄? 죽을 죄를 지었으면 죽어?"

"네, 어머니. 우리 지… 지훈이만은 제발… 어머니."

"지훈이? 왜? 지훈이가 걱정이 되냐? 애비도 모르는 범죄자의 자식을 어떻게 할지는 내가 알아서 해."

"어머니, 어머니. 지훈이는 아무 죄도 없어요. 제발, 그 아이에게는… 제발… 어머니, 제발……."

"꼴에… 그래도 에미라고……."

억순이 속에서 끓어오르는 화를 내뱉듯 현순이 앞에 침을 뱉고는 대문 안으로 들어가 버린다. 육중한 대문이 둔탁한 소리를 내며 닫힌다.

"… 어… 어머니, 죄송해요. 제발 우리 지훈이는… 지훈이는 이 사실을 모르게 해… 주세요, 어머니!"

현순은 억순을 부르며 울부짖는다. 세찬 빗줄기가 길바닥에 얼굴을 묻고 있는 현순의 등을 매섭게 후려친다.

7. 마지막 인사를 하는 것처럼

지훈은 컴퓨터 모니터에 얼굴을 묻고 있다. 구두의 앞부분이 자신이 생각하는 것처럼 도안이 되지 않는다. 구두코가 조금 더 둥글게 나와야 한다. 그런데 각이 져 있다. 거기까지다. 더 이상 진전이 되지 않는다. 커서를 다시 처음으로 이동한다. 구두의 밑바닥부터 시작해 모서리와 옆면과 축까지의 과정을 면밀히 검토해 본다. 번쩍, 하는 무언가가 떠오르지 않는다.

지훈은 의자에서 몸을 일으킨다. 아래층으로 내려간다. 주방으로 향하다가 억순의 방을 쳐다본다. 입을 꾹 다물고 있는 억순의 표정에서 집안의 공기가 예사롭지 않다는 것을 감지

한 뇌의 흐름이 모든 사고를 차단하는 것 같다. 중지손가락으로 자신의 머리를 툭툭 두드리게 하는 것도 어머니의 부재 때문일 것이다. 어머니가 보이지 않는 것이 사흘째이다. 어머니는 그 어떤 경우에라도 집을 비우지 않는다. 단 한 번도 없는 일이다. 어머니는 외갓집에서도 주무시고 오는 사람이 아니다. 친구들과 여행을 가지도 않는다. 오직 집밖에 모른다. 어머니가 외출을 하는 건 장을 보러 마트나 백화점에 가는 일이었다. 그 외에는 거의 바깥출입을 하지 않는 어머니가 집을 비우고 있다. 집안 공기도 전과는 사뭇 다르다. 할머니의 태도도 이상했다. 할머니는 자신이 학교에 갈 때나 외출을 할 때면, 대문 밖까지 따라 나와서는 자신의 잔등을 쓸어주고 털어줬었다. 옷매무새를 만져주며, '어이구 내 새끼' '내 강아지.' 하며 엉덩이를 토닥였다. 언제나 현관 앞까지 제일 먼저 달려 나와 자신을 반기며 안아주곤 하던 할머니는 자신을 철저하게 외면하기로 작정한 듯 했다. 시선을 마주치려고 하지도 않았다. 어쩌다 마주치는 할머니는 계면쩍은 웃음을 지으며 밥은 먹었냐고 묻는 게 다였다. 할머니의 말투도 전과 달랐다. 모래알처럼 서걱거리는 것 같았다. 집안은 숨소리조차 나지 않는 것처럼 조용했다. 할머니의 말소리도 들을 수 없다. 한 번도 경험해 보지 못한 낯선 풍경이다.

'무슨 일일까.'

생각에 잠겨 있던 지훈은, 억순을 크게 부르며 억순의 방문을 두드린다.

"할머니!"

억순은 대답이 없다.

지훈은 더 크게 억순을 부른다.

"할머니!!"

억순은 지훈의 소리에 눈물이 먼저 솟구친다. 가슴이 저려 온다. 지훈의 출생에 대해서 몰랐다면 앞서서 문을 벌컥 열어 젖히고, 두 팔을 벌려 지훈을 반겼을 것이다. 아무리 지훈이는 죄가 없다고 스스로를 달래보지만 헛수고다. 마음속에서 일고 있는 분노는 어쩔 수 없는 모양이다.

"들어와."

하는 억순의 대답에 지훈이 방문을 열고 들어간다.

"할머니, 뭐하고 계셨어? 이 손자가 싫으신가 봐."

억순은 힘없는 눈으로 지훈을 바라보다가 입을 연다.

"… 싫기는…….."

"정말이지, 할머니?"

"그럼."

하고 대답한 억순이 지훈을 향해 눈을 흘기는 시늉을 하자 지훈이 걱정스런 눈빛으로 억순의 이마에 손을 댄다.

"어디 아프신 건 아니지?"

억순은 자신의 이마에 손을 대고 있는 지훈의 손을 잡는다. 꼭 살구만한 손이었다. 지훈이 처음 태어났을 때는. 그랬는데…… 이제는 건장한 청년의 손이 되어 자신의 이마를 만져 주고 있다.

"안 아파. 사람은 자기가 태어난 달에는 원래 맥을 못춰. 그래서 대부분이 자기가 난 달쯤 해서 저 세상으로 가잖아들. 할미도 할미가 태어난 달이라 그런가 봐."

"할머니는 건강하셔서 오래 사실 거야."

지훈이 자신 있게 말했다.

"사람 일을 누가 알아."

억순은 그렇게 말해 놓고는 쓴 웃음을 짓는다. 그 말이 사실인 것처럼 마음에 와 닿아서이다. 지금 자신에게 닥친 일만 해도 그렇다. 지훈이가 자신의 친손자가 아닐 것이라고 생각이나 했던가. 고사리 같은 손으로 유치원에서 만든 송편을 가방에 넣어 갖고 와서는 제 어미가 아닌 자신에게 먹으라고 하던 지훈이가 남의 핏줄이라는 것을.

"할머니는, 무슨 그런 말씀을. 할머니 오래오래 사셔야지. 나 장가보낸다며? 증손자도 보셔야지."

지훈은 억순의 비위를 맞추기 위해 결혼 이야기까지 꺼내 든다. 지훈의 생각은 적중했다.

"조아리랑 잘 해 볼 거야?"

억순이 지훈의 손을 어루만지며 물었다.

"… 할머니가 소개해 준 사람이잖아. 신중하게 생각해야지. 안 그래, 할머니?"

억순은 지훈의 말에 고개를 끄덕이며 말한다.

"알았어. 할미 오래오래 살게. 우리 손자 장가가는 것도 보고. 어여 나가 봐. 할미 좀 누워 있다가 나갈 테니."

"응, 할머니."

하고 대답한 지훈은 자신이 궁금해 하고 있는 어머니의 이야 기는 꺼내들지도 못한다. 할머니는 어머니가 집을 비운 이유 를 알고 있을 것이다. 그러나 할머니는 어머니에 대해서 말을 꺼내지 않았다. 다른 때 같았으면 어림도 없다. 집을 비운 어머니를 두고 흉을 볼 할머니이다. 어머니의 작은 잘못하나 그냥 넘기는 할머니가 아니었다. 툭 하면 자신 앞에서 어머니

가 자신을 배 안에 넣고 온 것밖에 갖고 온 것이 없다고 소리
치는 할머니에게 난생 처음으로 맞섰었다. 중학교 2학년 때였
다. 저녁을 먹은 뒤 온 식구가 거실에 모여 앉아 이야기꽃을
피우고 있었다. 중간고사를 치르고서였다. 중학교 때의 내신
이야말로 학교 석차와 전교 석차를 통해 자신의 대학 진로를
가늠할 수 있는 중요한 시험이었다. 첫 학기라 긴장을 했지만
생각보다 성적이 잘 나왔다. 할머니는 누구보다도 기뻐했다.
아버지의 머리를 닮았다고 자신을 추켜세우던 할머니는 황
여사라는 분의 이야기를 꺼내들었다. 중매쟁이를 해서 사는
황 여사 같은 사람도 의사 며느리를 봤는데, 자신은 내세울
것 하나도 없는 며느리를 봤다고 하며, 어머니를 무시하고
나섰다. 할머니가 어머니를 두고 그런 발언을 하는 게 오늘
어제 일이 아니었다. 그런데도 아버지는 할머니의 말을 묵인
했다. 아무렇지 않게 과일을 먹고 있는 아버지가 이상했다.
자신보다 약자인 어머니를 보호해 주지 않는 아버지가 미웠
다. 더 참을 수 없었던 것은 어머니의 태도였다. 그 상황에서
어떻게 웃을 수 있는지……. 도무지 납득이 되지 않았다. 어머
니에게 가족 모두가 폭력을 휘두르는데도 웃을 수 있는 어머
니가 정상적인 사람으로 보이지 않았다. 할머니가 휘두르는

언어폭력도 엄연한 폭력이었다. 먼저 아버지에게 따졌다. 어머니가 혼수품으로 자신만을 배 안에 담고 오는 동안 아버지는 무엇을 했느냐고. 아버지는 입안에 있는 포도 알을 뱉으며 우물우물거렸다. 아무런 대답도 하지 못했다. 어머니에게도 물었다. 혼수품으로 갖고 올 수 있는 게 자신밖에 없어서, 그 미안함 때문에, 할머니가 언어폭력을 휘두르는데도 한 마디도 안하는 거냐고 따졌다. 어머니는 고개만을 숙이고 있었다. 마지막으로 할머니를 바라봤다. 자신의 시선을 피하는 할머니에게 말했다. 어머니와 자신을 묶어서 자꾸 이야기하는 건 어머니와 자신은 가족이 아니라는 뜻이냐고 물었다. 당장 나가겠다고 했다. 어머니의 손을 잡아끌었다. 할머니가 두 팔을 벌리며 막아섰다. 다시는 그 이야기를 하지 않겠다고 자신을 붙들고 사과했다. 그 날 이후 할머니는 자신 앞에서 그 이야기를 꺼내들지 않았다.

억순의 방에서 나온 지훈은 문득 '대종호텔'에서의 일을 떠올린다. 붉게 칠한 입술을 하고 아버지와 앉아 있던 여자는 매우 도발적인 모습이었다.

'혹시, 그 일을 어머니가?'

하는 의구심이 든 지훈은 천석에게 전화를 넣는다. 그 일 때문이라면 자신이 나서서 어머니를 만나서 이해시키는 게 빠를 것도 같다는 생각이 들어서였다.

천석의 목소리가 들린다.

"… 지, 지훈이냐?"

"응, 아빠! 지금 어디야?"

"… 나… 왜?"

"왜는? 자식이 아버지를 찾는데… 왜가 필요해, 아빠?"

"… 그… 그래. 무슨 일인데?"

"안 바쁘시면 저랑 차 한 잔해요, 아빠!"

"… 지… 지금?"

"응."

"… 손… 손님이 계셔서… 이따 집에서 보면 안 되냐?"

"알았어……."

지훈은 말을 이으려다가 끊는다. 어머니를 모시러 외갓집에 다녀오겠다는 말을 삼킨다. 어머니를 모시고 와서 아버지와 이야기를 나누는 것도 나쁘지 않을 것 같았다. 지훈이 그런 생각을 하며 천천히 주차장을 빠져나가는 그 시간, 현순은 잠이 든 주옥의 손을 가만히 놓는다. 목욕을 하고 잠이 든 주옥은 어린아이가 잠든 것처럼 평화로워 보인다. 해맑은 얼굴이다.

주옥은 5년 전부터 우울증 증세를 보여 왔었다. 근래에 들어서 더 심해지고 있었다. 요양보호사가 살뜰하게 보살펴주지만, 현순은 시간을 내어 주옥을 찾아오곤 했었다. 이제는 자주 찾아올 수가 없을 것 같다. 당장 하루를 살아내기 위해서는 일을 해야 하기 때문이다. 무슨 일이든 해야 한다. 사회생활을 한 번도 해 보지 않았다. 천석과 결혼해서 이날까지 억순이 주는 생활비를 받아썼다. 생활비 걱정은 하지 않았지만 노심초사하면서 살았던 날들이었다. 작은 소리에도 심장은 도마 위에 있는 생선처럼 펄떡거렸고, 모든 세포는 놀란 고슴도치처럼 날을 세웠다. 언제 깨질지 모르는 살얼음판을 딛고 위태롭게 살았었다, 20년을. 이제는 다 끝났다. 지훈의 출생에 대한 비밀을 감추고 싶어서 누구라도 알게 될까 봐 조바심을 치고 산 날들과……. 결국 이렇게 될 일이었다. 한편으로는 죄값을 치르고 난 것처럼 후련한 생각도 든다. 평생을 조마조마한 마음으로 사는 것보다는. 아니다. 머지않아 지훈이도 자신의 출생의 비밀 앞에 마주서게 될 것이다.

천석은 선뜻 집안으로 들어가지 못한다. 대문 앞에서 서성인다. 지훈을 자신의 자식이 아니라고 가족들 앞에서 터트린

날부터 그랬다. 거짓말을 한 탓이다. 거짓말도 그냥 거짓말이 아니다. 쓸어 담을 수도 내다버릴 수도 없는 말이란 얼마나 무서운 것인가. 사람을 죽일 수도 살릴 수도 있는 것이 세 치 혀로 쉽게 내뱉는 말 때문이 아닌가. 무엇을 얻고자 이런 거짓말을 했던가. 성애가 목숨 같은 자식과 바꿀 만큼의 가치를 지닌 사람인가. 아니면 사랑의 힘인가. 어떤 이유를 들어도 이건 아비로서 할 짓이 아닌 것이다. 사람으로서 어떻게 이런 짓을 저지를 수 있을까. 그것도 자식을 두고서. 지훈이 자신의 자식이라는 사실은 하늘이 알고 땅이 안다. 그런데 부인했다. 지훈이 자신의 자식이 아니라고 해서는 안 되는 거짓말을 했다. 지훈과 마주서는 게 두렵다. 그 거짓말을 지훈이가 알게 될까 봐서 퇴근할 때가 되면 어머니에게 먼저 전화를 넣어 지훈의 일을 확인을 하는 게 일과가 됐다. 그때마다 어머니는 오히려 자신에게 입단속을 시켰다. 지훈의 일을 발설하지 말라고 당부하는 어머니의 말에 안도의 한숨이 나왔다. 어떤 아버지가 제 자식이 내쳐지기를 바랄 것인가. 현순이야 어쩔 수 없이 내쳐져야 했다. 사랑하는 사람 성애를 얻기 위해서는. 하지만 지훈은 다르다. 이 세상에 하나밖에 없는 자식인 것이다.

천석은 대문을 열고 들어선다. 지훈이 자신의 자식이라는 엄연한 진실은 변하지 않을 것이므로.

지훈은 마당가에 서 있다가 천석의 기침 소리에 고개를 돌린다.

천석은 넓적다리를 양손으로 비벼대며 지훈이 곁으로 간다.

"… 일… 일찍 오려고 했는데… 나오다가 손님이 와서 말이지."

"괜찮아, 아빠."

"무… 무슨 일이야?"

"… 저… 아빠!"

"응, 뭐?"

"다른 게 아니라……."

"뭔데, 그래? 어서 말해 봐."

"… 엄마 말이야. 왜? 집에 안 계신데?"

지훈은 자신이 외갓집에 다녀왔다는 이야기는 하지 않고 물었다.

"… 네, 엄마?"

"응, 아빠. 솔직하게 말해 줘. 두 분 사이에 무슨 일이 있는지?"

"자식은 난 또 뭐라고. 네 엄마 외갓집에 갔어. 너도 알다시

피 네 외할머니가 우울증이 심해지셨잖아. 요즘은 더 하신가
봐. 그래서 할머니가 엄마더러 외할머니 보살펴드리라고, 외
갓집에 당분가 가 있으라고 했어. 아빠도 그러라고 했고.”

“… 아, 그런 거야?”

“그래, 임마.”

천석은 지훈이 듣지 못하게 한숨을 내쉬다가 넓적다리를
손으로 비빈다. 지훈은 천석의 거짓말에 더 이상 캐묻지 않는
다. 어쩌면 자신이 목격한 ‘대종호텔’에서의 일이 아닐지도
몰랐다. 어머니는 외갓집에 없었다. 외할머니는 어머니의 가
출에 대해서 전혀 모르고 있었다.

“알았어. 아빠, 들어가요.”

“그, 그래.”

지훈은 천석과 함께 집안으로 들어간다.

“할머니 잠깐 뵙고 나올게. 먼저 올라가.”

“응, 아빠.”

하고 대답한 지훈은 천석이 억순의 방으로 들어가는 것을
보며 화자의 방으로 향한다. 지훈이 노크를 하자 방문을 연
화자가 “오매, 참말로. 뭔 일이랴.” 하며 두 눈을 이리저리
굴린다.

"여쭤보고 싶은 게 있어서요."

"오매, 뭐여? 시방, 참말로…?"

"마당으로 나가요."

"참말로… 시방. 뭔 일이랴."

화자는 지훈을 따라 나가며 능청을 떤다. 분명 현순의 일 때문일 것이다. 그렇지 않고는 자신을 찾을 이유가 없다.

"뭐시여?"

화자는 마당가의 편편한 돌 위에 앉으며 지훈에게 물었다.

"솔직하게 말씀 해 주세요."

"그니께. 뭐시를 말여? 시방?"

화자는 가슴이 벌렁벌렁한다. 입을 떼서는 안 된다. 억순이 신신당부를 하지 않았던가. 억순이 그렇게 당부하지 않았어도 지훈에 관한 이야기를 발설하고 싶지 않다. 자식에 관한 일이다. 자식을 낳아 키우는 사람이라면 지훈의 일을 두고 함부로 입을 열지 못할 것이다. 만약에 자신의 딸 현이가 이런 진실 앞에 서야 한다면…… 생각만 해도 송곳으로 가슴을 후벼 파는 것처럼 고통스럽다. 아무리 남의 자식이라고 해도 자식을 둔 부모는 같은 마음이리라.

화자는 딱 잡아떼어야 한다고 생각했다.

"아이고, 참말 즈녁밤깅치가 쥑이네, 잉. 참말로, 시방."

화자는 엉뚱한 이야기를 하며 괜스레 선하품을 한다.

"오매, 참말로 뭔 놈의 잠은 자도 자도 온댜냐, 잉. 죽으면 원 없이 잘 틴디. 싸게 말혀. 뭐시여?"

"저희 엄마 집에 안 계신 이유, 아주머니는 아시죠?"

"오매, 참말로. 나는 또 무신 이야근가 혔네. 외갓집 갔다께. 할무니랑 아부지가 야그 안혀, 시방?"

화자는 억순이 시킨 대로 말했다.

지훈은 확신한다. 가족 모두가 자신을 향해 철저하게 거짓말을 하고 있다는 것을. 어머니를 만나봐야겠다. 어머니한테 직접 물어보는 것이 해결책의 실마리를 찾는 데 가장 빠를 것 같았다.

지훈은 현순에게 전화를 넣는다. 현순은 전화를 받지 않는다. 음성사서함으로 넘어간다. 재차 전화를 해 본다. 마찬가지다. 음성을 남기기로 한다.

"엄마! 나야……."

다음 말이 이어지지를 않는다. 갑자기 목울대가 뜨뜻해진다. 어머니를 두 번 다시는 볼 수 없는 곳으로 보내드리기 위한 마지막 인사를 하는 것처럼……. 지훈은 숨을 고른다.

'큼, 큼'거리고 헛기침을 하며 호흡을 가다듬는다. 녹음을 시작한다. 당장 외갓집으로 가겠다고 엄포를 놓는다.

"엄마! 나야. 엄마 아들 지훈이. 집에 언제 오실 거유. 보고 싶단 말이야. 엄마! 보고 싶어서 외갓집으로 가려고. 목소리 들려주면 안 갈 수도 있고. 그러니까 이 음성 듣는 대로 전화 빨리 해 줘."

현순에게 음성을 남긴 지훈은 휴대폰에서 손을 놓지 못한다.

*

억순은 가슴 한복판에 커다란 구멍이 뚫린 것 같다. 몸을 가눌 수가 없다. 현순이 떠난 자리의 공허함이 골수까지 파고든다. 마음을 붙일 곳이 없다. 현순에 대한 분노로 치를 떨게 하는 것과는 다른 상실감이다. 현순과 무려 20년을 살았다. 그 세월은 그냥 있는 것이 아니었다. 미운 정, 고운 정이 함께한 세월이었다. 이런 마음에 지훈이까지 내보내면…… 지훈을 생각하자 자신의 이마를 짚어주던 지훈의 따뜻한 손의 감촉이 먼저 가슴으로 젖어든다. 지훈이 없이 살아낼 자신이 없다. 그렇다고 남의 자식을 계속 거둘 수도 없는 노릇이다. 어쩌다가 하루아침에 집안이 이 모양이 됐는지 억순은 자신이 저지른 죄를 받고 있는 것만 같다. 여인숙의 안주인이었던 정심은 자신을 친동기간처럼 대해 줬었다. 정심의 그 마음을 배반하고 천석이 아버지를 유혹했다. 천석을 낳았다. 정심은 천석을 출산한 지 며칠 되지 않았을 때 홀연히 사라졌다. 천석이 아버지가 정심을 찾아다녔지만 끝내 찾을 수 없었다.

"큰 사장님! 나와 보시랑께요."

노크 소리에 이어 화자의 목소리가 문 밖에서 들려왔다.

억순은 기운을 차리기 위해 손을 펴 깍지를 꼈다가 뺀다. 주먹을 쥐었다가 폈다가를 하며 손에 힘을 모으다가 몸을 일으킨다.

"왜, 무슨 일이야?"

"오매, 참말로. 방에만 기심 병나지라우, 시방."

"나 병날까 봐 부른 거야, 지금. 고양이 쥐 생각해 주는 소리 말고 무슨 일이야? 왜 불렀냐고?"

"오매 참말로. 소리쳤싸는 거 본께 걱정 붙들어 매도 되겠고만요, 잉. 손님이 오셨당께요, 시방."

"손님?"

하고 화자에게 물으며 억순은 거실로 나온다.

성애는 억순이 방에서 나오는 것을 보며 소파에서 몸을 일으킨다.

억순은 성애의 방문이 달갑지 않다.

"저 왔어요, 어머니! 안녕하셨어요?"

'어머니'라고 부르는 성애의 인사가 억순의 가슴속에 뭉쳐 있는 화에 불을 지른다. '내가 왜? 네 어머니야?' 하고 튀어 나오려는 것을 억순은 힘겹게 삼킨다. 그것은 천석에게서 성애를 억지로 떼어낸 벌을 받고 있다는 생각도 없지 않았기 때문이었다. 그렇다고 성애를 반기고 싶지는 않다.

"어쩐 일이냐? 날도 더운데."

억순은 성애를 향해 데퉁스럽게 물으며 생각한다. 이 집에 들어와 살 궁리를 하고 있을지도 모른다고.

"에어컨 온도 줄여. 돈은 거저 나오는 줄 알아."

억순은 화자를 향해 소리쳤다.

"시방 켰당께요, 참말로."

하며 화자가 입을 삐죽이자, 억순은 "으이그, 속 터져." 하고는 성애에게 묻는다.

"그래, 무슨 일로 이 시간에 왔냐? 나한테 볼 일 있냐?"

"어머니한테 제가 무슨 볼 일이 있겠어요. 상심이 크셨을 것 같아서요. 지훈이 엄마가 어머니에게 어떤 며느리였는지 제가 잘 알잖아요."

성애는 억순이 현순을 앞세우고 찾아왔을 때를 떠올리며 말했다. 현순을 가리키며 대단한 며느리라고, 한국대학을 들먹이며 천하에 없는 며느리를 본 것처럼 떠들던 억순이었다.

성애는 억순을 골려주고 싶다.

"참 사람 속은 알 수가 없어요, 어머니. 어떻게 남의 자식을 배 안에 담고 와서 감쪽같이 어머니를 속일 수 있을까요. 사람처럼 무서운 게 없는 것 같아요. 안 그래요, 어머니!"

"그 일을 왜 또 들쑤셔. 푹푹 찌는 이 날씨에? 네가 지금 나, 엿 먹이려고 그러는 거 내가 모를 줄 아냐. 그래, 너 온 김에 하나는 분명하게 말하마. 뭐 네가 그런 생각이야 하랴마는. 혹시 몰라서. 이 집에 나, 너 안 들여 놓는다. 혹여라도 꿈꾸지 마."

"어머, 어머니. 어머니 말씀 듣고 나니까, 갑자기 꿈꾸고 싶어지네요. 저 그런 생각 안했는데."

"뭐야?"

성애가 무심하게 말하자 억순의 언성이 높아졌다.

"어머니, 소리 낮추세요. 건강에 해로우세요. 날씨도 더운데……."

"아야! 현이 엄마야!! 냉수 갖고 와."

"야. 오매, 참말로."

화자가 주방으로 향하며 고개를 절레절레 흔든다.

"어머니, 이거……."

성애가 상자를 내놓는다. 화과자다.

"어머니가 좋아하시는 거라서. 그럼 전 이만 가볼 게요, 어머니. 또 뵈러 올 게요."

성애가 소파에서 몸을 일으킨다. 억순을 향해 고개를 숙인 성애는 현관문을 열고 나간다. 억순은 성애를 거들떠보지도 않은 채 그대로 앉아 있다. 마음속은 가시밭길을 걷는 기분이다. 아무래도 성애가 이 집에 들어와 살려고 선전포고를 하러 온 것만 같다. 사전에 막아야 하는데, 마땅한 대응책이 떠오르지 않는다. 소파에 고개를 젖히는 억순의 양미간에 힘이 모아진다.

8. 그리움이 남 모르게 흘러나온 것 같아

여름감기가 더 무섭다고 했던가. 뼈마디를 옥죄어 오는 근
육통이다. 땀은 지칠 줄 모르고 흐른다. 설거지를 하느라 손에
끼고 있는 고무장갑도 땀범벅이다. 고무장갑을 손에서 빼내
어 뒤집는다. 흐르는 물에 헹궈낸다. 집게를 이용해 고무장갑
을 거꾸로 걸어 놓은 현순은 이마를 짚는다. 어질어질한 증세
때문이다.

"병원에 가 볼챠."

이마에 수건을 동여맨 여자 주방장은 오이를 우걱우걱 씹
으며 현순에게 말했다.

"네."

"남의 집 일도 건강한 몸으로 해야지. 아픈 몸으로 일하면 주인들 싫챠 해."

현순은 주방장을 향해 고개를 끄덕거린다. 곱슬머리처럼 파마를 짧게 한 주방장의 찢어진 눈이 웃고 있다. 그 눈이 희망을 말하는 것 같아 현순은 마주 웃는다. 어쩌면 그 웃음은 주방장을 처음 만나던 날 밤의 일이 떠올라서인지도 모른다. 식당 유리문에 써 붙인 '주방장 보조 할 분 찾음'이라는 글귀를 보고 무작정 찾아 들었었다. 주인 여자는 주방장이 좋다고 하면 자신은 그만이라고 했다. 오십대 초반쯤으로 보이는 주방장은 자신의 인상처럼 성질도 나쁘다며 일을 못하면 가만 두지 않겠다고 으름장을 놓았었다. 그러나 주방장은 생김새와는 전혀 달랐다. 정이 깊은 것 같았다. 끼니때마다 계란을 붙여 자신의 밥 위에 얹어주는 주방장을 보면서 어머니를 떠올렸다. 어머니가 그랬었다. 어머니도 끼니때마다 계란을 이용해서 반찬을 만들어 자신에게 먹이곤 했다. 계란은 어머니에게 있어 그냥 반찬이 아니었을 것이다. 자식에게 계란한 알에 담긴 영향을 섭취하게 해 주고 싶은 어머니의 마음이었을 것이다.

주방장은 자신보다 나이가 많다고 해서 알 수 없는 삶의 일부를 다 꿰뚫고 있는 것처럼 무언가를 조언해 주려고도 하지 않았다. 묻지도 않았다. 진저리 처지는 삶도 행복한 삶도 결국 하나일지도 모른다고. 돌고 돌아서 불행도 행복도 골고루 찾아오니 그 진리를 당사자가 직접 터득하면서 스스로 깨우치라고. 그러니 서로는 타자의 삶을 비난하지 말고 서로를 위로해 주라고.

주방장은 드러내놓고 그런 말은 하지 않았지만, 주방장의 눈빛은 자신을 향해 그렇게 말하고 있는 듯했다.

"오이냉국에다 밥 한 술 뜰챠?"

하고 묻는 주방장의 말에 현순은, 주방장에 대한 상념에서 벗어난다.

"언니는요?"

"먹어야지. 안 먹으면? 어떡할챠? 저녁 장사 안할챠."

점심에는 한식 위주인 식당이지만, 오후 5시부터는 고기를 위주로 한다. 지금부터 그 시간까지는 쉬는 시간이다. 찬 물에 밥을 말아 대충 밥그릇을 비운 현순은 몸을 일으킨다. 병원을 가기 위해 한 걸음을 떼는데도 힘에 부친다. 갑옷을 입고 있는 것처럼 몸이 무겁다. 이대로 눕고 싶다. 실컷 잠을 자고나면 한결 나아질 것도 같다. 잠을 제대로 이룰 수 없는 나날이었다. 하루 종일 일을 하느라 몸을 쉴 새 없이 움직이는 데도 그랬다. 음식점 주인의 배려로 지내게 된 방이었다. 가게의 딸린 방은 생각보다 아늑했다. 하지만 지훈의 걱정으로 잠이 오지 않았다. 그런 밤이면 지훈이 휴대폰에 남긴 음성 녹음을 들으며 날을 지새웠다. 일을 하다가도 잠시 쉬는 시간에도 틈만 나면 지훈이 남긴 음성을 들었다. 그때마다 지훈이한테 달려가고 싶었다. 지훈이가 보고 싶어서.

현순은 병원을 찾느라 두리번거리다가 버스정류장의 의자에 앉는다. 더위 탓으로 흐르는 땀이 아닌 것 같다. 오싹, 한기가 느껴지는 것이 식은땀이다. 손수건으로 이마에 흐르는 땀을 훔치던 현순은 공이 튀어 오르는 것처럼 일어난다. 지훈의 학교로 가는 버스가 정차하고 있었기 때문이었다.

현순은 재빨리 버스에 올라탄다. 마음은 벌써 지훈이를 만난 것처럼 기뻐서 웃음이 입술 사이로 새어나온다. 지훈이와 거처할 방을 구해 놓고 지훈이를 만날 생각이었다. 그때까지 보고 싶은 마음을 참으려고 했다. 지금의 심정은 지훈을 보지 않으면 안 될 것 같다. 지훈이 보고 싶다. 도서관에서 공부하고 있을 지훈을 몰래 훔쳐 볼 것이다.

현순은 도서관 앞으로 간다. 도서관은 잠겨 있다. '휴관'이라는 팻말이 도서관 앞에 놓여 있다. 순간 눈앞이 빙그르 돈다. 갈치떼가 물 위로 솟아올라 빛에 반사되는 것처럼 눈앞의 사물들이 온통 은색이다. 현순은 사력을 다해 걸으며 두리번거린다. 지훈이가 어딘가에 있을 것만 같다. 지훈의 모습은 그 어디에도 보이지 않는다.

현순은 등나무 아래로 간다. 벤치를 붙잡으며 앉아 땀을 훔친다. 은색으로 보이는 눈앞의 사물들이 조금씩 제대로 보인다. 휴대폰이 울린다. 명주일 것이다. 명주는 하루에도 수차례씩 전화를 했다. 전화뿐이 아니다. 무슨 일이 있는 거냐고 묻는 문자도 수시로 보내고 있었지만, 현순은 명주의 전화를 받지 않았다. 문자에도 답장을 하지 않고 있었다. 거처할 방 하나라도 장만해 놓고, 명주와 마주 앉아 그간의 사정 이야기를 하고 싶어서였다. 지금 이 상황에서 명주에게 그 무엇도 설명을 할 수 없다. 당장 지훈이와 거처할 공간과 하루를 살아내기 위한 양식이 필요하다고, 명주에게 말할 수는 없다.

현순은 명주에게 문자를 보내기 위해 문장을 만든다. 명주에게 십만 원이라는 돈을 융통했다. 그 돈의 변제에 대한 설명은 해 주어야 한다.

'아무 일 없어. 나중에 만나자. 돈은 곧 보낼게. 더위에 건강

조심하고.'

그렇게 문장을 만든 현순이 명주에게 문자를 전송시키는 그 시간, 명주는 지훈을 만나고 있었다.

"정말 몰라?"

"네."

지훈이 한숨을 몰아쉬며 짧게 대답했다.

"이런 일은 한 번도 없었는데."

명주가 고개까지 저으며 말하자 지훈이 고개를 끄덕이다가 입을 연다.

"할머니와 아빠, 현이 아줌마도 엄마가 외갓집에 계시다고 했어요. 근데… 엄마 외갓집에 안 계세요."

"엄마, 아빠와 싸웠어?"

"아뇨."

지훈은 명주의 물음에 확신에 찬 목소리로 대답했다. 그것은 아버지가 다른 여자를 만나고 있다는 것을 말하기 싫어서였다. 그 문제만큼은 밝히고 싶지 않다.

"제가 엄마에게 뵙자고 음성 남겼으니까, 곧 연락이 올 거예요."

명주는 지훈의 말에 긴 한숨을 쉬다가 휴대폰을 열어본다.

낯빛이 환해진다. 현순이 보낸 문자를 급히 열어본다.

"엄마한테서 문자가 와 있다."

"정말요?"

명주의 말에 지훈이 놀라며 물었다.

명주는 현순이 보낸 문자를 읽어 내린다.

'아무 일 없어. 나중에 만나자. 돈은 곧 보낼게. 더위에 건강 조심하고.'

지훈은 명주가 읽어주는 문자 내용을 들으며 두 눈을 감는다.

'엄마!'

하고 지훈은 마음속으로 현순을 불러본다. 심하게 운동을 한 날처럼 가슴이 뻐근해 온다. 수중에 마음 편히 쓸 돈조차 갖고 있지 않은 어머니는, 어디에 계신 걸까.

"기집애하고는. 설마 내가 그깟 돈 때문에 절 찾겠어."

명주가 뾰로통한 목소리로 말했다. 그러자 지훈이 한껏 풀이 죽은 것 같은 목소리로 명주를 위로한다.

"엄마도 아실 거예요. 아줌마의 진심을."

"알아, 나도. 속상해서 그냥 해 본 소리야."

"제가 그 돈 드리면 어떨까요?"

지훈은 조심스럽게 명주에게 의향을 물었다.

명주는 펄쩍 뛴다.

"얘, 너 그러지마. 네 엄마이기 전에 내 친구야. 그 우정을 자식이라고 해서 빼앗으면 되겠니."

"죄송해요."

지훈의 대답에 명주가 눈을 흘긴다. 지훈이 명주 앞으로 봉투를 꺼내 놓은 건 그때다.

"뭐야? 이 봉투는?"

"혹시 몰라서요. 엄마가 돈이 더 필요하다고 하시면 갖고 계시다가 언제든 드리세요. 용돈 받은 거 모아 놓은 거예요. 500만 원이에요."

명주는 지훈을 물끄러미 바라본다. 남의 자식이라도 제 부모를 위하는 자식을 보면 자신의 일처럼 기쁘다. 지금 그렇다. 지훈이 하는 짓이 고맙다. 지훈은 있는 집 자식이라고 거들먹거리지도 않는다. 우쭐대는 법도 없다.

명주는 울컥한 마음을 다스리며 농담처럼 지훈에게 던진다.

"아이고, 세상에나. 우리 지훈이 다 자랐네. 고맙다. 그럴게."

"더 필요 하시다고 하시면, 제가 어떻게든 만들어볼 게요."

"네 엄마가 그럴 위인이냐. 그런 사람이라도 되면 내가 걱정을 안 한다.”

“......”

지훈은 명주의 말에 고개를 숙인다. 어머니는 주머니에 단
돈 천 원이 없어도 되는 사람이었다. 살아 있으나 형체가 없는,
그래서 가족들의 그림자처럼 살아가는 존재가 어머니 같았다.

“그래. 내가 갖고 있다가 엄마한테 전해 줄게. 누구든 엄마
먼저 만나면 서로 알려주기.”

“네, 아줌마.”

“난 약속이 있어서 지금 일어나야 해. 대학 때 활동하던
독서회 동아리 모임. 네 엄마랑 아빠도 거기서 만나서, 네가
태어난 거 알고 있지?”

“네.”

지훈은 명주의 말에 웃으며 머리를 긁적인다.

명주는 약속 장소로 가기 위해 막힘없이 뚫린 도로를 달린다.
두 달에 한 번씩 모이는 모임이다. 지난 모임에는 참석하지
못했었다. 청소년들을 상담하는 일정 때문이었다. 동료 상담사
가 갑자기 일이 생겨서 참석할 수 없다는 통보에, 그 자리를
대신 했었다. 그 바람에 모임 장소에 참석하지 못했다. 상담

일정을 마음대로 변경해서는 안 되는 일이었지만, 뜻하지 않는 일이 발생하는 게 사람이 사는 세상이다. 이해는 얼마든지 할 수 있었다. 대체할 상담사를 찾는 게 문제였다. 바쁘게 살아가는 현대인들은 미리 약속되지 않은 시간에 일을 부탁하면 질색했다. 결코 용납하지 않았다. 상담사들도 마찬가지였다. 아무리 봉사로 하는 상담사라고 해도 아무 때나 일정에도 없는 상담을 하라고 해서는 안 되었다. 그러다 보니 상담사들이 펑크 낸 시간을 자신이 하게 되는 일이 허다했다. 더구나 청소년과의 상담은 긴장의 연속이다. 한창 예민한 시기인 중학교 아이들의 고민은 허를 찌르는 내용이 많다. 상담하는 내용에 놀라거나 질문을 해서도 안 된다. 적당한 거리에서 심혈을 기울여 집중해야 한다. 그렇지 않으면 상담자는 입을 다물거나, 자리를 박차고 상담실을 나가 버리는 일도 벌어진다. 상담이 끝날 때까지 긴장을 늦춰서는 안 된다. 그런 탓에 상담이 끝나면 모든 에너지가 빠져 나간 것처럼 기진맥진했다.

명주는 주차장에 자동차를 주차시킨다. 차문을 열고 나온다. 지열이 훅 하고 끼친다. 지구 전체가 뜨거운 열에 감염이라도 된 것일까. 연일 치솟는 온도는 매일 새롭게 경신될 정도로 온도가 높아졌다.

"손명주 씨."

명주는 자신을 부르는 소리에 고개를 돌린다.

호철이다.

명주는 반갑게 인사를 건넨다.

"어머나, 선배님! 안녕하셨어요? 잘 지내셨어요?"

"네, 잘 지냈습니다. 명주 씨는요?"

"저도 잘 지냈어요."

"그래요. 일찍 왔네요. 아직 시간이 많이 남았는데……."

"막힐 줄 알고 서둘렀는데, 다행이 길이 뻥 뚫렸더라고요. 다들 휴가를 떠났는지. 선배님도 빨리 오셨네요?"

"시원한 데 앉아서, 대본 좀 들여다보려고 일찍 나왔어요."

"아, 네. 방해 안할 게요. 대본 보세요."

"네, 명주 씨!"

명주는 활짝 웃고 있는 호철을 바라보며 현순을 떠올린다. 호철은 현순이 천석과 결혼한다는 것을 알고는 폐인처럼 변해 갔다. 괴로워하는 호철을 보며 현순이 그렇게 미울 수가 없었다. 쉽게 변하는 게 사람의 마음이라지만 현순과 천석의 사랑은 의외였다. 무엇보다 현순에 대한 실망감이었다. 호철이 군에 가 있는 그 시간을 견디지 못하고 천석과 눈이 맞은 현순이 역겨웠다. 자신이 알고 있는 현순이 아닌 것 같았다. 그 마음이 한동안 현순을 데면데면하게 했다. 교내에서도 소문이 자자했었다. 현순은 사랑을 배신했고, 천석은 우정을 배신했다고 떠들썩했다. 지금까지 동아리 모임에 참석하지 않는 유일한 사람이 현순과 천석이다.

"정말 덥죠?"

호철이 묻는 소리에 명주는 지난날의 기억에서 빠져 나온다.

"무슨 날씨가 이런지 모르겠어요."

명주의 말에 호철이 빙긋 웃으며 말한다.

"언젠가는 굴을 파고 땅속으로 들어가서 살게 될 것 같아요. 구석기 시대처럼, 안 그래요?"

"재밌겠어요, 선배님! 날만 어두워지면 집으로 가는 게 아니라 땅굴로 들어가는 게."

"사람들이 날만 어두워지면 빨리 집으로 가려고 하는 습성도 구석기 시대에 굴에 살던 습관에서 비롯되었는지도 몰라요."

"그럴 수도 있겠네요. 근데 선배님! 선배님은 더 젊어지시는 것 같아요? 좋은 일 있으세요?"

"저요?"

하고 호철이 자신의 가슴에 손을 대며 물었다.

"네."

호철이 겸연쩍게 웃는다.

"이번 연극 때문인가… 대본이 아주 탄탄해서요. 마음이
들떠 있거든요."

"어머, 그래요. 공연 올라가면 꼭 봐야겠네요."

"네. 홍보도 부탁해요, 명주 씨!"

"네, 선배님. 근데 선배님은 연출하시는 일이 회사일보다
더 좋으세요?"

"그럼요."

"회사일은 관여 안 하시려고요?"

"네. 아직은 어머니도 건재하시고요. 어머니를 보필하는 외
삼촌이 저보다 경영에 더 전문가시기도 하고요."

명주는 호철의 말에 고개를 끄덕인다. 호철은 욕심 자체가
없는 사람 같다. 호철의 어머니가 이끌어 가고 있는 진성기업
은 자동차 부품을 생산하는 업체라고 했다. 아무런 어려움이
없는 기업을 마다하고 연출하는 일에 매진하고 있는 것만
봐도 그렇다.

"주제는 뭐예요? 연극이요?"

호철이 턱을 한 번 쓸고는 대답한다.

"글쎄요."

"괜한 걸 물었네요, 선배님?"

명주가 미안하다는 듯 작은 어조로 말했다.

호철은 손을 저으며 대답한다.

"아, 그건 아니고요. 음… 사랑이야기에요. 엇갈린 남녀의 사랑에 얽힌… 사랑의 구원에 이르는……."

"엇갈린 남녀의 사랑이요?"

명주는 천천히 고개를 끄덕이는 호철의 눈빛이 몹시 흔들린다고 생각했다. 호철은 아직도 현순을 잊지 못하는 것 같다. 20년이 흘렀는데도 호철은 현순에 대한 그리움을 안고 있는 듯했다. 반면에 현순은 단 한 번도 호철에 대한 이야기를 꺼내지 않았다. 호철을 모임에서 봤다고. 호철이 혼자가 되었다고. 호철은 여전하다고, 나이가 들면서 더 멋있어진다고.

명주는 일부러 호철의 이야기를 꺼내며 현순의 눈치를 살피기도 했었다. 그 마음에는 호철을 배반한 현순에 대한 미움도 들어 있었다. 현순은 동요하지 않았다. 그저 입가에 옅은 미소를 짓고 있을 뿐이었다. 호철에 대한 그 어떤 것도 묻지 않는 현순을 보며, 명주는 '독한 계집애. 네가 이러니까 사랑도 그렇게 다 읽고 난 신문지처럼 버릴 수 있었지.' 하고 마음 속으로 현순을 비난했다.

"큰 애가 몇 학년이죠?"

호철의 다정한 목소리가 들려왔다.

명주는 자세를 고쳐 앉으며 또 현순을 나무란다.

'호철 선배 같은 사람을 두고. 나쁜 계집애 같으니라고.'

호철이 다리를 들어 허벅지에 올려놓는 것을 보며 명주가 대답한다.

"올해 고등학교 들어갔어요. 작은 애는 중학교 2학년이고 요."

"세월 빠르네요. 엊그제 결혼 했다는 소식을 들은 거 같은 데. 명주 씨 결혼 소식을 프라하에서 들었었는데……."

호철의 시선이 닿을 수 없는 먼 곳으로 치닫는 것 같아 명주는 얼른 윤이의 안부를 묻는다. 에어컨의 찬 공기가 목덜 미에 닿는다. 선뜻하다.

"윤이도 많이 자랐죠?"

호철이 고개를 끄덕이며 미소 짓는다. 자식 이야기만 나오 면 저절로 웃음이 지어지는 건 모든 부모들의 공통적인 모습 일 것이다. 호철의 웃음 속에는 혼자 지내는 쓸쓸함이 전혀 들어 있지 않다.

"저… 선배님! 재혼 하시는 게 어때요?"

"재혼이요?"

"네."

명주의 말에 호철이 물 컵을 들어 마시고는 테이블에 놓는다. 탁자 위에는 물통에서 흐른 물이 번질거린다.

명주는 마치 호철의 가슴 안에 숨겨 놓은 현순에 대한 그리움이 남 모르게 흘러나온 것 같아 테이블 위를 냅킨으로 재빨리 닦는다.

"결혼보다 재혼이 더 어렵지 않겠어요."

"그렇지 않아요, 선배님! 선배님 정도면 누구나 좋아할 텐데요."

"명주 씨만 그럴 거예요."

하고 호철이 호탕하게 웃는다. 호철의 웃음이 명주의 선뜻한 목덜미에 비수처럼 꽂힌다. 명주는 목덜미를 쓸어내리며 공허해 보이는 호철을 가만히 응시한다. 그때다. 출입문이 밀쳐지면서 왁자한 소리가 들려온다. 동아리 회원들이다. 동아리 회원들은 셔츠를 부채처럼 펄럭이며 들어서서는 두리번거린다.

호철이 "여기." 하며 손을 번쩍 치켜든다.

*

학교에서 지훈을 보지 못한 현순은 억순의 집 앞으로 달려 왔다. 골목 한쪽에 숨어서 이제나 저제나 하며 지훈의 모습이 나타나기를 기다리고 있다. 저녁나절인데도 작열하는 햇볕이 평온한 주택가의 골목길에 내리꽂히고 있었다. 눈이 부신 길 은 광휘에 휩싸인 것처럼 아득해서 현순은 눈을 감는다. 하루 도 빠짐없이 걸어 다닌 길은 눈을 감고도 집을 찾을 수 있을 정도로 익숙했다. 가족들을 위해 수없이 종종 걸음을 치게 하던 이 길 위에서, 자신의 처지를 잊기도 했었다. 그러다가도 가족이라는 이 따뜻하고 정겨운 공동체가 원두막에서의 일 때문에 와르르 하고 무너질 것만 같았다. 그런 날이면 길 한가 운데 망연하게 서 있었다. 주체할 수 없는 고통은 서러움과 뒤엉키며, 마구 자란 손톱이 되어 가슴팍을 할퀴었다. 그래도 그렇게 살고 싶었다.

현순은 눈을 크게 뜬다. 낯익은 자동차가 집 앞으로 들어오 고 있다. 지훈의 자동차다. 지훈이 대학교에 입학하자마자 억순이 사준 자동차였다. 현순은 자신도 모르게 지훈을 소리 쳐 부른다.

"지훈아!!!"

지훈은 주차장에 자동차를 주차시키려다가 고개를 뒤로 돌린다. 잔바람에 일렁이는 나무이파리의 소리처럼 어머니의 낯익은 목소리가 미세하게 들려온 것 같아서였다. 아니, 분명 어머니의 목소리였다. 그 어떤 곳에서도, 그 어떤 낯선 장소에서도 어머니가 '지훈아!' 하고 부르는 소리는 들을 수 있다. 그 소리를 듣는 건 어렵지 않다. 어머니가 불러주기만 하면, 어머니가 부르는 소리만 있다면, 칠흑 같은 어둠도, 깊이를 헤아릴 수 없는 바닷물 속에서도, 한치 앞도 내다볼 수 없는 캄캄한 동굴 속에서도, 어머니가 불러만 준다면 길을 찾아갈 수 있다.

"엄마!!"

지훈은 화답이라도 하듯 현순을 부르며 골목길을 바라본다. 골목길에는 유리처럼 반짝이는 햇살뿐이다. 집 주변을 둘러본다. 어머니의 목소리를 들었는데……. 지훈은 대문에 기대고 선다. 너무나 또렷한 어머니의 목소리였다.

현순은 지훈이 대문 앞에 서 있는 모습을 숨어서 지켜본다. 현순이 또한 가냘프게나마 지훈이 '엄마!' 하고 부르는 소리를 들었었다. 천륜이란 서로가 보지 않아도 서로가 함께하지 않아도, 서로를 애타게 그리워하고 있으면 보이고 들리고 느낄 수 있다.

현순은 지훈을 향해 읊조린다.

'지훈아, 조금만 기다려줘. 엄마가 곧 데리러올게.'

현순이 지훈을 바라보며 서러운 가슴을 움켜쥘 때 천석의 자동차가 대문 앞에서 멈춘다.

천석은 대문 앞에 서 있는 지훈을 보며 자동차에서 내린다.

"… 여… 여기서 뭐하고 있어. 이 더운 날에?"

천석은 지훈을 향해 물으며 넓적다리를 양손으로 비빈다.

"아빠!"

하고 부르는 지훈의 눈에 물기가 어려 있는 것 같아 천석은 목울대가 따가워진다.

"… 엉… 왜?"

하고 천석이 지훈에게 더듬거리며 대답을 할 때 성애가 자동차 문을 열고 나왔다. 앞가슴을 당당하게 펴며 내린 성애는 지훈을 훑어본다.

'네가, 애비가 누군지도 모르는 범죄자의 자식이라는 거지?'

성애는 마음속으로 지훈을 향해 그렇게 물으며 손을 내민다.

"안녕."

지훈은 성애가 내미는 손을 잡지 않고 천석에게 항변한다.

"아빠, 지금 뭐하시는 거예요. 이건 아니잖아요?"

"… 응, 그… 그게. 아… 아빠랑 초… 초등학교 때부터 동… 동창이라고 했잖아. … 할… 할머니에게 인사드리러……."

천석은 넓적다리를 손으로 수없이 비비며 얼버무린다.

성애가 천석의 말을 자른다.

"그렇게 말하면 난 뭐가 돼? 솔직하게 말해줘야지. 그래야 지훈이도 빨리 상황을 수습하지. 안 그래?"

"… 알… 알겠는데. 다… 다음에……."

"다음에? 언제?"

"무슨 말씀인데요?"

지훈이 성애에게 묻자 성애가 웃으며 대답한다.

"나… 이 집에서, 살 사람이야."

성애의 말에 지훈이 천석을 바라보며 묻는다.

"아빠, 직접 말씀 해 주세요. 이 아줌마 말씀이 사실인지?"

천석은 지훈을 외면하며 대답한다.

"… 뭐. 그… 그래. 너… 너도 언젠가는 알게 될 꺼니 까. 네 엄… 엄마와 이… 이혼하기로 했다. 미… 미안하다."

"어머. 당신이 왜, 이 사람들한테 미안하다고 해야 해. 은인이지?"

"… 아… 좀, 당신은 가만히 있어."

천석이 성애를 나무랐다.

"내가 뭐 틀린 말 했나. 이 세상에 당신 같은 사람이 어디 있다고."

"제발, 좀."

천석이 버럭 소리를 지르자 성애가 입을 달싹이려다가 그만 둔다.

"은인이요?"

지훈의 물음에 천석의 시선이 땅으로 떨어진다.

천석이 대답하지 않자 지훈이 재차 다시 묻는다.

"아빠! 저 아주머니가 하시는 말씀이 무슨 뜻이예요?"

"… 그… 그게, 말… 말이다."

제대로 대답하지 못하고 있는 천석을 지훈이 똑바로 쳐다보며 다시 묻는다.

"말씀 해 주세요."

"아, 참. 자… 자식하고는. 그냥 부모 자식 간도 은인이라고 할 수 있으니까……."

천석의 말을 지훈이 단호하게 자른다.

"아뇨. 저 아줌마의 말뜻은 그런 게 아니었어요. 할머니에게 여쭤보면 확실하게 알게 되겠죠. 엄마가 왜 집을 비웠는지. … 저 아줌마가 왜, 우리 엄마 대신 들어와서 살아야 하는지도요."

"안… 안… 안 돼. 할… 할머니한테 아… 아무 소… 소리도 하지 마. 아… 아빠가 때가 되면 이야기 할게."

"아뇨. 당장 알아야겠어요."

지훈이 집으로 들어가기 위해 대문 안으로 들어가는데 성애의 말이 이어진다.

"어머니한테 그 끔찍한 일을 다시 떠올리시게 할 거야? 그러지 말고 당신이 이야기 해."

하고 성애가 천석에게 언성을 높였다.

천석은 입을 떼지 못한 채 골목어귀에 시선을 보낸다. 흐르는 땀이 셔츠를 적시고 있지만, 자신이 나서서 무얼 어떻게 해야 옳은 건지 이제 판단조차 되지 않는다. 어머니는 거듭 부탁을 하며 말했었다. 지훈을 어떻게 할 것인지는, 현순과 이혼을 해서, 서류가 정리되는 대로 결정하겠다고 했다. 어머니의 부탁을 저버린 지금, 지훈이한테 또 거짓말을 해야 하는 것이다. 한 번 시작된 거짓말은 이제 멈출 수 없다. 하나밖에 없는 자식 앞에서도, 진실이 아닌 일을 진실처럼 이야기를 해야 한다.

천석은 입을 연다.

"… 네… 네 엄마가 … 널… 널 임신해서… 나… 나랑… 결혼했거든. 그… 그게… 그… 그러니까. 네… 아… 아… 아버지는 … 내… 내가… 아니라……."

천석은 두 눈을 꾹 감는다.

'지훈이는 내 자식이 아니란 말이에요.'

하고 외치던 그 시간 앞에 서 있는 것처럼 자신의 몸에 있는 모든 장기들이 빠져 나간 것 같다. 너무나 몸이 가뿐해서 땅을 디디고 있는 두 발에 잔뜩 힘을 준다. 그런데도 뒤꿈치가 자꾸만 들려진다. 몸의 중심을 잡을 수 없다. 두 눈을 떠 본다. 눈앞에 지훈이 서 있다. 미동도 없이.

"… 지… 지훈아!"

지훈을 부르는 천석의 음성이 공중으로 흩어진다.

지훈은 대답을 하지 않는다.

"지… 지훈아!"

천석은 다시 지훈을 부르며 공중에 떠 있는 것 같은 발을 옮긴다. 지훈이 곁으로 간다.

천석은 떨리는 손으로 지훈의 팔을 잡으려고 한다.

지훈은 천석의 손을 제지한다. 뒤로 물러선다. 몸을 돌린다. 걸음을 뗀다. 천석이 "지훈아." 하고 부르며 쫓아간다.

지훈은 천석을 쳐다보지 않는다. 어디선가 쾅쾅쾅거리는 징 소리만이 끊임없이 들려온다. 누군가 자신의 머리카락을 모두 움켜쥔 채 공중에 매다는 것처럼 몸이 자꾸만 들려진다.

지훈은 천석을 쳐다보지 않고 말한다.

"먼저 들어가세요. 바람 좀 쏘이고 들어갈 게요."

아무 일도 없었다는 듯이 평소대로 말하는 지훈의 등 뒤에서 천석이 "금방 들어오는 거지." 하고 물었다.

지훈은 앞을 향해 걸으며 대답 대신 손만 들어서 흔들었다.

'내 아버지가, 아버지가 아니면……. 누가 내 아버지란 말인가. 하늘에서 떨어졌나. 땅속에서 솟았나. 꿈속이라면 차라리 호탕하게 웃어버리겠는데…… 아니 꿈속에서라도 싫다. 끔찍하다.'

지훈은 충혈된 눈으로 'mind'라는 카페의 출입문을 밀친다. 잔을 비워내고 또 비워낸다. 아무리 마셔도 정신이 말짱하다. 취기가 돌지 않는다. 맑은 정신은 술 마시는 내내 아버지의 팔을 뿌리치고 나와 자신에게 던지던 그 물음과 싸우게 한다.

'내 아버지가, 아버지가 아니면 누가 내 아버지란 말인가.'

수없이 질문을 해 보아도 답은 정해져 있다. 친아버지인 줄 알았던 아버지가, 친아버지가 아니라는 것이다. 그렇다면 할머니도 친할머니가 아닌 것이다. 그래서 할머니는 자신을 차갑게 대했던 것이다. 자신이 할머니의 친손자가 아니라는 이 기막힌 사실을 알고 있었던 것이다, 할머니는. 할머니가 자신에게 한 행동이 납득이 간다. 아닐 것이다. 그럴 리가 없다. 언제나 자신과 함께하던 할머니였다. 할머니는 자신이 유치원에 다닐 때는 자신의 등원과 하원을 도맡아했다. 초등 학교에 입학해서 졸업할 때까지 할머니는 자신의 책가방을 들고 등교와 하교길을 함께했었다. 자신과 떨어져서 지낸 적 이 없는 할머니가 자신의 할머니가 아니라면 누구의 할머니 란 말인가.

할머니한테 가자.

할머니를 뵈면 이 모든 일이 다, 거짓말이라고. 사실이 아 니라고. 이 할머니의 말을 믿으라고 할 것이다.

할머니한테 가자.

할머니가 있는 집으로 가자. 20년 동안 살아온 집으로.

지금도 할머니는 안방 창가에서 마당을 바라보며 자신을 기다리고 있을 것이다. 자신이 나타나면 할머니는 "어이구 내 강아지 이제 들어오시나." 하며 두 팔을 벌려 자신을 품에 안아줄 것이다. 자신의 두 눈에 흐르는 눈물을 훔쳐줄 것이다, 할머니는.

지훈은 집 앞에 서서 대문을 바라본다. 집안으로 들어갈 수 있는 문을 열어달라고 벨을 선뜻 누르지 못한다. 자신의 키가 작아서 아버지의 어깨에 무동을 타고 재미 삼아 누르기도 했던 벨이었다. 이제 아버지의 무동을 타지 않고도 자신의 손으로 꾹 누를 수 있는데…… 눈물을 손등으로 훔친 지훈은 용기를 낸다.

벨을 누른다. 대문이 열린다.

지훈은 집안으로 들어간다. 거실에는 억순이 서 있다. 막상 억순의 얼굴을 보자 지훈은 아무 말도 묻지 못한다. 억순을 끌어안는다.

"아구, 술 냄새."

억순은 감정이 복받쳐서 일부러 퉁명스럽게 말했다.

"미안 해, 할머니. 조금 마셨어."

지훈은 터져 나오려는 울음을 힘껏 삼키며 밝게 말했다.

"아이그, 더운데 술 마시면 더 더운 법이야. 어여 올라가서 씻고 자."

"응, 할머니. 내가 할머니를 얼마나 좋아하고, 사랑하는지 알지?"

"알지, 그럼."

억순은 지훈의 등을 토닥여주며 지훈의 말에 맞장구쳤다. 가슴속은 지훈을 끌어안고 대성통곡을 해도 시원하지 않을 것 같다.

"정말 미안 해, 할머니."

"뭐가, 미안해?"

"술 마셔서…… 미안해, 할머니."

"알았어. 그렇게 미안하면 술 안 먹으면 돼지. 할미도 졸려. 어여 가서 씻고 자."

"응, 할머니. 할머니 사랑해…… 할머니! 감사합니다."

"아이고, 술 냄새. 사랑이고 감사고 뭐고 간에 어서 올라 가."

"응, 할머니. 할머니 사랑 절대 잊지 않을게. 진짜, 진짜 미안해, 할머니. 정말 고맙습니다."

"아고, 알았어. 얼른 올라가서 자."

"네, 할머니!!! 안녕히 주무세요."

억순에게 부러 큰 소리로 인사를 한 지훈은 2층으로 올라가는 계단을 밟으며 눈물을 훔친다. 어머니보다는 할머니의 품에서 잠드는 것을 좋아했었다. 어쩌다가 할머니가 집을 비우면 잠이 오지 않았었다. 중학교 2학년이던 겨울 방학 때였었다. 할머니가 집안 행사에 참석하기 위해 할머니의 친척집에 간 적이 있었다. 충청남도에 위치한 '홍성'이라는 곳을 주소지 한 장만 달랑 들고 할머니를 찾아갔었다. 그 바람에 집안이 발칵 뒤집혔었다. 학교에서 돌아오면 현관 앞에 있는 신발이 모두 할머니의 신발 같아서 자신도 모르게 "할머니." 하고 안방 문을 벌컥 열게 하던 날들 앞에서였다.

지훈은 욕실 안으로 들어간다. 샤워기에서 쏟아지는 찬물 앞에 서서 "할머니." 하고 부르며 목 놓아 운다.

*

억순은 속에서 끓고 있는 화를 어디다가 쏟아부을 곳이 없다. 성애를 천석에게서 억지로 떼어놓았다가 남의 자식을 키우는 봉변을 당한 것이라고 스스로를 자책하며 성애에 대한 울화를 누르고 있는 나날이었다. 그러나 성애는 억순이 보란 듯이 설쳐댔다. 물 만난 고기처럼 백화점을 순회했다. 쇼핑으로 하루를 보냈다. 멀쩡한 침대를 교체했다. 2층의 소파를 새로 들이느라 집안을 휘젓고 다녔다. 그뿐만이 아니었다. 천석을 끼고 살았다. 천석과 붙어 앉아 희희낙락이었다. 보다 못한 억순은 천석을 나무랐다. 소용없었다. 천석은 자신이 무슨 말만 하면, 엄마는 가만히 계시라고, 하는 통에 가뜩이나 입맛 없는 여름날이 소태를 물고 있는 것처럼 쓰디썼다. 그런데다가 지훈이마저 집에 들어오지 않고 있었다.

"오매, 참말로. 자빠진 김에 눌러 살란갑소, 이잉, 시방."

"주뎅이 안 닥쳐."

"오매, 참말로. 말 한 자락 헐 사람이 있어야 주뎅이를 닥치지라우. 입츤장에 곰팽이 폈당께요, 시방."

"열무 사 왔어?"

"오매, 참말로. 식전댓바람에 사다가 담근지가 원제인디 그런다요, 시방."

"저녁은 보리밥 해서, 비벼먹게 보리쌀 삶아 봐."

"오매, 국수 비벼잡순다 아녔소, 시방. 참말로."

"시끄러."

억순이 화자에게 소리를 버럭 지르는데 천석이 "엄마, 날씨도 더운데 저녁은 외식해요." 하며 참견을 했다.

"돈이 썩어 나가지. 그리고 넌 20년을 네 자식처럼 키운 지훈이, 걱정도 안 되냐?"

억순의 말에 천석이 넓적다리를 손으로 비비적거리다가 입을 열었다.

"친구들과 어디 놀러갔겠죠."

"말 안하고 어디 가는 애냐? 지훈이가? 지금까지 한 번도 그런 일이 없었어. 너, 혹시 지훈이한테 쓸데없는 소리한 거 아니지?"

"… 아… 아뇨. 제가 뭐 어린애예요."

"어린애 같은 소리 하고 있네. 지훈이에게 뭐라고만 해 봐. 그랬다가는 요절들 날 줄 알아?"

"알았어요."

하고 천석이 작은 소리로 대답하며 머쓱한 표정을 짓자 성애가 나선다.

"어머니 그러지 말고 이 사람 말대로 외식해요. 제가 맛있는 모밀 사 드릴게요. 대종호텔 모밀 소바 아주 시원하면서

담백해요. 게살 고르케도 일품이고요."

"보리쌀 안쳐."

성애의 말에 대꾸 없이 억순은 화자에게 성난 소리로 말
했다.

"오매. 참말로, 귀때기야. 소리를 질러싸코 그라요, 시방.
아이고, 허긴 뭐 지 아니믄 참말로, 누구헌티 소리 지르겠소.
아무리 사램보다 무서운 게 읎어도 정이란 건 아니지라우.
하루아침에 무수 짜르듯 뚝 분질러지지 않을틴게, 시방."

"뭐가 어째?"

억순이 화자를 향해 소리치지만 화자는 들은 척도 하지
않고 주방으로 들어가 버린다. 천석은 억순의 눈치를 보다가
성애와 2층으로 향한다. 천석과 성애가 2층으로 올라가 버리
자 억순은 소파에 잔등을 깊숙이 묻는다. 아무래도 지훈이가
무언가를 눈치 챈 것 같다. 그렇지 않고는 지훈이 집에 들어오
지 않을 이유가 없다. 지훈의 휴대폰도 꺼져 있었다. 생각에
잠겨 있던 억순은 소파에서 몸을 일으킨다. 지훈의 방으로
올라간다. 지훈의 방은 말끔하게 정돈되어 있다. 지훈이 금방
자리를 털고 나간 것처럼 변함없는 방안의 풍경에 억순은
가슴이 미어진다. 지훈이 친손자가 아니라는 사실이 거짓말

같아서 허벅지를 꼬집어도 봤다, 헤아릴 수 없을 만큼. 이제 어쩔 것인가. 정을 떼려야 뗄 수도 없는 이 노릇을. 어쩌면 좋은가. 책상 위에 놓인 액자 속의 사진에는 지훈이 자신을 끌어안고 있다. 지훈은 천하에 없는 손자였다. 어디서 이런 아이가 자신의 손자로 왔는지 기쁘기만 했었다. 행복했다. 그냥 모른 척 하고 데리고 살까. 지훈을 내쫓는다고 해서 그 아이에 대한 모든 기억들이 사라질까.

억순은 갈등한다. 곁에 있는 지훈을 만져보듯 사진 속의 지훈을 쓰다듬는다. 지훈이 집을 비운 지금도 이렇게 허전하고 쓸쓸한데…… 지훈은 어디에 간 것일까. 한 번도 없던 일이다. 하루만 집을 비워도 세세하게 설명하던 지훈이었다.

억순은 문득 지훈이 술 냄새를 풍기며 늦게 들어왔던 날을 떠올린다. 술에 취한 지훈은 느닷없이 자신을 끌어안고는 미안하다고 했었다. 사랑한다고도 했다. 고맙고 감사하다는 인사를 수없이 하며 절대 잊지 않겠다고 했다. 그러고 보니 평상시와 다른 것 같다. 사랑한다는 말은 평소에도 자주하던 지훈이었다. 그런데 무엇이 미안하고 감사하고 고맙다는 것일까. 절대 잊지 않겠다는 건 또 무언가.

지훈의 방에서 서둘러 나온 억순은 천석의 방문 앞에 선다.

천석과 성애의 웃음소리가 새어나온다.

억순은 노크도 하지 않은 채 방문을 벌컥, 열어젖힌다.

"놀랐잖아. 엄마는… 노크를……."

하고 천석이 볼멘소리를 하는데, 억순이 천석의 말을 뚝 자른다.

"시끄럽고. 솔직하게 말해. 지훈이한테 뭐라고 했지?"

"… 무… 무슨 말을요?"

억순은 천석이 말을 더듬는 것을 보며 눈을 감았다가 뜬다. 당황하면 말을 더듬거나 넓적다리를 손으로 비비는 버릇을 갖고 있는 천석이었다.

"어디까지 얘기 했어?"

천석은 억순이 묻는 말에 대답을 하지 못하고 넓적다리를 손으로 비벼댄다.

"똑바로 말, 못해!!!"

"… 그… 그러니까 엄… 엄마. … 죄… 죄송해요. 어… 어쩔 수 없었어요."

"맞아요. 어머니. 지훈이가 어머니께 직접 여쭈어본다고 해서, 이이가 할 수 없이 이야기 했어요. 어머니가 지훈이에게 그 이야기를 하게 되면, 어머니를 또 힘들게 하는 것이라고."

"그래서, 어디까지 얘기했냐고."

"… 다… 다요."

"사생아라는 것도?"

"… 어… 어쩔 수 없었어요."

"에라이, 순 호랑말코 같은 놈아."

억순의 고함 소리가 집안을 뒤흔든다.

화자는 보리쌀이 다 삶아졌다는 이야기를 하러 거실로 나왔다가 2층에서 터져 나오는 고함 소리를 들으며 "오매, 참말로. 혀도혀도 너무 한당께. 여시한테 홀리면 눈에 뵈는 게 읎다더니. 딱 그짝이네. 참말로. 우리 지훈이 불쌍혀서 워쩐댜, 시방." 하고는 눈물을 훔친다.

"지 에미가 성폭행을 당해서 태어났다는 것도?"

"… 아… 아뇨. 그… 그… 그렇게 구체적으로는 이야기 안 했어요. 아… 아… 아버지가 누군지 모른다고만."

억순은 천석을 노려보다가 방에서 나온다. 무슨 힘으로 2층에서 내려왔는지 기억이 나지 않는다. 지훈이는 손자가 아니었다. 자식이나 진배없었다. 지훈을 업어 키우느라 등에 난 땀띠도 따갑지 않았었다. 품에 안고 있느라 팔뚝에도 가슴팍에도 솟아난 땀띠가 뭉쳐 곪았을 때도 아프지 않았다. 숨을 쉬고 사는 낙이 이런 것이구나, 하며 지훈이 커가는 모습을 지켜봤었다. 서럽게 살아낸 세월이었다. 식모살이를 할 때 둘러앉은 온 가족이 먹고 남은 반찬으로 밥을 먹던 일도, 남의 집에서 쉬어 터진 밥을 얻어다가 찬물에 수없이 헹궈내어 가족들과 푹푹 끓여서 먹던 일도, 눈물이 반이었던 지난날들을 웃을 수 있었다. 지훈이 때문이었다. 천석의 아버지에게 받지 못한 그 까짓 사랑…… 지훈으로 해서 위로 받았다. 무엇보다 한데 모여앉아 식사를 하고, 함께 웃음을 나누는 가족이 있다는 것이었다. 가족이라는 공동체가 자신을 둘러싸고 있다는 것이 말할 수 없이 기뻤다, 든든했다, 가족의 울타리가. 그런데…… 그 가족의 공동체가 산산조각이 났다. 뿔뿔이 흩어졌다.

억순은 자리에 눕는다. 살아내야 할 일이 아득하게 여겨진다. 이제 무슨 낙으로 살아갈 것인가. 이런 날들 앞에 서게 될 줄 누가 알았던가. 재산이 많으면 무엇 할까. 꿍, 하고 돌아눕는 억순의 두 눈에 굵은 눈물이 하염없이 흐른다.

9. 목덜미를 향해 손을 뻗는다

현순은 화자와 전화를 끊는다. 화자는 지훈이가 자신의 출생에 대해서 알게 됐다고 알려줬다. 지훈이 가출한 것이 일주일이 넘었다고 했다. 화자의 말대로라면 지훈이가 보고 싶어서 억순의 집 앞으로 찾아갔던 그 즈음인 것 같았다. 담벼락에 숨어서 지훈이를 훔쳐보고 있을 때 천석과 성애, 지훈이가 한동안 서 있는 것을 보다가 몸을 돌렸었다. 그렇다면 그날……. 지훈이가.

현순은 천석에게 부랴부랴 전화를 넣는다.

천석은 현순의 전화번호가 뜨자 화들짝 놀란다. 분명 지훈의 일로 전화를 했을 것이다. 그렇지 않고서는 전화를 할 사람이 아니다. 현순을 만난 건 이혼에 대한 절차로 판사의 심리가 있던 날이었다. 이혼 사유를 묻는 판사에게 천석은 성격 차이로 더 이상 부부 관계를 유지할 수 없어서라고 설명했다. 동의하느냐는 판사의 물음에 현순은 작은 소리로 "네." 하고 짧게 대답했다. 판사는 한 달 동안의 숙려 기간을 주며 잘 생각해서 결정하라는 판결을 내렸었다. 법원에서 나왔을 때는 점심시간이 가까워져 있었다. 천석은 현순에게 점심을 먹자고 제안했다. 수척해 보이는 현순의 모습이 안쓰러웠다. 무엇보다 따뜻한 밥 한 끼를 대접해주고 싶은 마음이었다. 진심이었다, 그 마음은. 현순은 자신의 청을 거절했다. 항상 고마웠다고 미안했었다고 사과를 하고는 서둘러 자리를 떴었다.

천석은 현순의 번호가 뜬 휴대폰을 들여다보며, 자신이 한 거짓말이 현순과 지훈을 파멸시키고 있다는 생각에, 한숨만 절로 나온다. 현순과 지훈뿐만이 아니다. 지훈으로 해서 머리를 싸매고 누워 있는 어머니도 식음을 전폐하고 있다. 성애만 곁에 있으면 마냥 행복할 줄 알았다. 사랑을 쟁취하면 더없이 기쁘고 즐거운 삶이 이어져야 하는데……. 그렇지 않다, 전혀.

천석은 휴대폰의 폴더를 연다.

"… 무… 무슨 일이야?"

천석은 후회하는 마음과는 달리 퉁명스럽게 물었다.

"미안해요. 전화를 해서."

파르르, 떨고 있는 것 같은 현순의 목소리에 천석은 자신도 모르게 입안에 있는 침을 모아서 삼킨다. 넓적다리를 손으로 문지른다.

"… 바… 바빠. 용… 용건이 뭔데?"

"지… 지훈이가 집을 나갔다면서요?"

"… 그… 그래서……?"

"지훈이가 어디에 있는지 당신이 좀 알아 봐 줘요. 부탁이에요."

"… 어… 어디 여행 갔겠지. 다 큰 앤데… 뭘… 거… 걱정해."

"지훈이가 다, 알았다면서요."

"… 그… 그래서. 그걸… 지 … 지금 … 나… 나한테 따지는 거야?"

"아니예요, 절대로. 혹시, 나쁜 생각을 품을까 봐서……."

"… 절… 절대… 그… 그런 일 없어. 걔가 어떤 앤데."

천석은 아니라고 강하게 부정을 하지만 손발이 덜덜 떨려온다. 만약에 그런 일 앞에 서게 된다면.

"그래도 모르는 일이잖아요. 사람 일이란. 좀 찾아 봐 줘요. 제발요, 지훈이를."

"… 무… 무슨 그런 재수 없는 소리를 해. 끊… 끊어."

천석은 서둘러 전화를 끊는다. 양손으로 넓적다리를 마구 비벼댄다. 사무실 안을 불안스럽게 왔다갔다한다. 현순의 말대로 지훈이 나쁜 생각을 품으면 어떻게 하나, 하는 생각이 떠나지 않아서이다. 머리를 절레절레 흔들던 천석은 지훈의 가출 신고를 하기 위해 사무실을 급하게 빠져나간다.

현순은 천석과 전화를 끊다가 문득 명주가 보낸 문자를 떠올린다.

'지훈이 만났어. 지훈이가 너한테 전해 주라고 한 게 있어. 꼭 연락 줘.'

허겁지겁 다시 문자를 읽어 내린 현순은 명주에게 전화를 넣는다. 명주의 목소리가 툭 튀어 나온다.

"기집애. 지훈이 팔았더니 연락하네. 자식을 이길 부모는 없지. 자식을 버리는 부모는 있지만."

"미안 해, 명주야. 사정이 있었어."

"무슨 사정? 너 있는 곳 말해. 어디야? 지금 갈 테니까, 만나자."

"알았어, 명주야. 지금 만나."

"……."

명주는 현순의 말이 떨어지자마자 약속 장소로 바로 출발했다. 약속 장소에는 현순이 먼저 와서 기다리고 있었다. 현순의 얼굴은 지하세계에 갇혀 있다가 탈출한 사람처럼 핏기라고는 하나도 없다.

"얼굴색이 왜 이래?"

"미안해, 명주야!"

"나, 네 친구 맞아?"

"맞지, 그럼."

"우리가 우정이라는 것을 나누고 있는 친구라면, 이래선 안 돼는 거 아냐?"

"미안해, 명주야."

"미안하다는 소리 그만 해. 그래도 난 너와 각별하다고 여겼어. 근데 넌 그런 거 같지 않아."

"그런 거 아냐, 명주야. 좀 정리되면 내 주변이…… 이야기하려고 했어."

현순은 이마를 쓸며 폐부 깊은 곳에서 끌어올린 것 같은 한숨을 내쉰다.

명주는 현순을 바라보며 채근한다.

"그럼 말해 봐. 왜, 집에 안 들어가고 있는지를?"

"……."

"현순아!"

현순은 대답 대신 고개를 깊숙이 숙인다. 죄 지은 사람처럼.

"……."

"양현순!"

"……."

"현순아!"

현순이 고개를 든다.

명주를 뚫어지게 바라본다.

"……."

명주는 현순을 응시하며 침을 삼킨다.

현순이 침묵을 지키고 있다가 입을 뗀다.

"… 명… 명주야!"

"그래, 말해 봐. 무슨 말이든."

"… 나, 사… 사실은……."

"사실은, 뭐?"

명주는 현순을 응시하며 물었다.

"… 나… 나."

"나, 뭐??"

명주는 의자를 앞으로 당겨 앉으며 조급함을 감추지 못한다.

"… 이… 이혼했어."

"뭐?"

하고 물은 명주는 놀란 표정으로 현순을 멍하니 바라본다.

명주가 정신을 수습하려는 듯 고개를 턴다.

"… 왜? 왜?"

"……."

"왜?"

"… 그… 그렇게 됐어."

"그렇게 되다니… 뭐가? 이유가 있을 거 아냐?"

현순이 숨을 고르려는 듯 탁자 위에 있는 물을 마시고는 담담하게 말한다.

"이유는 나한테 있어."

"믿을 걸, 믿으라고 해."

"정말이야."

"네가, 왜? 무슨 이유로…?"

"……."

"이유 묻잖아?"

명주의 언성이 다소 높아졌다.

"나중에 설명할게. 그것보다 지훈이 만난 이야기부터 해
줘."

"……."

명주는 현순의 말이 이해가 되지 않아 입을 다문다. 이혼을
할 수도 있다. 부부간의 산재되어 있는 수많은 문제들 앞에
이혼을 한 번쯤 생각해 보지 않고 살아가는 부부는 없을 것이
다. 지금 이 순간에도 많은 부부들이 이혼을 하기 위해 이혼
서류에 도장을 찍고, 법정에 서서 이혼을 하는 이유를 묻는
판사에게, 갖가지 핑계를 대는 부부들이 부지기수일 것이다.
그러나 현순이 이혼한다는 건 있을 수 없다. 아니 사람의 일은
아무도 장담할 수 없다. 현순이 이혼할 수도 있다. 그렇다면
재산가인 천석에게서 적지 않은 위자료를 받았을 것이다.

'그런데 이 행색은 뭘까. 십만 원만 빌려 달라고 한 것도
이상하고. 지훈이 맡긴 오백만 원도 그렇고.'

명주는 현순을 바라보며 그런 생각들을 해 보다가 현순에
게 묻는다.

"지훈 아빠 바람났니?"

"… 아… 아냐."

현순이 강하게 부정했다.

"네들 부부 문제없었잖아."

"나, 때문이야."

"네가, 왜?"

"명주야! 나중에, 나중에 다 설명할게. 지훈이 만난 얘기부
터 해 줘, 명주야?"

"……."

"응, 명주야!"

현순의 애걸하는 말투에 명주는 더 이상 캐묻지 않고 핸드
백을 연다. 지훈이 맡긴 봉투를 꺼내 현순이 앞에 놓는다.

"뭐야?"

현순이 봉투를 바라보다가 명주에게 물었다.

"지훈이가 너 주라고 내게 맡긴 거야."

"지… 지훈이가?"

"그래. 엄마한테서 연락 오면 주라고. 용돈 모아 놓은 거라
고 했어. 오백만 원이야. 혹시 돈이 더 필요하면, 얘기하래.
어떻게든 마련하겠다고 했어."

그 순간 현순은 참고 있던 서러움을 한꺼번에 쏟아내는 사람처럼, "흑" 하며 얼굴을 양손에 묻었다. 지훈에게 짐이 됐다. 배 안에 든 지훈을 외면하며 삶의 끈을 놓고자 했었는데…… 그 자식이 이제 어미를 걱정하고 있다.

명주는 한을 토해 내는 것처럼 울고 있는 현순을 보며 울컥한다. 눈물을 훔치며 현순을 위로한다.

"울지 마. 네가 무슨 이유로 이혼을 했는지, 더 이상 묻지 않을 게. 울지 마. 응, 현순아!"

명주의 위로에도 들썩이는 현순의 가냘픈 어깨는 멈출 줄 몰랐다. 한참을 울고 난 현순이 천천히 입을 뗀다.

"지훈이가 집을 나간 지 일주일이 넘었데. 지훈이를 찾아야 하는데 내 힘으로는 아무 것도 할 수 없어. 지훈이와 친한 친구들한테도 연락을 해 봤는데 연락이 없었다고 하고. 휴대폰은 꺼져 있고. 어떻게 하면 우리 지훈이를 찾을 수 있을지 모르겠어."

"지훈이가? 왜? 지훈이 만났을 때, 아무 이야기 없었는데… 네, 걱정만 했어. 대체 무슨 일이야?"

"명주야, 나 어쩌면 좋아. 나 좀 도와 줘. 우리 지훈이 좀 찾아 줘. 지훈이한테 무슨 일 생기면……."

명주는 자세를 고쳐 앉으며 현순의 손을 잡는다.

"부모가 이혼을 하면 아이들이 쿨 한 척 하지만, 그렇지 않아. 스스로 견뎌내는 것뿐이야. 지훈이도 아마 그럴 시간이 필요할지도 몰라."

"야냐, 명주야. 나 때문이야."

"왜, 너 때문이야. 무슨 일인데? 자꾸 너, 때문이래. 이혼 사유도 그렇고. 정확하게 이야기 해봐."

"명… 명주야!"

"그래. 무슨 일인지 알아야 지훈이를 찾든지 하지. 내가 최선을 다해서 지훈이를 찾아볼게."

"사생아를 낳았다고 세상 사람들이 다, 나를 욕해도 나는 괜찮아. 온갖 조롱과 멸시, 손가락질을 받아도 난 상관없어. 그러나 우리 지훈이는… 지훈이는 아무 잘못이 없어. 죄 없어, 우리 지훈이만큼은……."

'지훈이가 사생아?'

그 물음이 명주의 가슴을 후려친다. 명주는 놀라움을 감추며 울부짖고 있는 현순의 감정이 가라앉기를 기다린다. 현순이 흘리고 있는 눈물은 현순의 가슴 안에 싸여 있는 회한의 눈물일 것이었다. 제 안에 고여서 흐르지 않고 있는 진득진득하게 들러붙어 있는 고통의 눈물이 모두 **빠져** 나와야 한다. 그래야만이 서러운 이야기가 시작될 것이다. 기다려야 한다, 상대가 스스로 입을 열 때까지. 상대의 이야기가 시작되어도 서두르지 말아야 한다. 상대와 신뢰를 쌓는 가장 기본적인 자세가 바로 상대의 이야기에 귀를 기울여주는 것이다. 상대의 말을 중간에 끊지 말아야 한다. 상대를 위로 한답시고 자신의 경험담을 들려주어서도 안 된다. 주변에서 들은 이야기를 해서도 안 되는 것이다. 그저 상대의 이야기를 듣고만 있어야 한다. 상담자가 모든 이야기를 쏟아낼 때까지.

한참의 시간이 흘러가고 있었다.

침묵을 지키던 현순이 고개를 든다. 눈물을 훔치며 현순이 "명주야." 하고 부른다. 명주가 대답 대신, 현순의 이야기를 듣기 위해 허리를 곧추 세우는 그 시간, 지훈은 묵묵히 계단을 오른다. 폭염이다. 지독하게 덥다. 뜨거운 열이 전신을 휘감고 있어서 작업복 안은 땀으로 젖은 지 오래이다. 안전모 안에는 수건에 싸서 넣은 얼음 덩어리가 녹아서 땀과 섞여 줄줄 흘러내린다. 작업자들은 너무 더워서 일하는 것이 무섭다고, 이러다가 쓰러지는 거 아니냐고 툴툴거렸다. 하지만 지훈은 일하는 이 시간이 있어서 살 수 있었다. 노동으로 땀을 흘릴 수 있는 이 시간이 없다면 스스로 자멸했을 것이다. 20년을 함께 살아온 가족이었다. 그 가족이 하루아침에 타인으로 변한 사실 앞에, 자신이 할 수 있는 일은 아무 것도 없었다.

'누가 나를 이 세상에 있게 해 준 아버지인가.'

그 물음만이 나왔다. 그러고 보면 사람이란 잔인하고도 영악한 동물이다. 결국은 자신이 처해진 환경을 받아들인다. 순응한다. 그 어떤 일 앞에서도. 자신도 그렇다. 공사판에서의 일이 끝나고 나면, 숙소로 가기 위해 작업장에서 일하는 인부들을 실어나르는 봉고차에 몸을 실었다. 혼자 빠듯하게 누울 수 있는 고시텔은 열에 달궈진 쇳덩이처럼 뜨거웠다. 그래도 살아야 한다고 다짐하며 어머니를 떠올리곤 했다. 열심히 돈을 벌어서 어머니와 거처할 방을 구할 것이다. 어머니가 가족들 뒤에서 그림자로 살 수밖에 없었던 그 세월은, 결국 자신으로 인한 희생이었다. 그래서 그렇게 할머니의 갖은 구박에도 말 한 마디 하지 못하고 있었던 어머니였다. 그런 줄도 모르고 답답하다고 어머니를 얼마나 못마땅해 했던가. 자신의 삶을 당차게 꾸려나가지 못하는 어머니가 이상했다. 어리석어 보였다. 순종의 삶이 다는 아니라고 어머니에게 말했었다. 왜 자발적으로 자신의 인생을 꾸려나가지 못하느냐고 질책도 했다. 어머니의 삶이 주체적이지 못했던 그 모든 이유가, 바로 사생아인 자신 때문이었던 것이다. 통곡만이 나왔다.

'엄마!!'

지훈은 어깨에 메고 있는 지게의 짐보다 어머니의 삶이 더 가혹한 것 같아, 앓음 소리가 끊이지 않고 쏟아진다. 흐르는 땀은 어머니가 흘리는 눈물처럼 자신의 얼굴을 적신다. 어제 밤에도 잠을 설쳤었다. 어제 밤뿐이 아니다. 사생아라는 사실을 아는 날부터 잠을 이루지 못했다. 잠을 자지 않는데도 명료한 정신은, 육체를 갉아 먹을 것처럼 달려들었다. 죽고 싶다는 유혹이 몸 구석구석을 들쑤셨다. 그 싸움에서 지고 싶지 않았다. 설령 자신을 낳아준 아버지가 누군지 모른다고 해도, 사생아라는 멍에를 평생 지고 살게 될지라도, 운명 앞에 무릎을 꿇을 수 없다. 어머니를 생각해서라도 기필코 살아낼 것이다.

지게가 등짝을 짓누른다. 자재가 들어 있는 지게의 무게가 오늘따라 유독 무겁다. 더위는 곧 숨통을 끊어놓을 것처럼 달려든다. 쏟아지는 땀방울이 빗물 같아서, 계단을 밟고 선 채 호흡을 가다듬는다. 이마에서 흐르는 땀을 손등으로 쳐내며 왼발을 계단에 올려놓는다. 서너 번만 더 오르내리면 일을 마무리할 수 있다. 그런데…… 오른발이 떼어지지를 않는다.

지훈은 짚고 있는 지팡이에 힘을 주며 오른발을 떼어 계단에 올려놓다가 그대로 고꾸라진다. '헉, 헉'거려지는 숨소리 사이로 어머니의 얼굴이 물결처럼 출렁인다.

'엄마!'

하고 지훈은 현순을 부른다.

누군가가 "어이, 어이." 하고 자신을 부르는 소리가 어렴풋이 들린다.

*

뇌출혈로 수술을 마친 지훈은 여전히 자고 있다. 지훈이 저러고 있는 것이 삼 일째 되는 날이다. 천석은 현순에게 지훈의 일을 알리지 않았다. 그러다가 오늘에서야 현순에게 알렸다. 지훈이 뇌사 상태로 이어질 수도 있다는 의사의 소견 때문이었다.

천석은 곤히 잠들어 있는 것 같은 지훈을 바라보다가 중환자실에서 나온다. 의자에 앉는다. 얼굴을 묻는다. 죄책감에 젖은 눈물이 쉼 없이 쏟아진다. 자신이 저지른 짓이 얼마나 큰 죄인지 이제야 실감이 난다. 성애를 만나지 않았다면……이런 일은 벌어지지 않았을 것이다. 하나밖에 없는 자식, 지훈이도 저 지경이 되지 않았을 것이다. 모든 것이 다 후회스럽다.

'어떻게 해야 되나.'

천석이 자신이 저지른 잘못으로 몸을 떨고 있을 때 현순이 들어섰다.

"지훈이, 지훈이 어딨어요?"

하고 묻는 현순의 눈이 눈동자가 사라진 것처럼 캄캄해 보인다.

천석은 자신도 모르게 의자에서 일어나서는 뒤로 물러서며 주춤거린다.

"지훈이 어딨어요?"

현순이 천석을 향해 재차 물었다.

"… 중… 중환자실에……."

현순이 털썩 주저앉는다.

"여… 여보!"

천석이 현순을 부축한다.

현순은 천석이 지훈이가 머리를 다쳐서 병원에 있다는 전화를 걸어왔을 때 믿어지지 않았었다. 천석이 일부러 거짓말을 할 리가 없는데도 그랬다.

현순은 천석을 밀어내며 묻는다.

"지금 볼 수 있나요?"

"… 응. 내… 내가 남 박사님에게 부… 부탁해 놨어. 같이 들어가."

"아니에요. 혼자 들어갈 게요."

천석의 청을 거절한 현순이 휘청한다. 천석이 현순을 붙잡으며 말한다.

"… 같… 같이 들어가."

"……."

현순은 천석의 부축을 받으며 중환자실로 들어간다. 지훈을 바라본다. 깊은 잠을 자고 있는 것 같은 해맑은 얼굴이다.

'지훈아, 미안해.'

하고 현순은 마음속으로 외치며 지훈의 얼굴을 손을 발을 차례로 하나하나 만져보다가 말을 건넨다.

"지훈아, 엄마 왔어. 엄마가 왔는데, 이렇게 잠만 잘 거야? 엄마한테 말할 기회는 줘야지. 응? 지훈아, 눈 한 번 떠 봐.

… 네가 준 오백만 원으로 방도 얻었어. 네가 덮을 포근한 이불도 사다 놨어. 네가 먹을 밥공기도. 수저랑 젓가락도. 지훈아! 아가!! 아가!!! 일어나자. 벌떡, 일어나서 이제 집에 가자. 우리 집으로……. 그만 자고. 응, 지훈아! 아가!! 얼른 일어나."

천석은 현순의 모습을 보며 눈물을 훔친다. 자신 때문이다. 지금이라도 모든 것을 밝힐까. 너무 늦지 않았을까. 아니다. 번복할 수 없다. 아니다. 늦지 않았다. 용기를 내자. 모든 걸 제 자리에 갖다 놓자.

천석이 우왕좌왕 하는 마음을 어쩌지 못하고 있을 때 현순의 목소리가 들려왔다.

"정말 고마워요, 지훈이 보호자로 나서줘서. 바로 알려주지 그랬어요. 그래도 내가 엄마잖아요. 자식이 저러고 사경을 헤매고 있는데, 난 그것도 모르고."

현순이 힘겹게 숨을 몰아쉬며 말하고 나자 천석이 현순의 눈치를 살피며 입을 연다.

"… 그… 그… 그래도 실종 신고를 해 놔서. 지… 지…지훈이 수술을 빨리 할 수 있었어."

"당신한테 신세만 지네요."

"… 신… 신… 신세는. … 남… 남 박사님이 지…지켜보자고. 저… 저러다가 깨어 날 수 도 있다고. 젊… 젊은 애니까 기다려 보자고. 지… 지금으로서는 그게 최선이라고. 지… 지훈이 꼭 깨어날 거야."

"그래야죠. 지훈이는 그럴 거예요."

현순이 단호한 어조로 말했다.

천석은 때는 지금이라고 생각한다. 모든 걸 밝히자고. 그 마음을 먹는 순간 현순의 음성이 들린다.

"이제 그만 가 보세요. 지훈이 곁에는 제가 있을 거예요."

"… 괜… 괜찮아."

"바쁜 일도 많잖아요. 어서 가 보세요."

"괜찮다니까. 지훈의 일보다 더 중요한 일이 어디 있다고."

천석은 말을 더듬지 않고 말했다.

'진실 앞에서는 그 어떤 일도, 용서 받을 수 있을 것이다.'

천석은 스스로를 다독인다. 용기를 내기 위해서.

"어머니도 아세요? 지훈의 일?"

"… 아직."

"말씀 드리지 마세요. 걱정만 끼쳐드려서요."

"알았어. 근데… 저."

천석이 진실을 말하기 위해 용기를 내어 입을 열었다. 현순은 잔뜩 겁먹은 얼굴로 천석을 바라본다. 천석은 차마 입을 열지 못한다. 현순은 모든 일을 자신의 탓으로 돌리고 있을 것이었다. 절대 남의 탓을 하지 않는 사람이었다. 어머니가 그렇게 뭐라고 해도 배시시 웃는 게 다인 사람이었다. 20년 동안 살아온 세월이 그냥 있는 시간이 아니었다. 손에 닿을 수 없는 것을 손에 넣고자 애를 태우는 것이 사람의 심리인 모양이었다. 성애를 가졌다고 행복한 것이 아니라는 것을, 그때는 알지 못했었다. 성애와 지낼수록 현순에 대한 그리움이 컸다. 지훈에 대한 죄책감으로 잠을 이루지 못했다. 그래서 성애와 호적 정리도, 결혼식도 미루고 있는지도 몰랐다. 채워지지 않는 목마름은 성애가 아니었다. 바로 가족이었다.

천석의 휴대폰이 울린다.

성애다.

천석은 성애의 전화를 받기 위해 몸을 돌린다.

"응."

"어머, 당신 목소리가 요즘, 왜 그래? 힘이 하나도 없네. 무슨 일 있어?"

"음, 그냥. 조금 피곤해서……."

"그럼, 일찍 퇴근 해. 나, 지금 집 근처에 다 왔어. 아니면 내가 당신 사무실 앞으로 갈까?"

"아… 아냐."

천석은 성애가 앞에 있기라도 한 것처럼 손을 내젖는다.

"알았어, 일찍 갈게."

"가사 도우미에게, 저녁 반찬 뭐 해 놓으라고 할까?"

"됐어. 끊어."

성애는 천석의 목소리가 사라지자 고개를 갸우뚱거린다. 분명 무슨 일이 있다. 감정을 속일 줄 모르는 천석은, 그제 밤부터 잠을 이루지 못하고 뒤척이었다.

'무슨 일이 있는 게 맞는데……'

성애는 고개를 갸웃거리며 생각하다가 청담동 사거리에서 직진 신호를 받지 않고 자동차를 돌린다. 우회전을 하기 위해 끼어든다. 천석의 사무실로 가 보면 알 수 있을 것이다. 요즘만 같으면 세상 사는 재미가 그만이다. 실컷 쓸 수 있는 돈과 언제나 자신의 편인 천석이 든든하게 버티고 있어서이다. 돈이란 얼마나 좋은가. 요양원에 있는 아버지도 특실로 옮겨놓게 하겠다. 요양보호사는 자신이 쥐어주는 용돈에 입이 함지박만 하게 벌어졌다. 요양보호사는 아버지의 몸을 자신의 몸처럼 돌봤다. 그게 돈의 위력이었다. 한 가지 마음이 쓰이는 게 있다면…… 천석의 호적에 등재되지 않고 있는 것이다. 그렇지만 호적정리도 곧 하게 될 것이다. 청담동의 안주인이 되는 일만 남았다.

전 남편에게 이혼을 당한 것도 돈 때문이 아닌가. 자신에게 돈만 많았으면 이혼을 당하지 않았을 것이었다. 애틀랜타에서 전 남편과 골프장의 청소부터 시작했었다. 차곡차곡 돈이 싸여갔다. 애틀랜타의 외곽에 집도 장만했다. 두 아들은 건장하게 자랐다. 하루에 2, 3시간씩 잠을 자며 일궈낸 것이었다. 전 남편 몰래 아버지의 생활비를 보내다가 탄로 난 것이, 불화의 시작은 결코 아니었다. 그때 이미 전 남편에게 다른 여자가 있었다는 것을 몰랐을 뿐이었다. 위자료로 받은 돈이 바닥을 보일 때쯤 한국행을 결심했다. 이유는 고향으로 돌아가고 싶은 향수병이 시작이었다. 그 이면에는 두 아들에 대한 섭섭함도 있었다. 부모와 자식 간의 일도, 자신들과 엄격하게 구분 짓는 두 아들 앞에서, 애틀랜타에 남아 있을 아무런 이유를 찾지 못했다. 부모와 자식 간이라는 핏줄에 의한 천륜보다는 개인의 삶을 존중하는 사고 방식은 자신의 자식들이 아니었다. 뼈 속까지 이미 미국인이었다. 알코올에 힘을 빌려 손목을 굿고자 할 때 문득 천석이 떠올랐다. 죽기 전에 꼭 한 번만 보고 나면 아무런 여한도 없을 것 같았다. 하필 그때 천석이 떠올랐는지는 알 수 없었다. 아마도 그것은 사랑받고 싶은 사랑에 대한 목마름이었을 것이다. 첫사랑이라는 이름을 가진 천석으로 해서 목숨을 부지한 그날부터 초등학교의 동창회를 통해 천석에 대한 소식을 수소문했다.

천석은 자신의 전화에 한동안 말을 잇지 못했었다. 그저 보고 싶어서 한국에 잠깐 들어왔다는 자신의 말을 천석은 믿지 못했다. 천석이 앞에 천석과 사랑을 맹세하며 커플로 맞춘 목걸이를 내놓았다. 천석은 더 이상 감정을 숨기지 못했다. 그대로 무너졌다. 자신을 품에 안았다.

성애는 천석의 사무실이 보이자 파우치 안에서 화장품을 꺼낸다. 콤팩트로 꼼꼼하게 얼굴을 토닥인다. 입술에 붉은 립스틱으로 포인트를 준다. 민소매 차림인 검정 블라우스에 옆단이 길게 트인 검정 치마를 입은 성애의 입술이 검정색과 조화를 이루어 육감적으로 보였다. 자동차를 주차시킨 성애는 천석을 놀래킬 요량으로 사무실로 들어가기 위해 문 앞에 선다.

성애를 본 김 소장이 쪼르륵 달려온다.

"아이고, 이 더운데 나오셨어요."

"네. 별일 없죠?"

"아이고. 그럼요. 저야 뭐… 형님 지금 안 계신데요. 어쩐 일로?"

김 소장의 말에 성애의 붉은 입술이 달싹거린다. 왼쪽 눈썹이 꿈틀거린다. 성애의 모습을 보며 김 소장은 마음이 편치 않다. 현순이 성애로 해서 쫓겨났다는 생각 때문이었다. 지훈이가 천석의 자식이 아니라는 사실에, 김 소장도 벼락을 맞은 대추나무처럼 한동안 맥을 추지 못했다. 하지만 아무리 생각해 봐도 현순이 불쌍했다. 현순을 맨 몸으로 쫓아낸 억순이 미웠다. 돈이 중한 세상이지만 지금까지 현순이 억순을 어떻게 보필했는지를 잘 알고 있었다. 그런 사람을……. 돈은 무서운 것이다. 김 소장은 그 모든 일이 성애 때문에 벌어진 것 같다.

"어머, 내 정신 좀 봐. 그이가 약속 있다고 한 걸 깜박했네."

성애는 손에 들고 있는 선글라스를 끼며 김 소장을 향해 고개를 까닥한다.

"다음에 봐요."

"네. 들어가세요."

성애가 엘리베이터 안으로 들어가는 것을 보며 김 소장이 꾸벅 인사를 한다. 김 소장이 사라지자 성애는 선글라스를 벗어 손에 들고 흔들며 혼자 말을 한다.

"재밌는 사람이네. 분명 사무실에 있다고 하고선."

주차장으로 내려온 성애는 천석에게 전화를 넣는다. 몇 번의 신호음이 울리고서야 풀이 죽은 천석의 목소리가 흘러나왔다.

"응, 왜?"

"당신, 사무실에서 나왔어."

"아니, 아직. 일이 덜 끝나서. 조금 있다가 가려고."

"그래. 얼마나 걸릴 것 같아?"

"한 시간은 걸릴 것 같은데, 왜?"

"아냐. 알았어."

천석의 전화를 끊은 성애는 서둘러 집으로 향했다. 현관문을 열고 들어가자 억순은 보이지 않는다. 화자가 주방에서 고개를 빼꼼히 내밀고 쳐다보다가 고개를 돌린다. 화자의 행동에 화가 치민다. 다녀왔냐는 인사 한 마디가 없다. 무시하는 게 틀림없다. 화자를 다잡기로 결심한 성애는 "냉수 한 컵만 가져 와, 내 방으로." 하고는 2층으로 올라간다.

성애는 화자가 자신의 말을 듣지 않을 거라는 걸 알고 있었다.

"오매 참말로, 시방… 불 앞서 묵을 음식 허느라 사람잡을 판인디. 따라마시믄 되지라. 뭐 땀시 개지고오라는겨. 오매, 참말로. 베기싫다베기싫다 허믄 베기싫은 짓꺼리만 헌다드니 딱, 그짝여."

화자가 성애를 향해 중얼거리며 주걱을 휘휘 젖는다. 화자는 지금 콩죽을 쑤고 있는 중이다. 억순이 때문이다. 억순은 도통 입맛을 찾지 못하고 있었다. 웬만한 일에는 눈썹 하나 까딱하지 않는 억순이었다. 앓아눕는 법도 별로 없었다. 그 정도로 강인한 억순이 현순의 일을 겪으면서 바싹 여위었다. 상심이 큰 모양이었다. 그런데다가 지훈이마저 집을 나가자 머리를 싸매고 누워버렸다. 보기 딱했다. 현순에게 모질게 굴 때는 그렇게 믿더니만 이제 현순이 미웠다. 사람의 탈을 쓰고 남의 자식을 배 안에 담고 천석과 결혼을 해서는 안 되는 일이었다. 그러고 보니 남편과 현이를 시골에 놔두고 돈을 벌기 위해 억순의 집에서 가사 도우미를 하고 있는 자신의 삶이 훨씬 나은 것도 같았다. 돈이 다가 아닌 것이다. 세상에서 제일 큰 걱정이 돈 걱정인 줄 알았다. 돈이 없어도 가족과 화목하게 사는 것이 최고인 것 같아, 화자는 주걱을 젓는 손목에 힘을 준다. 찹쌀이 콩 국물과 어우러지면서 점점 뽀얗게 변해 간다.

화자가 목에 두르고 있는 수건으로 이마에 흐르는 땀을 훔치는데, 성애의 소리가 귀청을 때린다.

"내가 한 말 잊어버렸어?"

"오매매 아고, 귀때기야. 참말로, 비지도 않은 아그 떨어지것소, 이잉. 참말로 시방."

"뭐야?"

"오매, 참말로. 은제 정짓간에 들어왔당가요?"

"지금 그게 중요 해. 물 갖고 오라고 했잖아."

"오매, 참말로. 시방 지가 놀간됴. 아, 콩죽 쑤는 거 안 베인다요. 그 눈은 뒀다가 머한데여? 멋낼라고 만들러 놨놔비네."

"지금 뭐라고 했어?"

"지가 뭐라고 씨부렸는디요. 오매 참말로 주댕이가 주책바가지란께. 아, 쫌 기시쇼, 잉. 몸땡이는 하나딘 워쩐대여. 휘젓다가 안저어뿌면 죄다 숯검댕이처럼 타버리는디."

"날도 더운데, 왜 큰 소리를 내고 난리들이야?"

억순이 주방으로 들어서면서 두 사람을 향해 소리를 질렀다.

"아무것도 아니에요, 어머니."

"아무것도 아닌데, 큰 소리를 내."

"오매, 참말로… 큰 사장님이 입맛을 통 못찾으시니께… 콩죽 쑤느라고 안 그요. 그라느라 찬물을 못갔다줬당께요. 날이 참말로 오지게 더운께 목도 탔것지라우. 쪼께 지다리쇼, 잉. 다 쒀 가니께 2층으로 후딱 갖다줄텐게요, 시방."

성애는 화자의 말에 입을 다문다. 본전도 못 찾은 기분이다. 더구나 화자는 억순의 입맛을 되찾아주기 위해 콩죽을 쑤고 있는 것이다.

"처음부터 그렇게 말했으면 내가 뭐라고 해."

"오매, 참말로. 말 헐 새나 쥇간디요? 시방, 참말로."

"시끄럿. 머릿속 사나워."

억순이 이마에 손을 대며 말하고는 주방에서 나가는데, 현관문을 여는 소리가 들린다. 성애가 쪼르륵 달려간다.

"그이에요, 어머니."

성애의 말에 억순은 방으로 들어가려다가 소파에 앉는다. 기운이 없다. 어지럽다. 밥 한술을 뜨고 나면 배 속이 싸했다. 화장실에 가서 비워내는 일이 허다하다. 잘못 먹은 것도 없다. 그래서 억순은 천석에게 내일 남 박사의 스케줄이 어떤지 알아봐 달라고 하기 위해 소파에 앉은 것이다.

천석은 거실로 들어서다가 소파에 앉아 있는 억순을 보고
는 "다녀왔습니다." 하며 주춤거린다.

"남 박사한테 전화 넣어서, 낼 시간 어떤지 물어 봐."

천석은 깜짝 놀라며 억순에게 묻는다.

"… 예에… 왜? 왜요??"

"왜는 무슨 왜? 병원 가려고 그러지."

"… 그러니까 왜, 병원에 가시려고 그러느냐고요?"

"배앓이가 나서 진찰 받아보려고 그런다, 이놈아. 뭘 그렇
게 꼬치꼬치 따져 따지길. 날도 더워 죽을 판인데, 집안에
있는 것들은 싸움박질이고."

억순의 말에 천석이 성애를 쳐다본다.

"현이 엄마하고 싸웠어?"

하고 천석이 성애에게 물었다.

"싸우긴. 화자 씨와 커뮤니케이션이 안 되는 바람에 잠깐
서로 오해를 해서."

성애의 대답에 천석은 한숨을 내쉰다. 모든 것이 엉망이
되어 있다. 한심한 눈빛으로 성애를 바라보던 천석은 억순에
게 "씻고 내려올 게요." 하고는 몸을 돌린다. 성애가 천석의

뒤를 따라 2층으로 올라가는 것을 보며 억순은 고개를 절레절레 혼든다. 아무리 생각을 하고 또 해 봐도 성애는 이 집의 안주인으로서 적합하지 않다. 무엇 하나 마음에 드는 것이 없다. 돈 쓰는 재주만 있다. 성애에게 살림을 맡겼다가는 머지 않아 쪽박을 찰 것만 같다. 성애의 친정아버지의 병원비야 그렇다손 치더라도 성애에게 아들이 둘이나 있다고 했다. 성애의 두 아들이 관광차 곧 한국에 들어온다는 이야기를 천석에게 들었을 때 눈앞이 캄캄했다. 지금까지 일궈놓은 재산이 성애의 두 아들들에게 넘어갈 것만 같아서였다. 이 노릇을 어쩔 것인가. 천석에게서 성애를 떼어놓아야 하는데 방법을 모르겠다. 갖은 불안감이 억순의 마음을 휘젓는다.

*

억순은 화자의 부축을 받으면서도 몸을 가누지 못하고 있었다. 실어증에 걸린 노인처럼 입을 떼지 않고 있는 억순을 보며 화자는, "수술 자알 됐다고 헌게요, 시방 이잉. 참말로." 했다. 억순은 대꾸가 없다. 지훈이가 중환자실에 누워 있다는 소식을 천석에게서 듣는 순간 억순은 힘없이 주저앉았다. 오래된 토담이 무너져서 부스스 내려앉는 한 줌의 흙 같았다. 화자가 "오매, 참말로. 불쌍한 지훈이 워쩐댜." 하며 훌쩍거리는 소리에 억순은 생시에 곁에 있는 것도 모자라 꿈속까지 나타나느냐고 화자에게 소리라도 지르고 싶은 심정이었다.

지훈의 소식을 듣게 된 건 성애 때문이었다. 성애는 천석이 사무실을 비운 것을 두고 천석에게 집요하게 캐물었다. 천석은 지훈의 일을 성애에게 말하기 싫었다. 자식에 대한 일이었다. 아무리 성애를 얻기 위해 자식을 버린 비정한 아버지였지만, 생사의 갈림길에 서 있는 자식 앞에서는 가슴을 치고 후회했다. 피눈물을 쏟았다. 돌이킬 수 없다는 것도 잘 알았다. 하지만 지훈의 일만큼은 자신 혼자서 감당하고 싶었다. 어머니에게도 더 이상의 심려를 끼치고 싶지 않은 마음이기도 했다.

천석은 성애에게 친구들과 당구를 쳤다고 둘러댔다. 성애는 당구를 함께 친 친구의 전화번호를 알려달라고 떼를 썼다. 친구들과의 사이를 끊어놓기로 작정을 했냐고 따지는 천석에게 성애는 당구장으로 가서 확인해 보자며 천석을 잡아끌었다. 천석은 다른 핑계를 찾지 못했다. 우물거렸다. 그때서야 성애는 자신이 사무실에 갔었던 일을 천석에게 털어놓으며, 왜 거짓말을 하느냐고 다그쳤다. 천석이 우물쭈물거리자 성애는 벌써 다른 여자가 생겼냐고 몰아쳤다. 악에 받친 사람처럼 분노하는 성애 앞에서 천석은 지훈의 일을 숨길 수가 없었다.

억순은 2층에서 들려오는 성애의 큰 소리에 노발대발했다. 천석의 방문을 열어젖히었다. 둘 다 집에서 나가라고 소리치는 억순에게 성애는 지훈의 이야기를 꺼내 들었다. 그제야 억순은 남 박사에게 전화를 넣으라는 말에 천석이 기겁을 하며 펄쩍 뛰던 일이 떠올랐다.

'그 어린 것이… 무슨 잘못을 했다고, 얼마나 가슴이 아프고 슬프고 고통스러웠으면 뇌사에 빠졌을까. 지훈아, 이 할미가 잘못했다. 잘못했어.'

억순은 중환자실 앞까지 오는 내내 그렇게 자신을 질책하며 가슴속으로 통한의 눈물을 쏟았다.

현순은 억순이 들어서자 놀란다.

"어… 어머니!"

억순은 자신을 부르는 현순을 노려본다. 이 모든 일의 단초가 바로 현순으로 해서 시작된 것이다. 실컷 두들겨 패고 싶

다. 욕이라도 배부르게 해 줘야 옳다. 그런데…… 20년이라는
세월 동안 현순이 해 주는 음식을 먹고 살았었다. 현순이 세탁
해서 새로 깔아주는 침대 시트와 이불, 베개에 얼굴을 묻고는
행복해서 몸을 떨었었다. 아니 이런 며느리를 보내준 신에게
큰 절을 올리고 싶었다. 무시당하며 서럽게 살아온 날들에
대한 포상을 받는 기분이었다. 혼수로 부른 배를 들이밀고
들어왔다고 악다구니를 쳤지만, 그것이 현순에 대한 사랑법
이었다. 현순에게 그 어떤 경우에도 한 푼의 재산을 주지 않아
도 된다는 각서에 도장을 찍게 했지만, 현순이 있어서 이 많은
재산을 두고 죽어도 마음이 놓일 것 같았다. 십 원 짜리 하나
속이는 법이 없었다. 친정집에 돈을 빼돌린다고 지르는 소리
에도 현순은 그저 웃었다. 빼돌릴 돈도 주지 않았다. 그럴
돈도 없다는 걸 잘 알았다. 그걸 알면서도 그랬다. 그만큼
믿었기 때문이었다. 자식인 천석이보다 현순이 더 미더웠다.
　"오매, 참말로. 신발짝으로라도 신으시쇼, 잉. 시방."
　억순은 화자의 말에 맨발인 것을 알아차린다. 화자가 신으
라는 대로 발을 들어 신발을 꿰찬다.
　"넌 뭐하는 물건인데. 애를 이 지경으로 만들어 놔."
　사력을 다해 외치는 것 같은 억순의 소리가 복도를 가른다.

"죄… 죄, 죄송해요, 어머니."

"오매, 참말로. 지훈이 저라는 게 워디 작은 사모님 탓이라고 그랬싸요, 시방."

"넌 주뎅이 닥쳐."

"야."

화자는 뒤로 물러나며 짧게 대답했다. 상황이 중대한 지경이라는 걸 알기 때문이다. 더 이상 현순을 옹호했다가는 억순이 정신줄을 놓을지도 모른다는 생각이 들기도 했다. 지훈이 천석의 자식이 아니라는 것을 알면서도 지훈을 품에 끼고 있던 억순이었다. 지훈은 억순에게 있어 바로 목숨이었다. 그걸 잘 알고 있는 화자는 사시나무처럼 떨고 있는 현순이도 측은 했지만 억순이 더 가엾게 느껴졌다.

"자식을 싸질러 놨으면, 잘 보살펴야지. 이 지경이 되도록 뭘 했느냐고."

억순은 악을 쓰며 자신의 가슴을 마구 두드린다. 덜덜 떨고 있는 억순이 앞에서 현순은 고개를 들지 못하고 있다. 지훈이 친손자가 아니라는 것을 알면서도 여기까지 달려온 억순이다. 그 심정이 어떻겠는가.

"어머니!"

"내가 왜? 네 어머니야. 날 부르지도 마. 더러 우니까."

"어머니."

억순이 현순을 밀쳐버린다. 그 바람에 현순이 검불처럼 풀썩 주저앉는다.

"어머니라고 부르지 말라고 했지."

억순이 현순의 등짝을 가차 없이 갈겨대며 소리 지른다.

"뭘, 잘했다고 지훈일 저렇게 만들어???"

"오매, 참말로. 시방… 사람을 왜 패싸고, 그라요. 패싸길, 시방."

화자가 현순을 막아선다.

"비켜. 내, 지훈이만 보고 그냥 갈려고 했는데. 저 낯짝을 보니까 열불이 나. 너 때문에 우리 집도 풍비박산이 났어. 알아?? 너 어쩔 거야??"

억순은 있는 힘을 다해 화자를 밀친다.

현순의 멱살을 잡아 일으킨다.

"너, 내 손에 죽고 싶지 않거든, 지훈이 살려 내. 네, 목숨 팔아서라도."

억순이 악을 쓰며 현순을 잡고 흔들어대자 천석이 현순에게서 억순을 떼어낸다.

"엄마, 제발 좀 이러지마. 그만 해."

"뭐가 어째. 네가… 네 놈이 지금 내 심정이 어떤지 알아. 네 놈이 저지른 일 때문에 애먼 내 가슴이 어떤지 생각이나 해 봤냐고?"

"어머니 진정 하세요. 이이도 속이 상해서 그러겠죠. 다 지난 일이고. 남 박사님한테 먼저 가 보는 게 순리 아닐까요."

억순은 성애의 말에 대꾸하지 않고 옷매무새를 가다듬는다. 남 박사를 먼저 보고 온다는 게 이리로 온 것이다. 현순을 보자 속에 담고 있는 화를 자신도 모르게 터트린 것이다. 씩씩거리는 억순을 부축해 천석이 복도를 걸어 나가는 것을 보며, 화자가 현순을 일으켜서 의자에 앉힌다.

"오매, 참말로. 사럼꼴이 위째 이란다요. 굶었는 갑소. 쪼매 기시쇼, 잉. 목 칙일 거라도 사들고 올틴게, 시방."

화자가 종종 걸음으로 엘리베이터 앞으로 가자 성애가 현순 앞에 앉으며 방긋 웃는다.

"사람 팔자 시간문제라더니, 그 말이 맞네요. 어머니를 앞세우고 날 찾아왔을 때가 엊그제 같은데. 입장이 바뀌었네요, 안 그래요?"

성애가 현순 앞으로 턱을 바투 들이밀며 물었다.

현순은 성애의 얼굴을 쳐다보다가 흠칫한다. 성애의 목에 걸려 있는 목걸이의 메달 때문이었다. 20년 전의 그날 밤, 성폭행범의 목에서 잡아챈 메달과 똑같다. 현순은 자신도 모르게 성애의 목걸이를 향해 손을 뻗는다.

10. 연자매를 목에 걸고,
   깊은 바다에 빠진다 하더라도

명주는 만들어 놓은 밑반찬을 찬통에 담다가 휴대폰을 집어 든다. 더 이상 망설여서는 안 될 것 같다. 현순이 처한 현실을 도울 수 있는 사람은 호철뿐이다. 현순은 천석에게 지훈의 병원비까지 신세져서는 안 된다고 했다. 현순의 입장을 충분히 이해할 수 있다. 자신이라도 그럴 것이었다. 천석에게 그토록 헌신적인 사랑이 있었다는 게 놀라웠다. 현순과 지훈을 위해 천석이 20년 동안 입을 함구한 채 비밀을 지키고 살았다는 것에는 존경심마저 들었다. 천석은 신의를 지킬 줄 아는 사람이었다. 남자였다. 부끄럽지 않은 사람다운 사람이다.

명주는 현순이 천석을 택할 수밖에 없었다는 사실을 알았을 때 경악했었다. 운명이란 것은 거부할 수 없는 어떤 불가사의한 일인 것도 같았다. 한 사내의 추악한 욕정으로 인해 많은 사람들이 운명이라는 굴레 앞에 승복해야만 했다. 그 운명이라는 사슬에 묶여 희생양이 된 건 결국 지훈이었다.

호철은 명주의 전화를 반갑게 받는다.

"선배님, 안녕 하세요. 손 명주예요."

"네, 명주 씨! 더위와 잘 싸우고 있죠?"

"네, 선배님! 휴가는 다녀오셨나요?"

"아직요."

"명주 씨는요?"

"가야 되는데, 일이 생겨서 못갈 것 같아요."

명주는 현순의 이야기를 꺼내기 위해 일이 생겼다고 직접적으로 말했다. 명주의 예상대로 호철이 물어왔다.

"왜? 무슨 일 있어요?"

"… 네. 저… 선배님!!"

"네, 명주 씨! 무슨 일이든 얘기 해 봐요."

"오늘 시간 어떠세요? 저랑 잠깐 갈 곳이 있는데…….."

"어디요? 저녁에는 일이 있어요. 지금은 괜찮아요."

"지금 가요. 선배님이랑 꼭 가야 해요."

"그러죠. 어디서 볼까요? 명주 씨!"

"한국병원이요. 병원 앞에서, 오후 한 시 어떠세요?"

"병원 앞에서요?"

"네, 선배님. 뵙고 말씀 드릴 게요, 모두 다요."

"알겠어요, 명주 씨. 그럼, 그곳에서 봐요."

"네, 선배님."

명주는 호철과 통화를 끝내고는 휴대폰을 가방에 넣는다. 팔걸이를 하며 생각에 잠긴다. 현순의 모습을 있는 그대로 보여주는 게 호철이 이해하는 데 있어 훨씬 빠를 것이다. 그래서 이 방법을 택한 것이다. 성폭행으로 현순이 겪었을 고통, 아니 지금 이 순간에도 겪고 있을 현순의 고통을 자신이 얼마큼이나 느낄 수 있다고, 이해할 수 있다고 말할 수 있는가. 그 생각에 미치자 청소년들을 상담하던 지난 일들이 떠올랐다. 청소년들이 상담해 오는 내용 중에는 성폭행을 당한 소녀들도 있었다. 친척 오빠나 삼촌, 의붓아버지, 하물며 친아버지와 친오빠에게 성폭행을 당한 소녀들의 절규에 상담을 한답시고 앉아 있는 자신이 어른이라는 것이 부끄러웠었다. 그 소녀들 앞에서 무슨 말을 해야 할지 막막할 때가 많았다. 소녀들은 자신들이 겪은 고통을 쏟아내며 울었다. 그 소녀들과 함께 울어주고, 그 소녀들이 눈물을 닦을 수 있는 손수건을 손에 쥐어주며 잊어야 한다고. 그래야 그 고통에서 그 기억에서 빨리 벗어날 수 있다고, 틀에 박힌 말로 위로했다. 그 말들이 위로가 되는지조차 가늠이 되지 않았다. 그 말밖에 할 수 없었다. 그 이면에는 산산이 부서진 영혼 앞에서는 그 어떤 말도 도움이 되지 않는 다는 걸 알고 있기 때문이었다. 고통이란 것이, 고통스런 기억이 시간이 흐른다고 잊어지는가. 세월이 흐를수록 더 각인되는 고통은, 고통스런 기억을 붙잡고 끊임없이 영혼을 갉아댈 것이었다. 현순이도 마찬가지일 것이다. 현순은 성폭행으로 지훈이 잉태되었다는 이야기를 고백하며 경련을 일으켰다. 마치 그날 그 시간에 있는 것처럼 발작하는 현순을 품에 꼭 안아주었다.

명주는 두 손으로 자신의 가슴을 싸안는다.

현순을 품에 안 듯.

현순은 날개가 꺾인 새처럼 무더운 여름날인데도 바들바들 떨고 있었다. 이 모든 사실을 호철이 바로 알아야 한다. 호철만이 갈기갈기 찢어진 현순의 영혼을 조금이라도 회복시킬 수 있을 것이다.

호철은 병원 입구에서 명주를 찾느라 두리번거린다. 명주가 자신에게 할 말이 있다는 것이 궁금했다. 그 안에는 알수 없는 어떤 불안감도 있었다. 아니 불안감보다는 뭐라고 표현할 수 없는 어떤 기운 같은 것이었다. 새벽녘에 눈을 떴을 때 무심코 바라본 창문에서 느껴지는 서늘함 같은…….

명주의 모습은 아직 보이지 않는다.

호철은 명주를 찾다가 벤치로 시선을 보낸다. 아내가 앉아있던 벤치이다. 13년 전에 세상을 떠난 아내는 언제나 화사한 사람이었다. 갑상선에 생긴 종양이 뇌로 전이되었다는 진단이 나왔을 때는, 손을 쓸 수 없는 지경에 이르러서였다. 항암 치료를 받으면서도 곱게 화장을 한 아내를 보며, 어떻게든 견뎌내어 살아 달라고 살아서 평생을 함께하자고…… 마음속으로 빌고 또 빌었었다.

아내가 떠나던 그 날은 이른 아침부터 내린 눈이 소복하게 쌓여 있었다. 날씨는 포근했다, 봄날처럼.

아내는 딸기 주스가 먹고 싶다고 했다. 딸기 주스를 사가지고 돌아왔을 때, 아내는 여전히 벤치에 앉아 있었다. 주스병을 흔들며 아내 앞에 섰다. 아내의 고개가 비스듬했다. 그 순간 아내의 이름이 떠오르지 않았다. 부부만이 부를 수 있는

'여보'라는 단어조차 생각나지 않았다. 기억해낸 것이 '윤이 엄마'였다. "윤이 엄마." 하고 불렀다. 아내는 고개를 들지 않았다. 아내의 어깨를 슬쩍 건드렸다. 하나의 낙엽이 소리 없이 떨어지듯 아내의 몸이 힘없이 옆으로 쓰러졌다.

"선배님!"

호철은 명주가 부르는 소리에 아내에 대한 기억에서 벗어난다. 벤치에 머물러 있는 시선을 거둔다.

"어, 왔어요."

"네, 선배님! 그냥 여기 앉을까요. 병원 안은 시끄러워서요."

"그래요, 선배님!"

"무슨 일이에요?"

"… 저, 선배님!"

"네, 명주 씨!"

"… 사실은……."

명주가 호철을 똑바로 바라본다.

"무슨 일인데요?"

호철이 명주의 시선을 피하며 물었다.

명주가 입을 연다.

"현순이 때문이에요."

"… 누… 누구요?"

호철은 가슴 안에서 일고 있던 서늘함이 바로 현순이었다는 것에 놀라며 물었다. 순간 명주는 호철의 눈매가 바르르 떠는 것을 본다. 현순이라는 이름에 당황하는 기색이 역력하다.

"현순이?"

잠시 말을 멈춘 호철이 다시 물어왔다.

"네, 현순이요."

"… 그… 그 사람이 왜요?"

호철은 말까지 더듬으며 교정에서 본 현순을 떠올린다. 고운 모습이었다. 20년 전과 다름없는 것 같은 현순에게 무슨 일이. 호철은 긴장되는 마음을 누그러뜨리기 위해 깊은 숨을 몰아쉰다. 가슴속에서 일고 있는 서늘함이 깊은 숨에 묻혀 나온다.

"에둘러서 말씀 드리지 않고, 솔직하게 얘기할 게요. 현순이한테서 전화가 온 건 지난 달 초쯤이었어요. 십만 원만 꿔 달라고 했어요. 한 번도 그런 일이 없었거든요. 십만 원을 보내줬는데, 그때부터 연락이 안 되는 거예요. 이상했어요.

걱정이 되서 천석 선배한테 전화해서는 거짓말로 물어봤어요. 현순이가 휴대폰을 받지 않아서 그러는데, 현순이 집에 있느냐고요. 집 전화로 해 볼까 한다는 제 말에 천석 선배가 펄쩍 뛰었어요. 집에 전화하지 말라고요. 무슨 일 있느냐고 했더니, 현순이가 친정집에 가 있다고 했어요. 그래서 가 봤죠. 현순이 없었어요. 현순이 왔다간 지 한참 됐다고, 현순이 어머니가 그러시더라고요. 오히려 제게 현순이 별일 없느냐고 물어보면서 전화도 되지 않고 해서 걱정 중이라고요. 이런 일이 한 번도 없었어요. 아무래도 무슨 일이 있구나 싶었어요. 에라, 모르겠다 하는 마음으로 현순의 집 전화번호를 눌렀어요. 일하는 현이 엄마가 전화를 받아서는 현순이 없다면서, 지훈이 엄마 잘 보살펴주라고 하더라고요. 이제 여기 전화해도 소용없다고요. 무슨 일 있느냐고 물었더니, 자기는 아무것도 모른다고 하면서 끊었어요. 현순이를 찾기 위해 현순이한테 수없이 전화를 하고 문자를 남기고 하는 중에 지훈이를 만나게 됐어요."

"지훈이요?"

"네, 현순이 아들이요."

"그런데요?"

긴장한 얼굴로 묻는 호철을 바라보며 명주는 현순의 일을 하나도 빠짐없이 설명했다. 현순이 왜, 호철을 버리고 천석과 결혼을 할 수밖에 없었는지에 대해서도. 현순이 천석과 이혼을 하게 된 배경까지도.

명주의 긴 이야기가 끝나자 호철은 넋이 나간 사람처럼 명주를 바라보고 있다.

'그랬구나. 그랬었구나. 그래서 나를 떠났구나. 그것도 모르고?'

호철은 빈병에서 나는 것 같은 소리로 자신에게 물었다.

명주는 멍한 눈빛으로 앉아 있는 호철을 지켜보다가 부른다.

"선배님."

호철은 명주의 물음에 정신을 가다듬는다.

"그 사람 지금 어디 있습니까?"

호철의 물음에 명주가 기다렸다는 듯 대답한다.

"여기요. 바로 이 병원에 있어요."

"여기 병원이요? 왜요? 그 사람 어디가 잘못된 겁니까?"

호철은 떨리는 음성으로 한꺼번에 질문을 쏟아냈다.

"현순이 아들, 지훈이가 이 병원 중환자실에 있어요."

"아들이, 중환자실에요?"

"네, 선배님."

"어디가 아파서요?"

호철이 안타까운 눈빛으로 물었다.

"일하다가 쓰러져서 뇌를 다쳤어요. 수술은 잘 됐는데, 아직 깨어나지 못하고 있어요. 뇌사 상태예요."

호철은 얼굴을 벅벅 문지르다가 떨리는 목소리로 묻는다.

"… 내가, 내가… 뭘… 뭘… 뭘, 해야 되죠? 명주 씨?"

호철은 떨리고 있는 가슴을 진정시키지 못한다.

"저도 잘 모르겠어요. 하지만 지금 현순이 곁에 있어야 하는 사람은 선배님밖에 없다는 생각이 들었어요. 그래서 연락을 드린 거예요."

명주의 말에 호철은 떨리는 마음을 진정시키려는 듯 주먹을 쥔 손에 얼굴을 묻는다. 현순이 그런 끔찍한 고통을 안고 있는지는 생각지도 못했다. 성폭행을 당해 스스로 자신의 곁을 떠난 줄은 상상도 못했다. 그것도 모르고 현순을 사랑한 그 기억들을 놓지 못해서 사랑의 기억을 저주했다. 그리움에 몸부림치며 현순을 원망하고 또 원망했었다. 현순이 겪은 고통과 충격에 비하면 그 얼마나 하찮고 부질없는 몸부림이었던가.

호철이 벌떡 일어섰다.

"가요, 그 사람한테."

하고 말한 호철은 앞장서서 뚜벅뚜벅 걷는다. 갑자기 나타난 자신으로 해서 현순의 입장이 곤란해져도 상관없다. 현순이 곁에 있을 것이다. 현순의 힘이 되어 줄 것이다. 현순을 지킬 것이다.

호철은 명주를 따라 휴게실로 들어선다. 호철의 시선이 한곳에 붙박인다. 현순은 구석진 의자에 앉아 벽에 기댄 채 눈을 감고 있다. 초라한 행색이다. 몹시 지쳐 보인다.

"전 나가 있을 게요."

하며 명주가 휴게실을 나가는 것을 본 호철은 현순이 곁으로 간다. 현순의 숨소리가 지척에서 들린다.

'아, 현순아!'

호철은 20년 만에 가까이서 해후하는 현순을 마음속으로 불러본다.

현순은 따스한 기운이 자신을 감싸고 있는 것 같아 눈을 뜨기가 싫다. 뭐랄까. 아버지의 훈김 같은 따스한 기운이 감돌고 있다. 아버지의 무릎에 앉아 있는 것처럼 포근하다. 한없이 감미로워서 잠이 들면, 헤어 나오지 못할 깊은 잠에 빠질 것만 같다. 이 느낌에서 빨리 벗어나야 한다. 어제의 상태와 다르지 않은 지훈이 곁을 지켜야 한다. 명주가 지훈을 지킨다며 집에 가서 쉬다 오라고 했다. 듣지 않았다. 자식을 지키는 건 어미가 해야 하는 것이다. 지훈이 깨어나서 어미를 찾으면 바로 달려가야 하는 것이다. 자식이 있는 곳에 어미가 있어야 한다.

현순은 따사로운 기운에 잠이 쏟아지는 것을 물리치며 눈을 뜬다. 봄날에 피어오르는 아지랑이를 보듯 마주친 호철의 눈을 들여다보며 생각한다. 호철과 참 많이도 닮은 사람이라고. 기억을 해 서는 안 되는 사람인데도 그렇다. 사랑하는 사람에 대한 기억은 누가 알려주지 않는데도 자동적으로 반응한다. 호철에 대한 어떤 빌미만 주어지면 기억이란 것은 즉각적으로 작동하기 시작한다. 누군가가 이런 자신의 마음을 훔쳐본다면 얼마나 한심하게 여길까. 자식을 저 지경으로 만들어놓고도 과거의 연인을 떠올리고 있는 철면피 어미라고. 몹쓸 여자라고.

사랑이라는 것을 기억 속에서 지워야 한다.

사랑이라는 그 쓸데없는 것을.

현순은 화장실로 향한다. 세면대에 부착된 수도꼭지를 튼다. 얼굴에 물을 끼얹는다. 그래도 호철의 모습은 사라지지 않는다. 텅 빈 것 같은 하늘에 무수히 뜬 별을 헤며 윤동주의 시를 읊어준 청년을 기억하고 있는 사랑이란 거대한 괴물은, 자신이 처한 상황과는 상관없이 자신을 농락한다.

호철은 현순이 돌아오기를 기다린다. 휴게실 문 쪽을 바라본다. 잠시 눈이 마주쳤는데도 현순은 자신을 알아보지 못하는 것 같았다. 현순이 나타나면 먼저 손을 내밀 것이다. 다시는 잡은 손을 놓지 않을 것이다. 20년 전 그날에 알았더라면……. 어떻게 현순에게 그런 일이. 생각하는 것만으로도 이렇게 끔찍한데, 현순은 오죽했을까.

스무 살 꽃 같은 나이에.

'아, 현순아. 그것도 모르고 나는 너를 원망하고, 원망하다가 잠이 들고. 눈을 뜨면 또 너를 원망하고. 그때 캐물었더라면. 나를 떠난 이유를. 아, 현순아.'

호철은 고개를 떨어뜨린다. 현순을 지키지 못했다는 자책이 밀려온다. 지키기는커녕 수렁 속으로 밀어 넣었다.

"… 저……."

호철은 고개를 든다. 현순이 서 있다. 점점 확장되어 가는 현순의 동공을 보며 호철은 의자에서 일어난다.

"… 맞네요. 선배님이."

"……."

"여기에, 무슨 일로?"

"……."

묻는 말에 대답이 없는 호철을 바라보다가 현순이 고개를 돌린다. 호철의 목소리가 들린다.

"명주 씨에게 이야기 다 들었어요."

현순이 입을 뗀다.

"그래서요? 선배님?"

"모르겠어, 나도. 그렇지만 한 가지는 분명해. 다시는 혼자 놔두지 않겠다는 거요."

현순은 '다시는 혼자 놔두지 않겠다는 거요.'라는 호철의 그 말을 곱씹어 본다. 지금까지 억누르고 살아온 날들이 순식간에 사라지는 것 같다. 고아인 줄 알았는데 부자 아버지가 나타난 것 같다. 부자 아버지로 해서 자신을 업신여기고 무시한 사람들이 다시는 자신을 업신여기지 않을 것이라는 우쭐함마저 든다. 모두들 우러러볼 것이다, 자신을. 든든하다.

현순은 냉정하게 잘라 말한다.

"아뇨, 선배님. 저, 지금까지 잘 살아왔어요."

호철은 현순이 말하는 소리가 날카롭게 들려와 흠칫하며

입을 뗀다.

"갑자기 나타나서 이런 말밖에 할 수 없어서 미안해요. 뭐든 내게 말해요. 혼자 애태우지 말고."

"네, 그렇게 할 게요. 그러니까 이제 그만 돌아가세요."

"안 갈 거요. 절대 혼자 놔두지 않을 거요. 절대로……."

"여긴 병원 휴게실이에요. 불편해지고 싶지 않아요. 그럴 만한 기운도 없어요. 돌아가 주세요, 선배님. 부탁이에요. 제발요."

호철은 간곡하게 말하는 현순의 깊게 패인 쇄골을 본다. 가냘픈 어깨는 바들바들 떨고 있다. 비에 젖은 한 마리 작은 새끼 새처럼. 20년이라는 세월을 저렇게 살았을 것이었다. 숨죽인 채 두려움 속에서 얼마나 힘들었을까. 얼마나 고통스러웠을까. 얼마나 참담했을까. 얼마나 아팠을까. 얼마나 외로웠을까. 서러웠을까.

반드시 잡아낼 것이다, 현순을 저렇게 만든 범인을. 방법을 가리지 않을 것이다. 기필코 밝혀내서 죄를 물을 것이다. 상처로 얼룩진 현순의 영혼이 조금이라도 치유가 되게 할 것이다.

명주는 상기된 표정으로 병원에서 나오는 호철을 보며 근심이 가득한 얼굴로 묻는다.

"현순이 많이 놀랐죠?"

"그런 것 같아요."

"왜 안 그러겠어요. 안 그러면 그게 더 이상하죠."

"명주 씨가 현순이 잘 돌봐줘요. 무슨 일이든 어려워 말고 나한테 의논해 주고요. 명주 씨 계좌 알려줘요. 현순이가 쓸 돈을 넣어 놓을 게요. 내가 준 돈이라고 하지 말고요. 현순이가 돈 때문에는 걱정 안 했으면 좋겠어요. 지훈이 병원비도 그렇고."

"고마워요, 선배님! 선배님 말씀대로 할 게요."

"명주 씨, 현순이 혼자 두지 말고 함께 있어줘요."

"네, 선배님. 현순이한테 많이 혼날 것 같아요."

"명주 씨가 그런 입장이라면 현순이도 그랬을 거예요. 명주 씨 마음, 이해할 거니까, 겁내지 마요."

"네, 선배님!"

"현순이 잘 부탁해요."

명주는 호철을 향해 고개를 끄덕인다. 사랑하는 사람이었다면, 사랑하는 사람이라면, 그 사람이 어떤 경우에 놓일지라도, 사랑만으로 바라다 봐야 하는 것이 사랑일 것이다. 사랑은 그 어떤 계산도 없이, 오직 사랑이라는 그 이름에 걸맞게 모든 것을 아낌없이 주는 것이 사랑이리라.

호철이 현순을 사랑하는 마음을 생각하며 명주가 휴게실로
들어서자 현순은 미동 없이 앉아 명주를 맞이한다. 그 모습이
처연해 보여서 명주는 울컥한다. 갑자기 나타난 호철로 해서
많이 놀란 모양이었다.

명주는 현순 곁에 앉으며 입을 연다.

"나 반찬 만드는 재주 없는 거 알지? 맛없어도 그냥 먹어."

현순이 피식 웃으며 고개를 끄덕인다.

"맛있을 거야. 네 솜씨 내가 아는데. 고마워, 잘 먹을게. 근
데 명주야 앞으로는 반찬 해 오지 마. 너도 힘들고, 그걸 먹어
야 하는 나도 힘들고."

"무슨 말이 그래?"

"미안해, 명주야. 지훈이는 저러고 있는데. 난 먹고 자고,
눈을 뜨고. … 화장실 가고. 어떻게 엄마가 이럴 수 있어?
난 엄마도 아냐."

"그렇지 않아, 현순아. 부모를 땅에 묻고도, 자식을 잃고도,
먹고 자고 화장실에 가. 아무리 가슴이 아프고, 고통스럽더라
도 살아야 하니까. 부모에게서 받은 목숨을 함부로 해서는
안 되는 거니까."

현순은 명주의 말에 한숨만을 내쉰다. 현순의 깊은 숨소리가 지축을 흔들 것처럼 크게 들린다.

명주는 겁이 덜컥 난다. 만약 지훈이가 잘못되면 현순이도 그리 될 것만 같다는 생각이 들어서였다. 절대 그런 생각을 해서는 안 된다고. 우리 함께 살아가자고. 그 이야기를 해야 되는데 입이 달라붙은 것처럼 떨어지지 않는다.

"명주야, 그 사람 왔다갔어. 호철 선배. 아닌 줄 알았어. 눈앞에 보이는 사람이 호철 선배라는 걸 알았을 때, 나 어땠는지 아니?"

"어땠는데?"

"온통 따스했어. 세상이 환했어."

"그랬어. 호철 선배, 이제 네 옆에 있을 거야."

"그래선 안 돼."

"왜?"

"그냥."

"그러지 마, 현순아! 서로 사랑하잖아."

"다, 지난 일이야."

현순은 고개를 흔들며 완강하게 부인한다. 호철과 다시 이어져서는 안 된다. 아무리 사랑하고 있다고 해도, 그래서는

안 된다. 그건 두 사람의 관계만 이어지는 것이 아니다. 그
안에는 성폭행으로 남아 있는 자신의 상처도 고스란히 함께
해야 하는 것이다. 과거의 인연은 과거로 남겨두어야 한다.
과거의 인연으로 해서 또 다른 상처를 호철에게 줄 수는 없다.
그것이 사랑에 대한 예의이다.

"혹시 천석 선배 때문에 그래?"

명주의 물음에 현순은 대답하지 않고 자리에서 일어난다.

"그만 돌아가. 너도 좀 쉬어야지. 로비까지 데려다 줄게."

"계집애 하고는. 알았어. 그래, 지금 당장 뭘 어떻게 한다는
것도 우습지. 잘 생각해 봐. 나오지 마. 또 올게."

명주는 현순을 뒤로하고 휴게실 문을 밀친다.

*

현순은 지훈을 바라보고 있다. 지훈이 이렇듯 누워 있는
것이 석 달 하고도 열흘째인 오늘, 지훈을 떠나보내기로 했다.
지훈의 장기는 필요로 하는 이들에게 기증하기로 했다. 여덟
명의 환자들이 지훈의 심장과 폐, 신장, 췌장, 각막 등으로

새로운 삶을 살아갈 것이다. 하지만…… 이런 일 앞에 서게 될 줄은 몰랐다, 자식의 생명줄을 끊어야 하는 상황과 마주하게 되리라고는.

남 박사는 조심스럽게 자신의 생각을 피력했었다. 지훈의 연명치료를 중단해야 된다고. 가족 중 누군가는 나서야 한다고. 그것이 지훈이를 편안하게 해 주는 거라고. 모든 만물은 결국 흙으로 돌아간다고, 언젠가는. 그러나 자신도 이렇게 젊은 청년 앞에서는 흔들린다고. 과연 연명치료를 중단하는 것이 옳은가 하고.

현순은 남 박사의 말에 수긍하지 못했다. 완강하게 반대했다. 그러나 시간이 흐를수록 지훈을 힘들게 하는 것은, 바로 자신일지도 모른다는 생각이 들었다. 자신의 욕심으로 지훈은 이승의 삶도 아닌 저승의 삶도 아닌 경계에서 고통스러운 나날을 보내고 있을 것 같았다. 지훈을 편안하게 해 주기로 했다. 지훈의 장기를 기증하기로 결정을 한 것도 따지고 보면 자신의 욕심일 것이다. 세상 어딘가에 있을 지훈과 함께이고 싶은 마음에. 하지만 지훈이도 자신이 한줌의 재가 되어 흙으로 돌아가는 것보다 여러 생명을 구할 수 있는 장기 기증에 기쁜 마음으로 찬성할 것이다.

현순은 지훈의 손을 잡는다. 한없이 따뜻한 지훈의 손을 잡고 따라갈 수만 있다면……. 지훈과 떠나고 싶다. 아니, 지훈을 따라가야 된다. 지훈의 손을 잡고서 같이 가야 한다. 지훈이 어둡고 침침한 길로 가지 않고, 따스한 햇살이 비추는 밝은 길로 갈 수 있게, 지훈의 길잡이가 되어 주기 위해서라도 같이 가야 한다. 아, 그러나 혼자 지내시는 어머니를 두고 목숨을 끊을 수도 없다. 어머니에게서 받은 목숨을 자식을 잃었다고 해서, 그 목숨을 준 어머니를 두고 마음대로 죽을 수 없다. 자식을 둔 어미는, 어미를 둔 자식이기도 하기에 질긴 목숨을 이어가야 한다. 목숨이 다 하는 날까지 살아야 된다.

병실 문을 두드리는 소리에 현순은 눈물을 훔친다.

호철이 들어서고 있다.

호철은 매일 지훈의 병실을 방문해 주었다. 호철이 때문에 현순은 지금 이 시간을 견디어내고 있는지도 몰랐다. 지훈이를 떠나보내는 오늘, 호철에게 자신의 심정을 솔직하게 이야기 하고 싶다.

"잠깐, 앉아요."

하고 현순이 호철을 올려다보며 말했다.

호철이 고개를 끄덕인다.

현순은 호철이 의자에 앉자, 입을 연다.

"그동안 고마웠어요. 곁에 있어줘서…… 힘이 됐어요."

호철은 현순이 입을 열었다는 것이 고마워서 미처 대답할 말을 찾지 못한다. 도통 입을 열지 않던 현순이었다. 병원을 오가며 현순의 언저리를 돌다가 돌아갔다. 휴게실에서 눈을 감고 앉아 있는 현순을 바라보는 것이 성당에서 무릎을 꿇고 앉아 있는 현순을 훔쳐보는 것이 다였다. 그렇게라도 현순이 곁에 있고 싶었다.

"오늘 지훈일 보내려고요. 더 이상 지훈이를 붙들고 있지 않으려고요. 그리고 이거……."

현순은 호철이 앞에 현금카드를 내놓는다.

"쓸 일이 없었어요. 지훈이 아빠가 다 해 줘서."

천석은 지훈이에게 들어가는 모든 비용을 감당하고 나섰다. 그러지 않아도 된다는 자신의 말을 무시했다. 지훈을 특실로 옮긴 것도 천석이었다. 천석에게 신세만 지는 것 같아 하늘을 올려다보는 것조차 부끄러웠다. 자식의 병원비 하나 마련할 수 없이 꼬여버린 자신의 절박함이 천석의 호의를 마냥 거부할 수만은 없었다.

"마음을 굳게 먹어요. 그 말밖에 할 수 없는 나요. 그리고 그 카드는 혹시 모르니까, 그냥 갖고 있어요."

"아니에요, 선배님."

"부담 갖지 말아요. 누구나 해야 되는 일이오. 사람 목숨 앞에서는. 결과가 좋았다면 이루 말할 수 없겠지만, 지훈이가 꼭 떠나야 한다면…… 지훈이의 장기를 이식 받은 이들이 지훈이로 살아가는……."

호철은 목이 메여와 말을 끊는다. 만약 윤이에게 이런 일이 생긴다면 윤이의 장기를 기증할 수 있을까. 어려운 일이다. 그 일을 현순이 하려고 한다.

"네. 우리 지훈이 원래 그런 아이였어요. 상대를 배려하느라 자신이 힘든 건 참고. 어려운 집안의 친구들을 집으로 데려와서는 옷도 주고. 모자도 주고. 운동화도 주고. 냉장고에서 먹을 거 전부 꺼내고. 한 번은 새로 산 운동화를 같은 반 친구한테 준다며 허락해 달라고 해서 물었어요. 네가 제일 아끼는 이 운동화를 줘야 하는 이유가 있느냐고요. 사 놓고서 아낀다며 신지 않고 있던 운동화였거든요."

현순의 입가에 엷은 미소가 번진다. 지훈이가 친구에게 운동화를 준다는 그 시간 앞에서, 지훈과 마주 앉아 있는 사람처럼.

호철은 숨을 죽이며 현순의 말에 귀를 기울인다.

"그때 그 운동화가 청소년들에게 한참 인기 있던 운동화였거든요. 운동화 준다는 그 친구를 이 동네에서 만났는데, 버린 운동화를 줍고 있더래요. 운동화가 낡아지면 이 동네로 운동화를 주우러 온다는 친구의 말을 듣고는 그냥 있을 수 없다면서……."

거기까지 말을 마친 현순이 숨을 죽이며 흐느끼다가 입을 열었다.

"그뿐만이 아니에요. 아버지와 단 둘이 살고 있는 친구의 아버지가 갑자기 돌아가셨는데, 집안이 어려워서 장례조차 치를 수 없었어요. 지훈이 나서서 반 친구들과 장례를 치렀어요. 우리 지훈이는 그런 아이예요. 누가 뭐라고 해도 지훈이는 죄 없는 깨끗한 아이예요."

호철은 현순의 이야기를 들으며 탄식한다. 그날 밤에 원두막에 갔더라면…… 현순이가 이리 된 것도, 지훈이가 장기를 기증하고 떠나야 하는 것도 모두가 자신 때문이다. 호철이 자신을 탓하며 괴로워하고 있을 때 천석은 병원으로 달려오고 있었다. 무슨 일이 있어도 지훈의 연명치료를 중단하지 않을 것이다. 그러기 위해서는 지훈의 아버지로 돌아가야 한다. 그래야만이 막을 수 있다. 현순은 자신에게 더 이상 지훈의 일에 신경 쓰지 말라고, 잘라 말했다. 냉정하게 말하는 현순 앞에서 아무 말도 하지 못했다. 이치는 그랬다. 현순과 이혼도 했다. 지훈을 두고 친자식이 아니라고 가족들 앞에서 떠들었다. 그런 마당에 무엇을 가지고 지훈의 연명치료를 중단해서는 안 된다고 할 수 있는가. 지훈의 아버지로 돌아가야만이 의견을 낼 수 있는 것이다. 그 마음을 안고 현순을 만나기 위해 병실로 달려온 천석의 두 눈이 휘둥그레진다. 호철과 나란히 앉아 있는 현순 때문이다. 천석의 눈빛이 증오심과 질투심으로 어우러진다. 얼굴 표정이 일그러진다.

"같이 있었네."

천석의 격앙된 말투에 호철이 의자에서 일어난다.

"천석아!"

호철이 천석을 부르며 손을 내밀었다. 천석은 호철의 손을 잡지 않는다. 말할 수 없는 질투가 봇물처럼 터진다. 주먹이 쥐어지면서 저절로 힘이 들어간다.

"그렇지 않아도 만나고 싶었어. 할 이야기도 있고."

"… 무… 무엇 때문에?"

호철은 천석의 물음에 현순의 눈치를 살피다가 묻는다.

"차 마실 시간 되나?"

"… 그… 그럼."

하고 대답한 천석은 현순을 쳐다보며 이야기한다.

"나, 올 때까지 지훈이 건드리지 마. 기다려 줘. 할 이야기가 있어."

현순에게 그렇게 말한 천석은 호철의 뒤를 따른다. 호철은 근처에 있는 카페로 향하면서 천석에게 묻고 싶었던 이야기를 꺼내든다.

"봉화로 농활 갔던 마지막 날, 밤에 말이야. 내가 분명 누군가에게 원두막에 가서 현순이를 데리고 오라고 했었는데, 누군지를 모르겠어. 작은 실마리라도 찾고 싶어서…… 변호사는 20년 전의 일이라서 범인을 잡는 일은 쉽지 않을 거라고 해. 그래도 난, 꼭 그 놈을 잡아서 응징할 거야."

호철은 스스로에게 다짐하듯 힘주어 말했다.

정 변호사는 증거도 없이 20년 전의 성폭행범을 잡는 일이란 사막에서 바늘을 찾는 것보다 더 어려울 것이라고 했다. 호철은 정 변호사의 이야기를 들으며 생각했었다. 사막에서 바늘을 찾는 것보다 더 어려운 일을 해결하고 말 것이라고.

"… 그… 그래야지."

하고 말하는 천석의 어깨를 호철이 감싸 안는다.

"우리, 20년 만이다."

"…그… 그래."

하고 대답한 천석이 호철을 따라나선 것은 현순에게, 지훈의 연명치료 중단을 막아달라는 부탁을 하고 싶어서였다. 현순이 호철의 말은 들을 것 같았다.

천석과 카페로 들어온 호철은 실내를 둘러본다. 이 카페는 아내가 항암치료를 받는 동안 자신이 앉아 있던 쉼터였다. 창가에 앉아 창에 비추는 햇살을 보며 항암치료를 받고 있는 아내를 기다렸다. 그 시간 속에서도 현순의 얼굴이 시도 때도 없이 떠오르곤 했다. 고개를 털어 현순의 얼굴을 지우다가 지운 얼굴이 그리워 이내 그려보곤 했었다. 그러다가 항암치료가 끝났다는 아내의 문자에 현순의 얼굴을 밀어내며 일어난 카페의 창가는 햇살이 한 가득이었다. 그날처럼, 카페의 창가는 햇살이 가득 차 있다.

호철은 의자에 앉는 천석을 보며 묻는다.

"뭐 마실까?"

"… 아… 아무거나."

"난, 아메리카노 마실 건 데… 같은 걸로 할까?"

"그… 그렇게 해."

"따뜻한 걸로?"

"그… 그러지, 뭐."

커피를 주문한 호철은 천석의 얼굴을 물끄러미 본다. 서로의 어깨를 두들겨주며 응원하던 친구 천석이 현순과 결혼했을 때 배신감에 몸을 떨었었다. 천석을 죽이고 싶었다. 끔찍한 사고로 천석이 이 세상을 떠났다는 비보를 접하고 싶을 정도였다. 천석에 대한 그 모든 기억을 차단하고 살았었는데……자신이 알고 있었던 대로 천석은 신의를 지킬 줄 아는 친구임에 틀림없었다. 천석을 오해한 자신이 한없이 부끄럽다. 천석에게 죄인이다.

"천석아!"

호철은 천석을 불러놓고 다음 말을 잇지 못한다.

천석은 넓적다리를 손으로 연신 비벼댄다. 두 다리는 마구 후들거린다.

"미안해, 천석아! 정말 미안해. 하마터면 목숨을 내놓아도 아깝지 않을 벗을 잃을 뻔 했어. 친구를 오해했어. 못난 날 용서해 줘."

"… 무… 슨 용서를."

"진심이다."

호철은 천석의 손을 마주잡는다.

천석은 어쩔 줄 몰라 한다. 슬그머니 손을 빼며 묻는다.

"… 나 부탁 하나만 해도 돼?"

"응. 뭐든, 말해 봐."

호철이 잔을 들어 커피를 한 모금 마시고는 천석을 바라본다.

천석은 부탁하는 어조로 입을 연다.

"… 지훈이 엄마 문제 그냥 덮고, 지훈이 연명치료를 중단하는 것부터 말리는 게 우선 아닐까? 호철이 네가 좀 말려 줘. 지훈이 이대로 보낼 수 없어. 지훈이 깨어날 거야. 응, 부탁 해."

천석은 진심을 다해 호철에게 말했다. 천석이 지훈을 끔찍하게 사랑하는 마음이 호철에게 그대로 전해진다. 천석은 지훈이 자신의 자식이 아닌데도 친아버지처럼 지훈을 놓지 못하고 있다. 지훈이 천석의 친자식이 아니라는 사실은 중요하지 않다. 지훈은 천석의 아들인 것이다.

"처음 명주 씨한테 지훈이 엄마 이야기 들었을 때, 내 자신에게 약속했어. 반드시 범인을 잡겠다고. 난, 무슨 일이 있어도 범인을 잡아낼 거야. 증거도 찾아낼 거고. 그 마음은 변치 않아. 그리고 지훈이 문제는 지훈이 엄마인 현순이 결정한 일이야. 내가 나서서 뭐라고 할 수 있겠어. 오히려 천석이 네가 자격이 있지. 지훈이를 키워준 네가. 지훈이는 네 자식이니까."

호철의 말에 천석이 따지듯이 묻는다.

"그럼, 넌 우리 지훈이 연명치료를 중단시키는 데 동의하는 거야?"

"내가 무슨 자격으로……."

"호철이 네가 말리면, 지훈이 엄마가 들을 거야. 도와 줘. 난 반대야. 우리 지훈이 반드시 깨어날 거야. 난 확신해."

천석은 한 마디도 더듬지 않고 호철에게 애원했다.

호철이 고개를 끄덕이며 한숨을 내쉰다.

천석은 호철의 손을 잡는다.

"도와줘. 우리 지훈이 이대로 보내지 않게."

호철은 간절한 눈빛으로 도와달라고 사정하는 천석의 눈빛을 바라본다. 지훈에게는 친부의 존재보다는 천석이 그 이상의 존재일 것이었다. 지훈에 대한 천석의 숭고한 사랑이 호철의 가슴을 적신다.

"천석아! 내가 네 친구라는 게 참 감사하다. 지훈이가 설령 못 깨어나고 이대로 떠난다 해도, 네 그 마음을 충분히 알고 갈 거야. 난 확신해."

호철의 말에 천석이 벌떡 일어났다. 그 바람에 탁자가 몹시 흔들린다. 호철이 탁자의 양쪽을 잡는다. 천석이 흥분된 어투로 소리친다.

"아니. 우리 지훈이 안 떠나. 절대로. 지훈이 연명치료를 중단할 수 없어. 막을 거야, 내가."

천석은 호철에게 소리를 지르고는 카페를 나왔다. 자연적으로 갈 지(之) 자 걸음이 걸어졌다. 이제 자신이 저지른 죄가 들통이 날 것이었다. 20년 전의 증거는 바로 지훈이 아닌가. 그래도 좋다, 지훈이의 목숨 줄을 끊지 않을 수만 있다면.

천석은 비틀비틀거리며 지훈이 누워 있는 병실로 들어선다. 병실에서는 현순이 지훈을 끌어안은 채 이야기를 하고 있었다.

"지훈아! 고마워. 그리고 미안해. 이 못난 엄마의 자식으로 태어나줘서. 너를 임신했을 때 죽고 싶었어. 내 배 안에 네가 자라고 있다는 게 끔찍했어. 너와 함께 목숨을 끊으려고 했지.

그때, 아빠가 너와 날 구해 줬어. 널, 친자식으로 여기고 사랑해 준 아빠 말이야. 아빠가 아니었으면 너와 난 지금 이 세상에 없었을지도 몰라. 아빠 때문에 우리가 지금까지 살았던 거야, 사실은.

엄마는 널 키우면서도 원두막에서의 그 일이 떠올라서 한순간도 마음 놓고 살 수 없었어. 무섭고 두려워서…… 그래도 살 수 있었던 것은 지훈이 네가 있기 때문이었어. 널, 낳은 것이 얼마나 잘한 일인지…… 아빠 때문에 널 낳게 되었지만. 엄마는 아빠가 남편이라기보다 은인이었어. 엄마는 아빠한테 평생 갚아도 못 갚을 빚을 지고 있어. 넌, 그랬지. 엄마 자신을 위해서 살아가라고. 가족들을 사랑하는 것처럼 엄마 자신부터 사랑하라고. 엄마는 나 자신보다 어떻게 하면 우리 가족을 더 많이 사랑할까, 하며 살았어. 너를 있게 해 준 고마운 가족이니까.

지훈아! 이제야 고백하는 엄마를 용서해 줘. 미안해!! 그런데 지훈아! 오늘 또 엄마가 너한테 용서를 청할 일을 저질렀어. 너를 보내기 위해 이 엄마가…… 그래서 너한테 마지막 인사를 하려고.

지훈아! 우리 이 세상에서 제일 멋진 이별을 하자. 절대 울지 말자. 울면서 하는 인사 말고, 웃으면서 초콜릿처럼 달콤한 이별을 하자. 지훈아, 우리 웃으면서…….”

현순은 더 이상 말을 잇지 못하고 흐느낀다. 살아가면서 목숨이 다하는 그날까지 자식을 떠나보낸 원통한 마음을 울려고 했다. 그 길만이 자식을 지키지 못한 죄를, 죽어도 용서받지 못할 어미가 할 도리라고 생각했다. 그러나 작별 인사를 고하는 이 시간, 눈물이 앞을 가린다. 이별이 어떻게 달콤할 수 있을까. 이별은 결코 달콤한 이별이 될 수 없다. 가슴이 천갈래 만갈래로 찢어진다 한들, 이렇게 아플까.

현순은 그 마음을 누르며 수건으로 지훈의 온 몸을 닦기 시작한다. 금방 태어난 아기를 목욕시키듯 발가락과 손가락 사이사이와 마디를, 발톱과 손톱 하나하나를, 발등과 손등, 종아리와 허벅지를, 가슴과 잔등까지를, 귓속과 귓불을, 얼굴과 목덜미를 닦고 만지고 쓰다듬고 어루만지며 정성껏 꼼꼼하게 닦아내다가 지훈을 붙들고 몸부림친다.

천석은 현순의 모습을 보며 눈물을 삼킨다.

‘밝히리라. 진실을. 다 거짓말이었다고. 호철이 나서서 밝히기 전에. 지훈인 내 자식이라고.’

두 주먹을 쥐고 다짐한 천석은 입을 연다.

"… 얘… 얘… 얘기 좀, 해."

"……."

현순은 대답하지 않는다. 천석의 의중을 알고 있기 때문이다. 천석은 지훈이의 연명치료에 대한 중단을 반대하는 중이었다. 막무가내로 고집을 피웠다. 자식이 부당한 일을 당한 것을 보고 맞서는 아버지처럼 천석은 울분을 토했다. 지훈의 연명치료의 중단을 막아섰다.

"얘기 좀 하자고, 제발!!"

애처롭게 사정하는 천석의 말투에 현순이 지훈에게서 벗어난다.

"같은 얘기면 그만해요."

현순이 천석을 바라보며 말했다.

천석은 현순이 뚫어지게 바라보자, 쉽게 말이 나오지 않는다. 지훈을 이대로 보낼 수 없다고. 지훈은 기필코 깨어날 것이라고. 확신이 든다고. 좀 더 기다려 보자는 그 말을 한 번 더 하고 싶다. 용기를 낸다.

"… 지… 지훈이 분명 일어나."

"……."

"그러니까 지훈이 생명 유지 장치 떼지 마."

"……."

"내 말대로 해."

"……."

현순은 대답 대신 깊은 숨을 연거푸 내쉰다.

천석은 현순의 눈동자에 고드름처럼 매달려 있는 눈물을 보며, 재빨리 넓적다리를 손으로 비빈다.

"당신 마음 알아요. 그렇지만 지훈이 보내야 해요. 지훈이 영혼이라도 자유로워지게."

"안 돼. 지훈일 이대로 보낼 수 없어. 절대 안 돼. 지훈이 영원히 안 깨어난다고 해도 그냥 이대로 둬. 뭐든 내가 할 수 있는 거, 다 할 거야. 그러니까 지훈이 놔두자고."

"당신도 잘 알잖아요. 지훈인 이미 의학적으로 산목숨이 아니라는 것을요?"

"나, 그런 거 몰라. 알고 싶지도 않아. 나, 많은 생각하고 이러는 거야. 지훈인 내 자식이야. 당신 자식만이 아니라고. 내 의견에 따라줘."

"……."

"약속해, 얼른."

천석이 힘주어 말하자 현순이 통통 부어 있는 눈가를 문지르고는 입을 연다.

"내가 왜 당신 마음을 모르겠어요. 당신이 지훈이 사랑하는 거 다 알아요. 우리 지훈이 당신 사랑 넘치게 받은 아이예요. 지훈이가 잘 자란 것도 당신이 사랑을 차고 넘치게 주어서예요. 당신은 지훈이에게 있어서 최고의 아버지였어요. 당신은 지훈이에게 할 도리 다 하고도 남았어요. 그러니 이제 우리 모자에게서 벗어나요. 그래야 당신의 삶이 행복해져요. 지훈이도 그러길 바랄 거예요."

천석은 현순의 말을 들으며 눈물을 쏟고 있었다. 가족을 버렸다. 이 세상에서 가장 사랑하고 보듬어줘야 하는 가족을. 용서받을 수 없는 짓을 저질렀다. 용서 받을 수 없어도 좋다. 가족을 되찾을 것이다.

참회의 눈물을 흘리던 천석은 현순에게 애원하듯이 말한다.

"제발, 고집 피우지마. 지훈인 내 자식이야."

"… 고마워요. 그렇게 말해 줘서. 지훈이도 당신의 그 마음을 안고, 기쁜 마음으로 행복하게 떠날 거예요."

"안 돼. 절대로……."

"지훈이를 사랑하는 당신의 마음, 잊지 않을 게요. 진심이에요. 지훈이는 떠나지만 이 세상의 어딘가에서 또 다른 지훈이가 살아가잖아요. 지훈이의 눈이며 장기를 기증받은 이들이요. 당신도 이제, 지훈이를 놔 줘요."

그렇게 잘라 말한 현순이 지훈의 몸을 닦은 수건을 들고 병실을 나가려고 하자, 천석이 현순의 팔을 붙잡아 돌려세운다.

"다… 다… 말할게. 전부 다, 말 할게. 진실을. 그러니까 제발 지훈이 내 곁에 있게 해 줘. 이 모습 이대로 있게."

현순은 젖은 수건을 든 채 의아한 눈빛으로 천석을 올려다본다.

천석은 현순을 성폭행한 사람이 자신이라고. 유일한 증거가 지훈이라고. 지훈의 생명 유지 장치를 떼면 성폭행범을 잡을 수 있는 유일한 단서를 놓치는 것이라고 말할 것이다. 그래야만이 지훈이가 자신의 곁에 있을 수 있다. 평생을 지훈이가 못 깨어난다고 해도 좋다. 자식의 생명줄을 끊지 않을 것이다. 설령 자신이 지은 죄의 대가로 연자매를 목에 걸고, 깊은 바다에 빠진다 하더라도 좋다. 고해할 것이다.

천석은 무릎을 꿇으며 현순을 부른다.

"여……. 여보."

"… 무… 무슨……? 왜, 이러는데요? 일어나요."

현순이 천석을 잡아 일으킨다.

천석은 현순의 손을 뿌리친다. 서슴서슴거리다가, 입을 연다.

"… 당… 당… 당신한테 나쁜 짓을 한 사람이 바로 나요."

현순은 천석이 한 말의 뜻을 이해하지 못한다. 천석이 왜, 무릎을 꿇고 있는지도 모르겠다. 넓적다리를 두 손으로 비비고 있는 천석의 행위에 현순은 천석을 멍한 시선으로 바라본다.

"무… 무엇을?…… 무엇을요?"

"다… 내 잘못이야. 나 때문에 우리 지훈이도 저렇게 됐어. 어떤 벌이든 달게 받을게. 우리 지훈이…… 우리 지훈이 목숨 줄만 끊지 마."

"……."

"지훈인 내 자식이야."

천석은 큰 소리로 말했다. 당당하게.

순간 현순은 성애의 목에 걸려 있던 동그란 메달이 떠오른다. 아닐 것이다. 설마……. 천석이 그럴 리가 없다. 천석은 배 안에 있는 지훈이와 목숨을 끊으려고 할 때 손을 내밀어 준 유일한 사람이었다. 그 따스한 손의 감촉은 영원히 잊지 못할 것이다.

"… 무… 무슨 말인지 나… 하나도 이해가 안 돼요. 내가 이해할 수 있게 말해 줘요?"

"내가 지훈이 친아버지야. 당신한테 몹쓸 짓을 한……."

"……."

현순은 눈은 뜨고 있으나 검은 천으로 두 눈을 가리고 있는 것처럼 눈앞이 캄캄하다. 아무 것도 보이지 않는다. 머릿속에서는 둥둥거리는 북소리가 요란하다. 요란한 북소리 때문에 정신을 수습할 수 없다.

'둥, 둥, 둥 둥, 두두 둥.'

두 귀를 막고 싶다.

제발 북소리가 멈췄으면.

현순은 눈앞에 있는 검은 천을 걷어낸다. 천석이 보인다. 들고 있는 수건을 천석의 얼굴에 힘껏 던진다. 털퍼덕 주저앉는다.

"여… 여보!!!"

천석이 현순의 몸을 잡으려고 하자 현순이 소리친다.

"내 몸에 손 대지 마!!!"

천석이 뒤로 물러나며 흠칫한다.

"날 그렇게 만든 게 한 천석, 너였어? 그래??"

"……."

"왜? 왜?? 왜???"

"… 미… 미… 미안해, 여보. 진작 용서를 빌고 싶었지만 용기가 나지 않아서……."

"나를 그렇게 해놓고. 그것도 모자라 지훈이까지 저렇게 만들어놓고, 이제 와서 지훈이 보내지 말자고. 그러고도 당신이 사람이라고 할 수 있어?"

"잘못했어."

"……."

"미, 미안해."

"……."

"용, 용서……."

"……."

"용서… 용서해 줘."

"……."

"여… 여보."

"… 용서?"

현순은 자조적으로 묻고는 몸을 일으킨다.

병실 문을 열어젖힌다.

"나가. 다시는 내 앞에 나타나지 마. 내 눈에 띠면, 그땐 내가 너 죽여."

천석은 기가 질린다. 현순의 저런 모습을 단 한 번도 보지 못했었다. 천석이 뒷걸음질을 치다가 지훈이 누워 있는 침대에 엉덩방아를 찧으며 주저앉는다. 침대 모서리를 잡고 일어나던 천석은 지훈의 발가락의 움직임에 소스라친다. 천석은 넓적다리를 손으로 비비고는 지훈의 발가락을 쥐어본다. 움직인다. 착각이 아니다. 마치 생명 유지 장치를 떼지 말아달라고 지훈이 신호를 보내는 것처럼 지훈의 발가락이 천석의 손 안에서 꼼지락거린다.

"지… 지훈아!!"

천석은 지훈을 목이 터져라 부른다.

11. 달콤한 이별

현순은 지훈의 머리카락을 손질해 주고 있다.

지훈은 아직까지 자신의 출생한 대한 물음을 현순에게 묻지 않고 있었다. 거짓말처럼 어느 한곳의 후유증도 없이 깨어난 지훈은 건강도 빠르게 회복되어 갔다. 건강을 되찾고 있는 지훈을 보며 남 박사는 자식의 장기를 기증하려고 한 어머니의 마음에 하늘이 감동한 것 같다고 농담을 할 정도였다.

"엄마, 내 머리 이상하게 잘라 논 거 아니지? 바가지를 엎어 놓은 것처럼? 엄마가 나 유치원 다닐 때, 그렇게 잘라 놓았잖아. 내가 좋아했던 하은이가 내 머리 보고 바가지라고 놀렸어. 나 그 순간부터 걔 좋아하던 마음 싹 접었잖아."

"그랬어. 그걸 왜, 이제 말해. 속상했겠다."

지훈은 현순의 말에 피식 웃으며 자신이 깨어나던 날을 떠올린다. 그날 분명히 들었었다. 자신을 이 세상에 있게 해 준 사람이 바로 지금의 아버지라는 것을. 사생아라는 사실이 믿어지지 않았었다. 세상에 많고 많은 일들이 일어나고 또 사라진다 해도 그랬다. 그 수많은 이야기 중에 하필 출생의 비밀이 자신에게도 해당 될 줄은 몰랐었다. 정체성의 혼란으로 삶이 무기력해졌다. 그래도 살아야 한다고 마음을 굳게 다 잡을 수 있었던 것은 자신을 배 안에 품고 있다가 세상에 내보내준 어머니 때문이었다. 자신이 아무리 삶에 대한 슬픔을 분노를 미움을 서러움을 토해낸다 해도 어머니의 삶과 견줄 수 없을 것이다.

아직 많은 삶을 살지는 않았다. 앞으로 어떤 삶이 펼쳐질지도 모른다. 그러므로 앞으로의 삶을 미리 걱정하지 않을 것이다. 설사 지금까지 살아온 날들보다 더 처절한 삶이 펼쳐진다 해도 헤쳐 나갈 젊음이 있다. 자신의 옆에는 어머니가 있다. 자신을 끔찍하게 여겨주고 사랑해 주는 어머니가 있는 한 그 어떤 삶도 두렵지 않다.

"엄마는 이 세상에 한 분밖에, 안 계신 나의 전용 미용사니까."

"기분 좋은데."

"엄마! 고마워. 나를 낳아줘서. 진심이야."

현순은 가위질을 멈춘다. 깊은 숨을 지훈이 들을까 봐 재빨리 내쉰다. 지훈에게 어디서부터 설명해 주어야 상처를 덜 받을까. 그것이 과제이다.

"지… 지훈아, 미안해. 엄마가… 아주… 많이."

"엄마가 왜 나한테 미안해. 그러지마, 엄마. 나 그 어떤 일도 이해할 수 있는 나이야, 스무 살. 그러니까 엄마, 무슨 이야기든 괜찮아. 언제든 엄마가 하고 싶을 때 해."

"그럴게."

현순은 짧게 대답하고는 지훈이 앉아 있는 휠체어를 밀며 욕실로 향한다.

천석은 어제도 지훈이가 좋아하는 시래기국을 보온병에 담아 왔었다. 초췌한 얼굴로 지훈의 곁에 앉아 구워 온 조기의 가시를 발라줬다. 지훈이 밥 한 그릇을 말끔히 비워내는 것을 보며 기뻐하던 천석이었다.

"엄마, 나 있잖아."

현순은 지훈의 젖은 머리를 수건으로 털어주다가 멈춘다.

"응, 뭐? 필요한 거 있어?"

"아니."

현순은 긴장된다.

수건을 쥔 손에 힘을 준다.

"… 저어, 엄마. 나 몸 회복되는 대로 입대하려고."

현순은 '휴우' 하고 안도의 숨을 쉰다. 출생에 대한 물음이
아니기 때문이었다. 그러나 또 다른 아픔이 밀려든다.

"그렇게나 빨리? 몸도 아직 그렇고. 학교도 졸업해야지."

"학교는 제대하고 복학하면 되고. 몸은 오히려 군대 가면
더 건강해질 거야, 엄마. 그러니까 너무 걱정하지 마."

"어떻게, 걱정 안 해?"

"엄마가 내 장기를 기증 하려고 했다며? 연명치료를 중단
하고. 그러니까 엄마, 나 다시 태어난 거야. 앞으로의 삶은
보너스고. 안 그래, 엄마? 봐, 봐. 나 이렇게 건강하잖아."

현순은 지훈이 주먹을 불끈 쥐고는 팔뚝을 위아래로 흔드
는 것을 보며 고개를 끄덕인다. 그렇다. 지훈의 앞으로의 삶
은 덤일지도 모른다. 조금만 아니 단 1분만 늦었어도 지훈은
장기를 기증하고, 이 세상을 떠났을 것이다. 천석이 고집을
피우는 바람에 지훈의 생명을 유지하는 장치를 떼는 것이

늦어졌다. 그러고 보니 지훈이 자신의 배 안에서 자라고 있을 때도, 지훈이 의식을 찾지 못하고 있을 때도, 지훈의 생명줄을 끝까지 놓지 않고 있었던 사람은 자신이 아니었다. 천석이었다.

'아, 지훈아! 네 아버지를…… 이 엄마는 어찌해야 옳을까.'

현순이 마음속으로 지훈에게 그렇게 묻고 있을 때, 병실 문을 두드리는 소리가 들린다. 현순과 지훈의 얼굴이 동시에 문 쪽으로 향한다.

'아빠!'

하고 지훈은 천석을 부르려다가 현순의 눈치를 살핀다. 문이 열린다. 호철이 들어선다. 지훈이 밝은 목소리로 인사한다.

"안녕하세요, 아저씨!"

"응, 지훈아! 어, 머리 깎았구나."

"네, 아저씨."

"머리 자르니까, 더 잘 생겼는데."

"감사합니다, 아저씨!"

호철이 과일이 든 바구니를 지훈 앞에 내려놓고는 지훈의 머리를 쓸어준다.

지훈은 귤, 애플망고, 딸기, 골드키위 등등의 과일을 보며 천석을 떠올린다. 지훈이 즐겨 먹는 키위는 노란 키위가 아니다. 푸른 키위이다. 푸른 키위는 시큼하고 달콤하다. 아버지는 푸른 키위를 좋아하지 않았다. 그래서 지훈은 푸른 키위를 먹을 때마다 시큼하지 않다고 아버지에게 거짓말을 했다. 자신의 말에 속은 아버지는 키위 조각을 입에 넣고는 자식 놈도 믿지 못하겠다고 하며 인상을 잔뜩 찌푸렸었다. 돌이켜보면 아버지는 자신이 하는 거짓말에 일부러 속아준 것 같다.

'보고 싶다, 아버지가. 엄마에게 해서는 안 될 일을 저지른 아버지지만, 자신에게는 더할 나위 없는 아버지이다.'

"지훈아, 잠깐 혼자 있어도 될까? 엄마와 할 이야기가 있어서."

지훈은 천석의 생각에서 빠져 나오며 대답한다.

"그럼요. 걱정 말고 다녀오세요. 전 좀 잘 게요."

"그래도 되겠어?"

현순의 물음에 지훈은 고개를 끄덕인다.

현순은 지훈을 부축해 침대에 눕히고는 호철과 병실을 나왔다.

며칠 동안 바람이 심술궂게 불었었다. 나무에 붙어 있는 나뭇잎들을 모두 털어내려는 듯 했다. 병실 창문 밖으로 보이는 산의 잡목들이 심하게 흔들릴 때마다 현순은 스웨터 깃을 오므렸었다. 바람이 창틈 사이로 들어오는 것도 아니었다. 그런데도 스웨터 깃을 여미곤 했다. 그러나 오늘은 모든 바람이, 바람이 시작된 곳으로 돌아간 것처럼 잠잠하다. 맑은 햇살이 나뭇가지 사이로 얼굴을 비죽이 내밀고 있다.

현순은 호철을 올려다본다. 지훈이와 거처할 집까지 마련해 놓은 호철은 자신에게 그 무엇도 강요하지 않았다. 전염병을 보유한 사람처럼 멀찍이 떨어져서 자신을 바라보고 있었다. 꼭 자신의 그림자 같았다. 그만큼의 거리를 두고 비켜서 있었다. 그 길만이 20년 전의 그날 밤, 원두막에서의 약속을 지키지 못한 용서를, 받을 수 있는 길이라도 되는 것처럼 그랬다. 그러고 보면 자신과 호철, 천석 모두가 그 아련하고도 영롱해야 할 첫사랑의 열병을 혹독하게 치르고 있는 것 같았다.

"난 반드시 당신을 이렇게 만든 사람을 잡아서 죄를 물을 거요. 힘들겠지만 포기하지 맙시다."

"……."

현순은 호철의 말에 부정도 긍정도 하지 않는다.

호철은 대답이 없는 현순을 쳐다본다. 근심이 깊어 보이는 현순의 얼굴이 안쓰럽다. 현순이 무엇을 두려워하는지도 안다. 20년 전의 일을 끄집어낸다는 것은, 현순에게 또 다른 상처가 될 수도 있을 것이다.

"알았어요."

현순이 대답했다.

"혼자가 아니라는 것만 기억해요."

현순은 고개를 끄덕이며 단풍나무로 시선을 보낸다.

'어떻게든 반드시 잡아서 현순이 앞에 무릎을 꿇게 하리라.'

호철은 다짐하며 단풍나무에 시선을 보내고 있는 현순을 바라본다.

현순이 단풍나무에 시선을 둔 채 입을 연다.

"지훈이가 회복되는 대로, 군에 입대한다고 하네요."

"지훈의 생각이 건강하다는 건, 그만큼 잘 견디고 있다는 거요. 나쁜 쪽으로 생각하지 말아요. 지훈이 하는 대로 응원해 줍시다. 그게 지훈이가 빨리 아픔에서 벗어나는 길일 거요."

"모르겠어요. 내가 두려운 것이 무엇인지를……."

"두려워하지 마요, 아무것도. 너무 많은 생각도 하지 말고."

"……."

현순은 호철에게 천석이 지훈의 친부라는 사실을 차마 털어놓지 못한다. 단풍나무에 까치 세 마리가 나란히 앉아 올찬 입질을 하고 있다. 그곳에 머물러 있는 현순의 시선이 떠날 줄 모른다.

호철은 지훈의 옷깃을 여며준다. 이제부터라도 지훈을 윤이와 똑같은 자식으로 여기며 거둘 것이다. 아버지가 누군지도 모르고 태어난 지훈이가 누군지도 모르는 아버지에 대한 기억을 잊을 수 있도록 최선을 다할 것이다. 아버지에 대한 나쁜 기억이 떠오르지 않게 사랑으로 채워줄 것이다.

"감사드려요, 아저씨!"

"감사 인사는 내가 하고 싶은 걸. 건강한 모습으로 다시 태어나줘서."

지훈이 웃으며 호철의 손을 잡는다. 따스한 지훈의 손을 마주잡으며 호철이 미소 짓는다.

"춥지 않아?"

"네. 오늘은 바람도 불지 않고, 햇발도 엄청 따뜻해요."

"지훈이를 위해서 날씨가 이리 좋은 거 같다."

하며 호철은 지훈의 어깨에 담요를 올려준다.

지훈은 호철의 손길을 느끼며 천석을 떠올린다. 자신이 아기였을 때 기저귀를 갈아주는 아버지의 얼굴에 오줌을 품어냈다는 일화는 또 들어도 우스웠다.

"엄마는 몇 시 쯤 오신대요?"

"글쎄. 외갓집에 갔으니까, 시간이 좀 걸리지 않을까."

"외갓집에 무슨 일 있는 거 아니죠?"

"응, 아무 일도 없어. 볼일이 있다고만 했어. 왜? 벌써 엄마가 보고 싶어?"

"네."

"엄마한테 전화 해 줄까?"

"아… 아니에요. 오시겠죠, 뭐."

"그래. 엄마는 조금 있으면 오실 거고. 오후에는 손님이 올 거야. 예쁜 숙녀가……."

"누… 누군데요?"

"왜, 긴장되나? 긴장하지 마. 우리 딸이야. 지훈이가 심심해 하는 거 같아서 우리 딸더러 와서 놀아주라고 했어. 괜찮지?"

윤이는 호철에게 현순과 재혼을 하라고 성화를 부리는 중이었다. 현순을 만나고 난 후부터였다. 현순과 오랫동안 알고 지내온 사람처럼 윤이는 마음이 편하다고 했다. 그 말을 들은 옥실은 인연이란 참 묘하다는 것으로 자신의 의사를 피력할 뿐이었다. 이렇다 할 의견을 내놓지 않았다.

호철은 현순과 지훈이 거처할 집의 집안 인테리어 공사까지 마쳤다. 지훈이 재활치료를 받는 동안 타고 다닐 휠체어가 이동하는 데 있어 조금도 불편한 곳이 없게 세심하게 신경을 썼다. 집안을 둘러본 현순은 말없이 고개를 숙였다. 현순의 미래를 책임지겠다는, 아니면 현순과 재혼을 해서 죽는 그날까지 사랑하고 사랑하겠다는, 그 어떤 말도 하지 않았다. 현순이 자신의 손을 잡으면 잡는 대로, 어깨에 기대 오면 기대 오는 대로, 그렇게 현순을 지키고 싶을 뿐이다. 그렇다고 20여 년 전에 약속한 장소에 가지 못한 잘못을 조금이라도 용서받기를 원해서도 아니다. 사랑하는 사람 현순을, 다시는 혼자 놔두지 않겠다는 생각뿐이다.

지훈을 호철에게 맡겨놓고 친정집으로 온 현순은 창고에 있는 나무상자부터 열었다. 상자 안에는 지난 추억이 묻어 있는 잡다한 물건들이 들어 있다. 그 안에는 성폭행을 당하던 날, 찢어진 원피스 위에 걸치고 온 조끼도 보관되어 있을 것이다. 조끼에는 분명 재성의 이니셜인 JS가 영문으로 표기되어 있었다. 영문으로 이니셜을 넣자고 한 건 명주였다. 이름과 성을 한글로 표기하는 것보다 영문으로 이니셜을 넣는 것이 훨씬 고급스러워 보인다고, 명주가 추가 설명을 했었다. 영문으로 표기되면 세련되어 보인다고, 누군가가 명주의 말을 정정하기도 했다.

현순은 상자 안에서 조끼를 찾아든다. 재성의 이니셜인 JS이다. 20년이 지났는데도 박음질이 선명하다. 20년 전의 그 새벽 재성이의 조끼가 왜 원두막에 있었을까보다는, 그 조끼로 해서 찢어진 원피스 앞자락을 가릴 수 있다는 것만 생각했었다.

명주는 재성을 만났다고 했다. 재성은 자신의 조끼가 작아서, 천석이 조끼와 바꿔 입었다고 하며, 20년 전의 일이지만 정확하게 기억하더라고 했다. 그래서 현순은 친정집으로 달려온 것이었다. 증거는 조끼만이 아니다. 성애와 천석이 사랑의 언약을 하며 맞추었다는 커플 목걸이의 메달도 갖고 있다. 천석이 스스로 죄를 고백하지 않았어도 죄를 물으려면 증거는 얼마든지 있었다. 지훈이다. 이제 천석의 죄를 낱낱이 밝히면 되는 것이다. 천석에게 죄를 물을 것이다. 반드시 죄값을 받게 할 것이다, 천석에게. 아, 그러나 지훈이가 이 사실을 알게 되면…… 지훈이가 받을 상처는.

'아, 지훈아!'

현순은 지훈을 부르며 조끼와 목걸이 메달을 움켜쥔 채 망연히 앉아 있다.

천석은 집 담장을 올려다본다.

울울창창했던 나무들이 찬바람 속에서 빛을 잃은 채 잔뜩 움츠리고 있는 듯했다. 빛바랜 나무들이 자신의 신세 같다. 시선을 거둔다. 한숨만이 끊이지 않고 나온다. 가슴 밑바닥에서 끌어올려 내뱉는 깊은 숨에, 허연 입김이 함께 쏟아진다. 천석은 또 집 담장을 바라본다. 집안으로 들어가고 싶지 않다. 언제부터인가 집안은 사람이 살지 않는 폐가처럼 변했다. 가끔 어머니가 성애를 향해 소리를 지르는 것 외에는 그 어떤 소리도 나지 않는다. 온 집안을 헤집고 다니며 쓸고 닦던 현순이었다. 집안은 언제나 반질반질 윤이 났다. 사람이 사는 냄새가 가득했다. 지훈이 어머니에게 '할머니.' 하고 부르고, 자신을 향해 목청껏 '아빠.' 하고 부르며 쿵쾅거리던 발자국 소리도, 목소리도 들리지 않는 집안은 적막강산이다. 창틀에 앉은 새들도 현순이 이 집에 없다는 것을 아는 듯했다. 지저귀는 소리가 구슬펐다.

화자도 그런 모양이었다.

"참말로, 요상허재. 위째서 참새꺼정도 조잘대는 것이 내처럼 힘이 없을까 잉. 시방, 참말로."

하며 찰조를 던지는 화자를 볼 때마다 천석은 그 자리에 멈춰서서 숨을 고르곤 했었다. 그렇게 소소하고 평범한 일상을 무너뜨린 자신을 수없이 책망하면서.

'지훈의 생명을 유지하는 장치까지 떼어버렸다면.'

천석은 생각만 해도 온 몸에 콩알 같은 소름이 돋았다. 그렇다. 이제는 못난 아버지로 살아서는 안 된다. 현순이 지훈이를 임신했을 때도 용기를 냈다. 아버지의 책임을 다하기 위해 현순에게 손을 내밀지 않았던가. 그것뿐인가. 지옥의 불구덩이에 떨어질 각오로 지훈의 아버지임을 밝혔다. 어머니에게도 진실을 알려드려야 한다.

천석은 억순의 방 앞에서 머무적거리다가 들어간다. 억순이 누워 있다가 몸을 반쯤 돌리며 "왜?" 하고 묻는다.

천석은 넓적다리를 손으로 비비며 "저어… 엄마." 하고 부른다.

"왜?"

하고 못마땅한 표정으로 묻는 억순을 천석은 바라본다.

'어머니 아닌가. 자식의 모든 흉허물을 덮어주는 어머니. 어머니한테 진실을 말하자. 지훈이는 어머니의 친손자라고.'

천석은 그렇게 마음속으로 되뇌이며 억순의 눈치를 살핀다.

"어디 아프세요. 누워만 계시고…?"

"만사 다 귀찮아. 볼일 없음 나가. 참, 지훈이한테 한 번 들여다봤어?"

"… 네."

"회복 잘 돼가는 거지? 낼이나 한번 가볼까. 가서 보면 또 뭐할 거야."

억순이 한탄하듯 말했다.

천석은 침을 끌꺽 삼키며 억순을 부른다.

"저… 엄마!"

"뭐?"

"… 사… 사실은……."

"사실이고, 저실이고… 왜? 쟤 성애한테 또 돈 해 줬냐?"

"아… 아뇨."

하며 천석이 펄쩍 뛴다.

억순은 한숨을 내쉬다가 몸을 일으키더니 답답하다는 듯 가슴을 친다. 억순의 한탄어린 몸짓에 천석은 지훈에 대한 이야기를 꺼내지 못한다. 천석이 망설이고 있을 때, 목소리를 한껏 낮춘 억순의 목소리가 새벽안개처럼 방바닥으로 낮게 깔린다.

"너, 쟤랑 살면 이 재산 하나도 안 남아나. 그러니까 얼른 정리해서 보내고, 황 여사가 말한 여자 선 봐. 딸린 자식 없는 초혼이야. 더 나이 먹기 전에 결혼해서 자식은 하나 낳아야지. 이 집에 대를 아주 딱 끊어 놓을 참이야. 나 죽어서 저 세상에 가면, 조상들을 어떻게 보라고, 네 아버지는 또 무슨 낯짝으로 보냐고? 응, 이놈아? 내가 언제까지 네놈 치다꺼리로 골머리를 썩어야 되냐. 난 죽어도 쟤 못 봐. 그런 줄 알아."

천석은 억순의 호통에 고개만 조아린다. 성애와 정리를 하겠다고 마음먹은 것과는 달리 자꾸만 위축이 된다. 지훈의 이야기는 꺼내 들지도 못한다. 땅이 꺼질 것처럼 한숨만 내쉰다.

"구들장 꺼지니까, 한숨 그만 쉬어. 다 네 놈이 저지른 일이야. 그러니까 빨리 저 돈 귀신이랑 정리해서 새 출발해. 그게 너도 살고 나도 사는 길이야."

"쉬세요."

천석이 몸을 일으켰다. 억순의 방에서 나온 천석은 2층으로 올라가지 못한다. 성애와 마주하는 것이 두렵다. 성애와 해후하지 말았어야 했다. 헤어짐은 한 번으로 족했다. 떠나간 사랑은 그냥 가슴에 묻어야 하는 것이었다. 애닮은 이별을 고한 사랑은 서로를 그리워하며 살아갈 수 있었다. 떠나간 사랑은 사랑으로 남겨두는 것이 아름다운 사랑이었다. 왜 몰랐을까. 사랑에 대하여…… 사랑은 쟁취해야만 된다고 믿었다. 사랑을 쟁취하는 것이 참다운 사랑인 줄 알았다, 어리석게도 이제는 성애에 대한 그리움조차 사라질 것 같다. 그것이 서글프다.

성애는 천석의 눈빛에서 천석이 자신과의 결합을 두고 망설이고 있다는 걸 알아차렸다. 혼인 신고를 해 달라고 떼를 쓴 것도, 천석의 의중을 떠보기 위함이었다. 부러 안달을 부려 보는 몸짓이었다. 무엇인가가 천석의 마음을 흔들고 있다. 분명했다. 죽고 못 살 것처럼 자신과 떨어지지 않으려고 하던 천석이 혼을 빼앗긴 사람처럼 경중거렸다. 속을 모두 비워낸 것처럼 허청거리는 천석의 변화를 보면서 직감했다. 어쩌면 자신이 서울을 떠나게 될지도 모른다는 불안감이 몰려왔다. 예감이기도 했다. 천석의 눈동자에서 타오르던 겉불꽃 같은 불빛이 보이지 않았다. 다 타버려서 재만 남아 있는 것 같은 천석의 눈빛에서 두려움이 몰려온 것도 사실이었다.

현순과 지훈에 대해서 각별한 정을 쏟는 것도 이상했다. 가족으로 묶여 20년이라는 세월을 함께 살면서 쌓아온 정이라고 해도 그랬다. 천석의 하는 짓이 과했다. 그것 또한 그럴 수 있다고 이해한다. 정(情)이란 것이 지우개로 잘못 쓴 글씨를 지우듯 사라지는 것이 아니라는 것도 안다. 그걸 모르겠는가.

'대체 무얼까?'

성애는 손가락 끝을 입으로 물어뜯으며 생각에 잠긴다.

*

2년 후

들들들…… 드르륵. 득, 득, 득.

들들들들들.

드르륵, 드르륵.

득, 득, 득.

득, 득.

들들들들들들······ 드르륵, 드르륵.

재봉틀 소리가 멈추지 않고 들린다. 문 밖에 매달려 있는 호박 등이 깜박깜박 졸고 있다가 재봉틀 소리에 놀라서 고개를 드는 것처럼 흔들린다. 늦은 시간이다. 다른 가게들의 입간판은 모두 불이 꺼져 있다.

빌라로 형성되어 있는 주택가는 도로를 사이에 두고 빌라끼리 마주하고 있어서 사람들의 왕래도 많다. 그러다 보니 길가 쪽의 1층 빌라는 대부분이 가게채로 리모델링을 해서 세를 놓고 있었다. 빌라에 점포들이 늘어나면서 시장통처럼 다양한 가게들이 들어서 있는 이곳에 '순이네'라는 옷 수선집이 문을 연 것은 일 년 전쯤이었다. 그날부터 오늘까지 '순이네' 옷 수선집은 이른 아침이면 제일 먼저 문을 열었다. 또한 늦은 밤까지 불이 꺼지지 않는 집이기도 했다.

들들들.

드르륵.

득, 득, 득.

재봉틀 소리가 멈춘다.

현순은 수선을 끝낸 바지를 들고 재봉틀 앞에서 일어난다. 수선이 끝난 바지를 다림질해서 옷걸이에 걸어놓는다. 다음으로 수선할 옷은 검은 원피스다. 재단부터 해야 한다. 검은 원피스를 탁자 위에 펼쳐놓는다. 옷감을 만져본다. 검은 천의 옷감의 질은 매끄러우면서도 부드럽다. 원통으로 되어 있는 원피스다. 자루 모양의 원피스의 수선을 맡긴 옷의 주인은 마른 체구였다. 그러므로 외소한 체형을 감안해서 수선을 해야 한다. 그렇다면 파인 목 부분을 지금처럼 놔두어서는 안 된다. 변형을 해 주어야 한다. 그래야만이 옷 주인의 마른 체형을 커버할 수 있다. 칼라 스탠드로 바꾸어주면 옷 주인의 이미지가 훨씬 부드러워 보일 것이다. 가슴 라인에 주머니를 다는 것도 좋다. 아니면 앞부분을 블래킷으로 변형을 시켜 오픈하지 않고 박음질을 하는 것도 괜찮다. 소매를 슬리브 블래킷으로 처리하면 옷의 전체적 인 분위기는 우아한 멋을 풍길 것이다. 원피스의 앞부분의 수선은 그렇게 하면 될 것 같았다. 원피스를 뒤집는다. 밋밋하다. 앞부분과 하나로 연결이 된 것 같은 느낌을 주어야 한다. 그러려면 어깨 부분에…… 그렇다, 어깨를 숄더요크로 처리하는 것이다. 다만 천이 모자라지 않아야 한다.

　현순은 머릿속에 그려본 옷의 그림을 형지(型紙)에 옮긴다. 옷본을 만든다. 옷본에 수선을 맡긴 옷의 주인의 몸 치수를

적어놓는다. 잘하면 어깨를 덧댈 수 있는 천이 나올 것도 같
다. 검은 원단의 이 원피스는 10년이 지난 옷이라고 했다.
옷의 주인은 자신이 첫 아이를 임신했을 때 입었던 임산복이
라고 했다. 임산복이란 얼마나 위대한 옷인가. 임산복은 한
몸 안에 두 생명을 품을 수 있는 유일한 옷이다. 이 지구상에
서 가장 아름답고 고결한 옷인 것이다. 두 생명이 함께 하는
임산복은 그 어떤 옷도, 이보다 더한 감동을 줄 수는 없을
것이다.

　현순은 재봉틀 앞에 다시 앉는다. 재봉틀 질을 시작한다.
옷을 수선하는 데 있어 최고라는 소문이 나면서 현순의 가게
는 문전성시를 이루고 있었다. 세를 내어 수선집을 하다가
빌라 지하를 구입해서 리모델링을 한 것도 그 때문이었다.
빌라를 구입하는 데 있어서 억순이 나서줬다.

　억순은 천석에게서 지훈이 자신의 친손자라는 사실을 전해
듣고는 벽의 기둥을 한참을 붙잡고 서 있었다. 겨우 정신을
수습한 억순은 천석이 배부른 현순을 데리고 오던 날처럼
천석의 등짝을 후려치며 "이… 호랑말코 같은 놈을 그냥. 아
후." 하고 욕설을 퍼부었다. 널뛰는 사람처럼 현순의 손을 잡
고 방방 뛰는 억순에게 화자가 "오매, 참말로 기운 읈다고

들어눠 있던 것도, 다 시뻘건 그짓뿌렁이었당께." 하며 기쁨의 눈물을 감추지 못했다.

현순은 기뻐하는 가족들 앞에서 침묵했다. 그것은 자신의 세포마다 뼈마디마다 붙어 있는, 성폭행으로 인한 '고통'과 작별할 준비를 시작했기 때문이었다. '고통'과의 이별은 누구를 위한 이별이 아닌, 자신의 삶에 가치를 변화시키기 위한 이별이므로, 이제라도 천천히 첫 발을 뗄 것이다. 그렇다고 천석이 자신에게 행한 짓을 묵인하지는 않을 것이다.

천석은 해가 저물도록 일을 하고 있었다. 봉사활동을 하는 중이다. 거동이 불편한 독거노인들을 수녀님들이 돌보고 있는 곳이었다. 이곳을 소개해 준 건 현순이었다. 현순에게 어떻게 하면 당신에게 지은 죄를 씻을 수 있겠느냐고 물었을 때, 현순은 목숨이 다하는 그날까지 이곳에서 봉사를 하라고 했다. 현순이 말에 바로 수긍했다. 그리고 알았다. 봉사만이 아니라는 것을. 현순이 자신을 이곳으로 보낸 뜻이 무엇인지를.

가족에게 버려진 독거노인들은 가족이 있다는 이유로 돌봄의 손길을 제대로 받지 못하고 있었다. 수녀님들이 지인들을 통해 받은 적은 후원금으로 운영되고 있어 모든 시설이 열악했다. 천석은 대대적으로 집을 보수했다. 거동이 불편한 노인

들이 생활하는 데 있어 조금도 불편하지 않게 집안을 단장했
다. 침대며 집안에 필요한 집기류 등등도 모두 교체했다. 적지
않은 지출이었다. 그런데도 뿌듯했다.

천석은 누런 변이 묻어 있는 기저귀를 힘껏 비벼대다가
고개를 든다. 마당가로 피어 있는 꽃이 지천이다. 꽃향기가
코끝을 자극한다. 해가 바뀌고 봄이 또 온 것이다. 그러고
보니 지난 2년여의 시간이 지금까지 살아온 시간보다도 더
길었던 것 같다. 성애가 나타난 순간부터 오늘까지 꿈속처럼
느껴지는 것도 그 때문인지도 모른다. 성애가 떠나던 날 천석
은 성애가 꾸려 놓은 트렁크를 들고 공항까지 함께했었다.
그것은 사랑한 사람이었기 때문이었다. 목화꽃처럼 하얗고
봄에 피어오르는 아지랑이처럼 가슴속을 촉촉하게 적셔주었
던 청춘 날의 사랑…… 다시는 오지 않을 눈부셨던 자신의
첫사랑에 바치는 헌시이기도 했다. 그 겉불꽃 같은 사랑이
없었다면 오늘 같은 일은 벌어지지도 않았을 것이다. 가정도
깨지지 않았을 것이다. 이제는 현순을 제 자리로 데려다놓을
것이다. 그래야 한다. 그래야만이 곧 제대하는 지훈이도 집으
로 돌아올 것이다.

'보고 싶다. 내 아들, 지훈이가.'

천석은 지훈이를 떠올리며 함지박에 있는 기저귀를 꺼내어 북북 문지른다. 한참을 힘을 쏟은 덕에 함지박 안의 빨랫감이 비어져 간다. 일이 끝나자 천석은 서둘러 자동차의 시동을 켠다. 오늘은 무슨 일이 있어도 현순에게 '우리 집으로 갑시다.' 하고 용기를 내어 말이라도 해 볼 참이다.

현순은 재봉틀 질을 하다가 멈춘다. 고개를 뒤로 젖힌다. 뻐근한 목을 이완시키기 위해 고개를 좌우로 돌리다가 시선을 창밖으로 보낸다. 현순이 활짝 웃는다. 유리문 밖에 서 있는 호철 때문이다. 이제는 예전처럼 호철 앞에서 웃을 것이다. 설령 기억 속의 과거가 한 번씩 숨통을 조여 오며 민낯을 드러낸다 해도…… 호철과 웃으면서 이별을 할 것이다. 22년 전처럼 사랑하는 사람의 곁을 어쩔 수 없이 떠나야 하는 통곡의 이별이 아니다. 보고 싶어도 참아야 하는 미련한 이별도 아니다. 언제나 볼 수 있는 사랑하는 사람과의 달콤한 이별인 것이다.

호철을 바라보는 현순의 눈에 웃음이 출렁인다. 한 가득.

- 끝 -

작가의 말

　제가 자주 찾는 산이 있습니다. 야트막한 산이라서 크게
힘들이지 않고 오르내리며, 계절의 변화를 봅니다. 6월만 되
면 벚나무에 매달려 있는 버찌가 지천입니다. 버찌를 따서
먹느라 입 주변과 손바닥이 까맣게 물들어 가던 어느 날, 벚나
무 뒤에 숨어 있는 뽕나무를 발견했습니다. 뽕나무에는 까만
오디가 다닥다닥 붙어 있었습니다. 수없이 오르내린 길인데
도 보지 못했었습니다. 그 날은 어떻게 해서 제 눈에 띠었는지
를 모르겠습니다. 그 시간부터 뽕나무는 제 보물창고가 되었
습니다. 설익은 녹색 빛깔의 오디가 검붉은 색으로 익어가는
것을 기다리는 시간은, 제게 또 다른 즐거움을 줬습니다. 특별
한 재주가 없는 제가 유일하게 잘하는 것은 어디서든 마냥
쪼그리고 앉아 있는 것입니다. 그런 제게 이번 이야기는 더
많은 시간을 책상 앞에 앉아 있게 했습니다.
　이 소설은 첫사랑 속에 감추어진 진실을 찾아가는 이야기입니다. 진실을 말한다는 것은 어려운 일입니다. 그것이 설령 사랑이라고 해도 말입니다. 가장 아름답고 영롱해야 할 첫사랑으로 해서 운명이 갈라졌습니다. 이제 그 운명 앞에 첫사랑은 진실을 말할 차례입니다.

첫사랑에 얽힌 과정을 풀어 나가는 일은 고통스러웠습니다. 그래도 뒤틀린 진실을 밝히고 싶었습니다. 그러는 사이 뜨거운 가마솥에서 더운 김을 내뿜는 것 같은 여름날이 턱밑에 와 있었습니다. 어려운 시기에도 불구하고 또 한 권의 책으로 엮어 주신 경진출판 대표님과 편집부 식구들에게 고마움과 그리운 마음을 담습니다. 또한 이 글이 완성될 때까지 기도와 격려를 아끼지 않은 가족들과 지인들, 벗들에게도 수줍은 사랑을 고백합니다.

버찌와 오디를 따 먹는 시간이 있어서 첫사랑으로 빚어진 아픈 가슴을 잠시라도 내려놓을 수 있었습니다. 내년에도 그 나무 아래 있고 싶습니다.

2020년 8월
박민형